Um segredo em Provence

Walter Barbosa

Um segredo em Provence

Walter Barbosa

ns

São Paulo, 2021

Um segredo em Provence
Copyright © 2021 by Walter Barbosa
Copyright © 2021 by Novo Século Ltda.

EDITOR: Luiz Vasconcelos
ASSISTÊNCIA EDITORIAL: Tamiris Sene
PREPARAÇÃO: Thiago Fraga
REVISÃO: Tássia Carvalho
DIAGRAMAÇÃO: Plinio Ricca
CAPA: Luis Antonio Contin Junior

Texto de acordo com as normas do Novo Acordo Ortográfico da Língua Portuguesa (1990), em vigor desde 1º de janeiro de 2009.

Dados Internacionais de Catalogação na Publicação (CIP)
Angélica Ilacqua CRB-8/7057

Barbosa, Walter
Um segredo em Provence / Walter Barbosa. – Barueri, SP : Novo Século Editora, 2021.

ISBN 978-65-5561-134-2

1. Ficção brasileira I. Título

21-0123   CDD 869.3

Índice para catálogo sistemático:
1. Ficção brasileira 869.3

<ns
Uma marca do Grupo Novo Século

Alameda Araguaia, 2190 – Bloco A – 11º andar – Conjunto 1111
CEP 06455-000 – Alphaville Industrial, Barueri – SP – Brasil
Tel.: (11) 3699-7107 | E-mail: atendimento@gruponovoseculo.com.br
www.gruponovoseculo.com.br

*Para Elisabete,
que inspirou esta história.*

> *"O amor é um crime que não pode acontecer sem cúmplice."*
>
> Charles Baudelaire

Prólogo

SAULT, REGIÃO DE PROVENCE, FRANÇA
1850 D. C.

Fortes raios de sol castigavam a cidade de Sault naquela manhã luminosa de agosto. A jovem Valentine saiu às pressas de sua casa, avançando a cavalo, em galope.

Seguia para uma área bem ao longe do casarão em que morava, uma construção com grossas paredes revestidas de grandes pedras, tal qual um pequeno castelo.

Com seus 25 anos de idade, Valentine partia para aquela que acreditava ser sua última missão como uma mulher livre.

Logo os oficiais de polícia estarão por aqui e me levarão, pensava com aflição. *O que fiz para merecer tamanha injustiça?*

Como de costume, levava consigo uma caixinha de bronze e um pequeno caderno, seu diário de anotações. Segurava-os com dificuldade apenas com uma das mãos, enquanto a outra conduzia as rédeas de seu cavalo, galopando em velocidade. Cavalgava por um caminho já conhecido, a mesma trilha que vinha fazendo há dias. Assim que chegou aonde desejava, em uma imensa e isolada planície, longe da cidade e de seus moradores, parou e apeou do cavalo, cuidando para seu rodado vestido preto não enroscar no estribo do animal. Em seguida, levou o cavalo até uma cerca, na qual o prendeu. Ajeitou seu elegante chapéu que se mantinha preso pelo queixo e se encaminhou para a grande planície, a única área intocada, sem nenhum tipo de plantação. De onde estava não se avistava viva alma. Apenas um imenso e intacto pedaço de terra que se encontrava ao longe com o horizonte.

Sem perder tempo, Valentine se dirigiu a uma pequena casinha de madeira construída de forma rústica, usada para guardar materiais para a lida no campo. Apoiou no chão a caixa de bronze e seu caderno, abriu a porta da casinha e de lá tirou um pequeno arado de mão. Voltou para fora e iniciou o processo de perfurar o chão com a ferramenta. Fez isso repetidas vezes e por um longo tempo até cobrir uma extensa área. Naquela hora da manhã o sol vinha com força, irradiando com toda a plenitude.

Horas depois, ofegante, Valentine retornou para dentro da casinha, abrigando-se. Sentou-se em um pequeno banco de madeira, retirou seu chapéu e, com gestos bruscos, enxugou com um lenço rendado o suor que lhe escorria pela testa e pelo rosto, agora corado pelo esforço que havia acabado de fazer. Descansou por alguns minutos.

O que estou fazendo? – refletiu.

Tentava arar sozinha uma área a perder de vista, por anos habitada apenas por torrões de terra e ervas daninhas. Tarefa impensável para uma jovem que nunca havia lidado com os pesados afazeres do campo. Mas ela precisava fazê-la. Foi um acordo que fez com alguém que ainda habitava seu coração, embora não estivesse mais presente em sua vida. Não queria pensar mais, tinha apenas que agir. Levantou-se, caminhou até um poço próximo dali e nele fez cair o pesado balde de madeira preso por uma corda, que só parou ao chocar-se com a água. Com esforço, movimentou a manivela ao lado, fazendo subir o balde, agora mais pesado com o precioso líquido em seu interior. Em um esforço final, colocou-o na lateral de pedras e, mais que depressa, com as próprias mãos, tomou refrescantes goles. Aproveitou para molhar seu delicado rosto, que ardia com o rubor provocado pelo sol. Encheu com água uma pequena bacia e levou-a próxima de seu cavalo, que de imediato começou a bebê-la. Sem perder tempo, foi até a caixa de bronze, sua companheira de cavalgadas ao campo, e a abriu. Dela retirou pequeninas sementes, enchendo as duas mãos. Seguiu com andar cansado, mas decidido, até onde havia acabado de perfurar o solo com o arado. Em punhados, jogava as sementinhas nos pequenos orifícios. Com os pés, empurrava a terra sobre elas, cobrindo-as totalmente até preencher todos os sulcos. Fez isso com felicidade. Sim, aqueles momentos a deixavam feliz. Parecia uma criança entretida com sua brincadeira favorita. A cada quantidade de sementes plantadas, um sorriso de satisfação. O cansaço era compensado por aquela tarefa final que lhe preenchia e reconfortava a alma. Há dias e com muito suor ela vinha cobrindo todo aquele imenso campo com suas sementinhas.

Passado algum tempo, voltou para perto do balde ao lado do poço e dele tomou mais alguns goles de água.

Refrescante e bendita água, que mata a sede e faz brotar as sementes no solo – ela pensou.

Abaixou-se para pegar seu caderno de anotações e, de dentro da caixa de bronze, uma pena com um tinteiro para escrever. Caminhou até uma frondosa árvore a poucos metros dali, um carvalho com dimensões grandiosas. Sentou-se à sua sombra, recostando-se ao tronco, sentindo suas saliências a lhe pinicar as costas. Fechou os olhos e puxou uma revigorante golfada de ar, enchendo os pulmões de forma agradável e reconfortante. Um sorriso estampou em seu rosto. Após alguns minutos de descanso e de reflexão, abriu seu caderninho, passando a nele escrever.

Algum dia alguém precisa conhecer minha história e acreditar em mim, pensava angustiada, com o coração apertado. *Preciso que façam justiça e provem que sou inocente. Nem que leve anos e anos para isso.*

Valentine escreveu por horas a fio, sem perceber o tempo passar. A pena corria frenética no papel deixando letras harmoniosas, bonitas, mas de desespero. Sua história tinha que ser contada para a posteridade. Ansiava que algum dia alguém conhecesse o que trazia dentro de si e que só ela sabia: sua verdade.

Algumas nuvens escuras se formavam para chuva, o que a preocupou. Dirigiu seu olhar ao redor, para a planície onde acabara de plantar as inúmeras sementes.

– Em breve muitas pessoas serão felizes aqui – falou para si, suspirando. Apoiou o caderno e a pena no colo, cansada de tanto escrever. – Logo tudo isso estará coberto por campos de flores, das mais belas que podem existir. A flor da minha vida. – Fez uma pausa. – Lindos campos de lavanda!

Puxando uma longa respiração, cerrou os olhos.

– Posso até sentir o perfume que em breve tomará conta deste lugar! – disse com um sorriso estampando-se em seu rosto. – Tudo por aqui em pouco tempo estará coberto pela cor roxa, até onde a vista puder alcançar. Imensos campos de lavanda, com suas florezinhas balançando ao vento e perfumando o ar com sua deliciosa fragrância. – Pausou, pensativa. – Assim como combinei com o amor de minha vida!

Havia nela um misto de alegria e preocupação.

– Que essas flores sejam minha herança para esta cidade que tanto amo, já que deverei passar o resto dos meus dias na prisão.

Ao dizer isso, Valentine suspirou entristecida. Pegou um pequeno saco de pano preso a seu vestido e dele retirou um relógio de ouro de bolso, presente dado por seu pai. Por alguns segundos ela olhou os ponteiros correndo. Apertou o relógio em sua mão, levando-o em direção ao coração e, fechando os olhos, pediu em pensamento: *Tempo, por favor, passe depressa!*

O silêncio ao redor a fazia ouvir os tique-taques. Era o tempo passando, como ela queria, mas não tão depressa da forma que ansiava. Guardou o relógio e pegou seu caderno de anotações, fitando-o por alguns instantes. Levou-o até os lábios e, mais uma vez, de olhos fechados, com um sentimento a lhe transpassar a alma, beijou-o com ternura. Uma lágrima escorreu em seu rosto.

– Quem sabe um dia alguém possa encontrar este diário e descobrir o meu segredo. Descobrir que sou inocente, mas que pagarei injustamente por um crime que não cometi.

Em seguida, molhando o bico da pena no tinteiro, deslizou-o sobre a capa do caderno pela última vez, escrevendo com letras caprichadas:

Valentine Delancy Bertrand – ano de 1850

Mal sabia ela o que aquele simples gesto de escrever sua história representaria na vida de duas pessoas, muitos e muitos anos depois. Algo incrível, maravilhoso, mas que ela, devido ao tempo e seu destino, não estaria mais viva para testemunhar.

Capítulo 1

TEMPO ATUAL
SÃO PAULO – BRASIL

Lara Valverde ocupava um dos assentos a bordo do avião que acabara de levantar voo e que a levaria para Sault, região de Provence, na França, onde ficaria durante as próximas três semanas. Filha dos proprietários de um dos lavandários da cidade de Cunha, interior de São Paulo, ia com a missão de estudar os campos franceses de lavandas, considerados os mais bonitos do mundo. Tinha por objetivo adquirir conhecimentos para promover melhorias no negócio da família: as belas plantações de lavanda, um dos pontos turísticos de sua cidade.

Aos 26 anos seria sua primeira viagem internacional e ela se mostrava ansiosa pelo que poderia encontrar em seu destino. Estaria sozinha em uma cidade francesa a qual conhecia apenas por meio de pesquisas feitas na internet. Desde sempre desejava conhecer a região de Provence, já que havia aprendido desde os seus primeiros anos de vida a conviver com aquelas pequenas e perfumadas flores e amá-las. Elas traziam o sustento de sua família com as visitas de turistas recebidas todos os dias do ano em sua propriedade.

Há anos vinha adiando aquela viagem por conta do relacionamento conturbado com seu namorado ciumento. Ele não via com bons olhos uma jovem bela, atraente e simpática como Lara perambular sozinha durante algumas semanas em uma cidade do outro lado do oceano, a mais de dez mil quilômetros do Brasil. Ele pensava que deixar uma linda garota de longos cabelos castanhos cacheados, olhos cor de mel e sorriso encantador viajar sem sua companhia seria o mesmo que oferecê-la facilmente aos franceses, que tinham fama de conquistadores. E, por esse motivo, o casal brigava com frequência, fazendo com que a viagem fosse adiada por diversas vezes.

Esse ciúme doentio, porém, fez Lara decidir pôr um ponto-final no relacionamento. Ela despertou para o fato de que não merecia ter ao seu lado alguém que a podasse e a controlasse. A vida era dela e ninguém tinha o direito de fazê-la moldar a seu gosto. Ninguém. Agora ela viajava solteira e feliz, sentindo-se livre pela primeira vez em muitos anos. Há tempos não experimentava a sensação de liberdade e não se lembrava de como era boa e reconfortante. Sim, seu ex-namorado não lhe fazia falta e ela se surpreendeu pelo fato de ter descoberto isso tardiamente. Ela, naquele momento, poderia ir para seu tão esperado destino sem ter que dar satisfações a um homem controlador que tanto tolheu suas ações durante os quatro anos em que ficaram juntos.

Ao mesmo tempo em que se sentia livre, Lara carregava uma apreensão. Sonhava ter alguém a seu lado para dividir todos os seus momentos. O amor sempre foi sua busca. Trazia consigo a convicção de que uma vida feliz seria desfrutada em conjunto, acompanhada de alguém que pudesse estar a seu lado sempre, de mãos dadas, com cumplicidade, independentemente da situação, boa ou ruim. Mas ela sabia que não precisaria ter pressa. Quando encontrasse a pessoa certa para viver a seu lado estaria pronta e isso aconteceria naturalmente. Assim como as lavandas de seu negócio de família se renovavam a cada estação do ano, ela também se renovaria. Faria florescer em seu coração a esperança de que seu amor um dia chegaria. Não importava quando nem quem seria. Ele chegaria.

Com ar feliz, Lara se ajeitou no assento do avião, procurando uma posição confortável. Pretendia dormir grande parte da viagem. Dali dez horas chegaria ao aeroporto de Paris, embarcaria em outro voo para Marselha e de lá seguiria por mais uma hora e meia de carro até finalmente chegar a Sault, seu lugar dos sonhos, destino acalentado por anos.

Lara não via a hora de caminhar pelas imensas e centenárias plantações de lavandas daquela pequena e charmosa cidade. Ao acomodar-se no assento, fechou os olhos tentando imaginar-se entre as flores que tanto amava. Em sua imaginação corria com os braços abertos por aqueles lindos campos floridos, sentindo o perfume adocicado das lavandas se espalhando por todo o ar, preenchendo seus pulmões com uma brisa leve e refrescante. Naquele momento podia sentir o sol batendo em sua pele, a felicidade estampada em seu rosto. E assim, com seu pensamento a quilômetros de distância, adormeceu, enquanto a aeronave atravessava veloz o enorme oceano que a separava de seus sonhos.

Capítulo 2

SAULT – PROVENCE – FRANÇA

No total, entre aviões de São Paulo a Paris, de Paris a Marselha e depois de carro até Sault, a viagem de Lara levou quase vinte horas, contando as esperas nos aeroportos. Ela bem que poderia estar cansada depois de todo esse tempo, mas sua ansiedade era tamanha que nem sentia o peso do longo percurso. Queria logo ver os famosos campos de lavanda de Provence e isso a deixava animada. Estacionou o carro, que havia alugado em Marselha, quase em frente ao hotel onde fizera sua reserva, uma ampla e imponente casa de dois andares, com a frente toda revestida com grandes pedras. Saiu do veículo, respirou fundo, olhando à sua volta. Estava finalmente na cidade que há muito desejara conhecer. Encantou-se com as ruas estreitas, de casas simples e sem prumo, desalinhadas; várias cafeterias com mesinhas nas calçadas; charmosas lojas de artesanato; uma grande igreja com a fachada de tijolos expostos, parecendo estar ainda em construção. Dava a impressão de que o tempo tinha parado naquela pequena cidade, impedindo a modernidade de chegar por ali. Era exatamente assim que Lara desejava encontrar Sault: um vilarejo rústico, aconchegante e pacato.

Deixou suas malas no carro e se dirigiu até a recepção do hotel. Ao entrar, deu de cara com um rapaz atrás do balcão atendendo duas jovens turistas que também haviam acabado de chegar. Elas preenchiam suas fichas entre risadinhas e olhares para o rapaz que as atendia. Lara então reparou mais detidamente o jovem por trás do balcão e compreendeu o motivo da empolgação das garotas. Ele era muito atraente, alto, com cabelos fartos e bem pretos e olhos incrivelmente verde-claros. Calculou que ele deveria ter perto de 30 anos. Vestia uma camiseta branca colada ao corpo, bem delineado e forte. Lara sorriu, abaixando a cabeça, sem graça, por presenciar aquela cena. Em seguida, para fugir do constrangimento, olhou ao redor, passando a observar a área da recepção do hotel, simples, mas bem decorada e acolhedora, com móveis rústicos que combinavam com o estilo de construção do imóvel.

Sentiu-se bem naquele ambiente e teve a sensação de que fizera a escolha certa para sua hospedagem e que ali seria feliz por algumas semanas.

Assim que as garotas deixaram o balcão e foram em direção à escada que as levava aos quartos, o rapaz se voltou para Lara, com um sorriso que a deixou boquiaberta, falando em um inglês perfeito.

– Boa tarde, Lara! – cumprimentou-a animado. – Bem-vinda a Sault e ao nosso hotel! Espero que tenha uma ótima estadia.

Ela ficou sem entender.

– Como sabe que sou Lara? – perguntou, também em inglês.

– Uma linda garota com cabelos encaracolados e esse bronzeado incrível só poderia ter vindo do Brasil. E pelas minhas anotações só tem uma brasileira com reserva por esses dias em meu hotel, uma tal de Lara Valverde. – Exibiu novamente seu sorriso encantador.

Ela riu com a abordagem decididamente inesperada e agradeceu em pensamento o fato de ter aproveitado o sol na piscina de sua casa por todo o verão.

– Posso saber qual o seu nome? – indagou ela, um tanto sem graça.

– Me chamo Adrien. Adrien Deschamps ao seu dispor – falou com simpatia. – Sou o proprietário, gerente, chefe de cozinha e carregador de malas deste hotel.

Mais uma vez Lara riu com seu comentário.

– Então já pode começar a exercer uma de suas atividades, Adrien. Tenho três grandes malas no carro estacionado aqui em frente e não dou conta de carregá-las sozinha.

O rapaz mais que depressa saiu de trás do balcão e se colocou ao lado de Lara.

– Perfeitamente! É só me mostrar qual é o carro para que o carregador Adrien lhe ajude.

– Ah, mais uma coisa. – Desta vez Lara falou em francês fluente. – Podemos conversar em francês? Assim treino o idioma.

Adrien, de olhos arregalados, encarou-a.

– Puxa vida! Agora você me impressionou.

– Há muitos anos tenho vontade de conhecer seu país e me preparo para isso. Estudo francês e inglês desde criança.

— Ainda bem que me contou. Já pensou se falo mal de você no meu idioma achando que não me entenderia? – Ele piscou, sorrindo.

— Ah, não iria colar. Eu ia entender tudo. – Ela riu. – E você estaria em apuros comigo.

— Então vamos logo pegar suas malas. Não quero ficar em apuros com uma brasileira. Dizem que são muito geniosas.

Os dois se dirigiram até a calçada, rindo. Chegaram ao carro e Lara abriu o porta-malas. Adrien coçou a cabeça ao ver as enormes bagagens.

— Tem certeza de que você veio passar só algumas semanas aqui em Sault? Com essa quantidade e tamanho de malas eu ficaria por pelo menos um ano em qualquer lugar do mundo.

— Bem, considerando que homem usa só um terço das vestimentas de uma mulher e que não precisa de muitos calçados, cremes e shampoos, acho que não estou exagerando tanto assim.

Os dois sorriram. Adrien retirou com alguma dificuldade as malas, colocando-as na calçada.

— Só consigo levar duas delas – admitiu. – Acho que você terá que me ajudar, Lara.

— Está bem, mas levando em conta que você não cumpriu totalmente as atividades e obrigações de seu hotel e precisou de ajuda, acho que eu mereço um desconto em minha hospedagem.

— Como os brasileiros gostam de pechinchar, hein? – comentou, bem-humorado. – Bem, desconto não posso lhe dar, mas oferecer um drinque de boas-vindas por conta da casa, isso posso fazer.

— Está ótimo! – concordou Lara, alegre, já pegando uma de suas malas. – Um aperitivo depois de tantas horas de viagem vem bem a calhar.

— Aliás, essa é mais uma de minhas atribuições no hotel: barman!

— Barman? Mas duvido que saiba fazer uma caipirinha brasileira.

Adrien, que se ajeitava para começar a puxar as duas malas gigantes, parou, encarando Lara.

— O que disse? – espantou-se. – Caipirinha brasileira? Sempre quis saber como se faz uma dessas.

— Pois saiba que posso lhe ensinar. Modéstia à parte sou mestra nessa bebida.

– Isso muito me interessou! Vamos já lá para dentro e você vai me ensinar agora. Quero fazer e tomar uma neste exato momento.

E ambos foram, aos risos, puxando as malas em direção à entrada do hotel.

Capítulo 3

Depois que as bagagens de Lara foram levadas até seu quarto, ela só teve tempo de tomar um banho, trocar de roupa e em seguida descer novamente para o andar térreo do hotel. Adrien já a esperava ansioso na cozinha com os apetrechos para o preparo da caipirinha. Só faltava a cachaça, mas esta Lara vinha trazendo.

– Trouxe por garantia – falou ela, mostrando uma minigarrafa. – Achei que por aqui seria quase impossível de encontrar e eu queria um dia ter o privilégio de fazer uma caipirinha na França. Só não pensei que poderia ser em meu primeiro dia de estadia.

– Pois pode tratar de começar a aula. Não vejo a hora de provar.

– Então vamos lá. Me passe os limões – pediu Lara, e Adrien logo entregou dois limões a ela. – É muito simples – explicou Lara lavando as duas frutas e em seguida colocando-as em uma tábua. – Você corta o limão em dois, assim de comprido, retira com a faca essa parte branca que fica no meio e depois as sementes. Em seguida, os corta em tirinhas bem finas e as coloca em uma coqueteleira.

– Não precisa descascar? – Quis saber Adrien, que acompanhava com atenção os movimentos de Lara.

– Não, não precisa. Pode cortar com casca e tudo, desde que estejam bem lavados, claro – explicava, cortando o outro limão da mesma forma, colocando os dois na coqueteleira. – Agora adicione o açúcar. Como estamos fazendo duas caipirinhas, vou colocar duas colheres cheias. – Com uma colher de sopa mediu o açúcar, colocando-o sobre os limões. Pegou em seguida um espremedor de madeira. – Esprema bem as frutas, coloque seis pedras de gelo e a cachaça. Esta minigarrafa tem a quantidade certinha para duas doses.

Assim que Lara adicionou o conteúdo da garrafinha, fechou a coqueteleira, passando a chacoalhá-la.

– Misture bem por alguns segundos e está pronta uma deliciosa caipirinha! – Sorriu.

Ela despejou a bebida em dois copos largos e baixos, oferecendo um deles a Adrien, que àquela altura já salivava, sem conseguir esconder sua vontade por beber logo o drinque. Então os dois brindaram.

— Finalmente vou provar a tão falada caipirinha brasileira — disse ele, já bebendo um gole, fechando seus olhos por alguns segundos. — Hummm... que delícia! Está ótima! Agora que aprendi posso oferecer aos meus hóspedes aqui no hotel.

— Vou cobrar royalties por ter lhe ensinado — brincou.

Adrien, sorrindo, apontou com a cabeça uma mesa com duas cadeiras graciosamente instalada ao lado de uma enorme janela com vista para a rua.

— Venha, vamos nos sentar — ele convidou.

Os dois dirigiram-se até lá, sentando-se e apoiando suas bebidas na mesa. Lara olhou pela janela, suspirando. Lá fora o tempo começava a escurecer. Dali alguns instantes a tarde daria lugar à noite.

— Esta cidade transmite uma paz tão grande — manifestou ela. — Dá vontade de ficar aqui para sempre.

— E você ainda não viu nada. Espere só até andar por aí e descobrir todas as belezas deste lugar. — Adrien bebeu mais um gole em seu copo, encarando Lara. — Aliás, se não for intromissão de minha parte, você poderia me dizer o que veio fazer sozinha em Sault?

Lara também tomava sua bebida.

— Vim estudar os campos de lavanda.

— Estudar? — estranhou Adrien. — Geralmente as pessoas vêm aqui para conhecer e admirar os campos de lavanda.

Ela sorriu.

— Minha família tem um lavandário no Brasil. Ele é um dos pontos turísticos de nossa cidade e com esta visita pretendo conhecer melhor a forma como vocês cultivam essas belas flores para saber se podemos melhorar as espécies que temos por lá.

— Olha só! Não sabia da existência de plantações de lavandas no Brasil.

— Tem algumas, sim. Claro que não chegam perto dessas maravilhas que vocês têm por aqui, mas são muito bonitas também. Vim aqui tentar descobrir os segredos das lavandas francesas. — Sorriu. — Saber por que elas crescem tão lindas e com cores tão vivas.

– Hum... então você é uma espiã e veio aqui roubar nossos segredos? – brincou Adrien. – Vou te denunciar para a Interpol.

Os dois riram.

– Quando pretende começar sua pesquisa? – Ele quis saber.

– Amanhã logo cedo. Não vejo a hora de percorrer todos aqueles imensos campos que conheço só de ver pela internet.

– Se precisar de um guia para acompanhá-la, posso indicar um muito bom.

– Sério? Pensei mesmo em ter a companhia de um guia pelo menos nos primeiros dias. Como posso contatá-lo?

– Eu passo para você seu número de celular. Mas tem que ligar logo e confirmar se pode ir com você amanhã. Ele é sempre muito requisitado.

Lara mais que depressa pegou seu celular do bolso da calça.

– Vou ligar agora então. Me passe o número, por favor.

Adrien informou o número, e Lara teclou em seu telefone. Instantes depois, ouviram um som de celular tocando. Adrien levou a mão até o bolso da calça, pegou seu aparelho e o atendeu.

– Alô!

Lara ouviu esse mesmo alô em seu celular.

– Você? – Ela se espantou, tirando o aparelho da orelha.

– Sim! – respondeu Adrien rindo. – Esta é mais uma de minhas atividades que eu tinha me esquecido de falar para você. Guia turístico nas horas vagas.

Lara então gargalhou.

– Mas você é impossível mesmo! Como consegue fazer tantas coisas ao mesmo tempo?

– Gosto de movimento, de ação. Ficar só atrás de um balcão atendendo hóspedes, apesar de ser agradável, não me faria totalmente feliz. Então eu divido meu tempo com várias tarefas. Aliás, ser guia e andar por aí é uma das minhas preferidas.

– E quem cuida do hotel enquanto você está dando uma de guia pela cidade?

– Tenho uma pequena, mas competente equipe que trabalha comigo. Nos revezamos nas tarefas.

– Podemos então combinar nossas andanças para amanhã cedo? – Quis saber Lara, tomando o último gole de sua caipirinha.

– Logo depois do café sairemos do hotel. Você tem preferência de começar por algum campo específico?

– Deixo isso a critério do guia Adrien.

– Combinado! – concordou, também terminando sua bebida, em seguida se levantando. – Então agora tenha uma boa noite de sono e descanse bem porque amanhã vamos andar muito por aí.

– Cansada da viagem do jeito que estou e depois desta caipirinha, tenho certeza de que vou dormir a noite inteira.

Eles se despediram, com Lara se dirigindo para seu quarto. Depois de telefonar para seus pais e avisar que tudo corria bem, ela se vestiu com um pijama comprido e quente, já que previa uma noite fria. Ao se deitar na cama, apenas com a luz do abajur acesa, correu os olhos pela acomodação. Um amplo quarto com decoração simples, mas muito charmosa. Sua cama, de casal, um pouco maior que as convencionais. Duas mesinhas de cabeceira a ladeavam, ambas com um abajur e um delicado vasinho de louça decorativo, tendo neles graciosos maços de lavandas recém-colhidas e perfumadas. No canto, uma pequena mesa com duas cadeiras, também com um vaso, porém maior, repleto com as mesmas flores. Uma grande e grossa cortina lilás cobria toda a janela. Alguns quadros com pinturas de locais da cidade decoravam as paredes. Não havia laje no quarto, o que deixava expostas as madeiras do telhado, muito bem tratadas e envernizadas.

Naquele ambiente aconchegante, silencioso e perfumado, Lara sentiu chegarem os primeiros sinais de sono e então adormeceu.

Capítulo 4

O dia amanheceu com a temperatura fresca e o céu muito azul com poucas nuvens. Mesmo nas primeiras horas, o sol se apresentava com seus raios, iluminando as paisagens. Lara e Adrien já estavam na estrada. Como ela não conhecia os caminhos da cidade, preferiu que Adrien dirigisse o carro que havia alugado. Ele tinha se prontificado a dirigir e Lara não se opôs.

– Dentro de uns quinze minutos chegaremos à primeira plantação – informou Adrien. – Esta estrada é conhecida como a rota das lavandas. Quando começarmos a ver as flores será difícil resistirmos à tentação de pararmos a todo momento.

– Estou tão ansiosa por isso! Trouxe até meus equipamentos para recolher umas amostras de solo e de flores.

Adrien a olhou de lado, sorrindo.

– Estou vendo que a espiã veio preparada, hein? Mas não sei se vão deixar você recolher amostras. Não é permitido mexer nas flores.

Lara também sorriu.

– Pois esta espiã aqui veio mesmo preparada. Consegui uma autorização para isso. Fiz contato com o Consulado brasileiro em Provence e eles me ajudaram a obter essa autorização. Está aqui comigo e se alguém me questionar é só mostrar esse documento.

– Muito bem, senhorita Mata Hari! Vi que está fazendo tudo direitinho.

– Não há por que não deixarem estudarmos as plantações daqui. Nós, brasileiros, não somos concorrentes para vocês. Nossos campos de lavanda estão a mais de dez mil quilômetros de distância.

– E posso saber onde você vai estudar essas amostras?

Lara deu uma risadinha, virando-se em seguida para Adrien.

– No seu hotel, claro. Vou transformar parte do quarto em um laboratório de pesquisa.

Adrien faz uma careta engraçada.

– Oh, não! Era o que eu temia. Vai encher meu quarto de terra e sementes.

— Não se preocupe – falou Lara sorridente. – Serei cuidadosa. As arrumadeiras nem vão perceber. Não encontrarão um grãozinho de terra sequer no chão. Sou uma bióloga responsável e organizada.

— Hum... bióloga? Por isso seu interesse pelas flores?

— Eu amo flores. E fiz a escolha profissional certa.

Lara naquele momento se deu conta de que Adrien já tinha várias informações sobre ela, mas pouco sabia dele. Decidiu mudar isso:

— E você? – Quis saber ela. – Gosta do que faz? Ou melhor, gosta de todas as coisas que faz?

Ambos riram.

— Gosto muito, sim – respondeu. – O hotel é um negócio de família. Herdei dos meus pais. Eles decidiram se aposentar e curtir a vida. Vivem viajando pelo mundo. Neste momento devem estar em algum lugar na Oceania. Quando nos falamos por telefone na semana passada estavam na Nova Zelândia e iam continuar naquela região.

— Puxa, que legal! Aposentar dessa forma deve ser muito bom.

— Meus velhos são muito aventureiros e eu apoio totalmente o estilo de vida deles. Quando chegar a minha vez de aposentar quero fazer a mesma coisa. Mas, por enquanto, tenho que trabalhar muito. – Fez uma pausa. – Adoro o hotel porque ele me permite conhecer pessoas do mundo todo e também exercer a profissão em que me formei, que é a gastronomia.

— Então não era brincadeira quando disse que também é chefe de cozinha?

— Era a mais pura verdade – confirmou Adrien, sorrindo. – Me formei na Le Cordon Bleu, em Paris.

Lara, arregalando os olhos, ajeitou-se no banco do carro e virou-se o quanto pôde para Adrien.

— O queeeeê? – espantou-se ela. – Você é formado em uma das melhores escolas de culinária do mundo?

Adrien riu muito com aquele comentário.

— Simmmm! – respondeu ele, em tom de brincadeira.

— E por que você não tem um restaurante famoso? Quem se forma nessa escola tem que estar à frente de um.

Ele desta vez ficou sério.

— Eu já tive dois restaurantes muito bem-sucedidos. Um em Paris e outro em Marselha, mas um pequeno detalhe me fez vendê-los.

— E que detalhe foi esse, posso saber?

Adrien colocou a mão no peito.

— Um coração fraco. Tive que fazer um transplante.

Lara se surpreendeu.

— Um transplante de coração? Tão jovem assim e já precisou de uma cirurgia desse tipo?

— Pois é! O problema é que com os restaurantes eu não parava um minuto sequer. Vivia para os negócios. Era uma correria tremenda e estresse o tempo todo. Quase não tinha tempo livre. Aí, três anos atrás, aos 27 anos, passei muito mal, fui parar no hospital e descobriram um problema grave em meu coração. Depois disso decidi mudar meu estilo de vida, vendi os dois restaurantes e voltei para Sault, onde trabalho desde então no hotel.

— Mas administrar um hotel também deve ser estressante, não?

— Nem se compara ao que eu fazia antes. E é um hotel pequeno, minha equipe não me dá dor de cabeça, a cidade é tranquila. Aqui posso dizer que estou no paraíso.

Adrien apontou com a cabeça à sua frente.

— E por falar em paraíso, dá só uma olhada no que está mais adiante.

Lara, que até então prestava total atenção na conversa de Adrien, virou-se e avistou as primeiras plantações de lavandas a poucos metros. À medida que o carro avançava, via mais e mais daquelas delicadas flores. Dos dois lados da estrada de terra havia agora gigantescos campos de lavanda. Centenas de fileiras de flores roxas, lado a lado, formando um imenso tapete de cor intensa a perder de vista, até se encontrar com o horizonte.

— Meu Deus, como é lindo! – impressionou-se Lara, quase querendo sair pela janela do carro.

Ela olhava para todos os lados, parecendo uma criança que havia chegado a um grande parque de diversões. Colocou a cabeça para fora da janela, gritando entusiasmada para Adrien:

— Vamos parar aqui, Adrien! Olha só como tudo isso é maravilhoso!

Ele, rindo daquela reação, estacionou o carro.

– Bem que eu falei para você que iríamos querer parar a todo momento.

Mal o carro estacionou e Lara abriu sua porta, saindo afobada. Correu para o meio das plantações, ficando entre duas imensas fileiras das flores. Por onde quer que olhasse via a cor roxa tomando conta de tudo. Abriu os braços, cerrando os olhos, puxando a respiração o mais forte que pôde, com um sorriso de satisfação. O vento soprava suas notas por entre os enormes campos de lavanda, como se acariciasse cada pequena flor, espalhando e enchendo o ar com o perfume que delas exalava.

– Puxa, que lugar incrível! E que perfume delicioso!

Naquele instante Adrien saiu do carro empunhando uma máquina fotográfica profissional, iniciando vários registros de Lara, que já se distanciava dele em meio aos campos.

– Quero captar essa felicidade – gritou ele.

– Mais uma profissão? – perguntou Lara apontando para a máquina e fazendo com o dedo indicador o movimento de fotografar.

Adrien sorriu, balançando a cabeça em negativo.

– Desta vez você errou. Não é profissão. É meu hobby. Adoro fotografar.

– Com uma vista incrível desta quem não gosta? – Lara confirmou, sacando seu celular para também registrar aquele cenário espetacular.

Os dois seguiram avançando pelas plantações, parando várias vezes para fotografar. Adrien pedia para Lara fazer poses entre as flores e ela mais que depressa aceitava, enquanto ele tirava muitas e muitas fotos. Querendo fazer graça, Lara ficou sobre uma perna só, esticou a outra bem no alto, abriu os braços e fez uma careta, mostrando a língua. Adrien gargalhou, continuando a fotografar tudo.

– Você é uma palhacinha, hein, Lara? – zombou, ainda rindo.

– Estou feliz, Adrien! – Ela devolveu, com ar alegre, caminhando na direção do carro. – Tão feliz que me distraí. Esqueci os equipamentos de pesquisa no carro. Vou lá buscar. Preciso tirar as primeiras amostras.

Lara caminhou até o carro, pegou sua mochila e tirou dela alguns potes e sacos plásticos, uma pequena pá de metal e uma tesoura. Voltou para a plantação, agachou-se, escavou a terra com a pazinha e passou a colocar uns bocados dela nos potinhos. Fez anotações nas embalagens e em seguida, com a tesoura, cortou vários pés de lavanda bem próximos da raiz, guardando-os nos sacos plásticos. Adrien observava tudo, interessado.

– Olha, isso é proibido, mocinha – brincou.

– Esqueceu que tenho permissão? – Ela piscou. – Agora podemos continuar nosso passeio. Já é o suficiente para começar minhas primeiras análises.

– Então vou levar você a um lugar mais incrível ainda – falou Adrien.

– Tem lugar mais incrível que este? – questionou Lara olhando para todos os lados.

– Pode acreditar que sim. Vamos?

– Vamos!

E foram os dois para o carro. Rodaram por estradas estreitas e cheias de curvas até chegarem a uma rua com uma subida muito íngreme. Adrien seguiu por ela e estacionou logo no final da ladeira. Saíram do carro e foram em direção a uma ampla plataforma. Era um mirante de onde se podia avistar, lá de cima, toda a beleza do vale e os imensos retângulos com as flores roxinhas. Uma vista incrível das gigantescas plantações de lavandas.

– Uau! – admirou-se Lara. – Isto aqui é de perder o fôlego!

– Não disse que seria demais? – falou e fez uma pausa, olhando para Lara. – Foi bom você ter escolhido o verão para vir a Provence. É a melhor época do ano para admirar os campos em sua total beleza.

– Ouvi dizer que o inverno daqui é bem rigoroso – ela comentou. – Tinha até pensado em vir no começo do ano para curtir um friozinho, mas desisti. Não sou muito amiga de lugares gelados.

Adrien sorriu.

– Ainda bem que mudou de ideia – falou ele. – Assim evitou ser apresentada ao mistral em sua pior fase.

– O famoso vento da região – Lara observou. – Já li sobre ele. É tão forte assim?

– Dependendo da estação do ano, sim. É mais forte na mudança do inverno para a primavera e pode durar dias. E quando ele surge derruba as temperaturas. Fica muito, muito frio. Vem com força suficiente para arrancar árvores, fazer voar telhas das casas. Muita gente evita ir para as ruas quando ele aparece. Ficam hibernando debaixo das cobertas. – Adrien riu. – Dizem que ele é responsável por aumentar a população de Provence, já que os casais ficam presos por vários dias em suas residências.

Lara riu também.

– Eu prefiro o tempo ensolarado e quente como hoje – ela avaliou . – Espero que esse tal de mistral não resolva dar as caras enquanto eu estiver por aqui.

– Não se preocupe. Nas próximas semanas não há previsão de ele aparecer – tranquilizou Adrien. – Assim, podemos aproveitar ao máximo os passeios pelos campos de lavanda.

Os dois ficaram do alto do mirante admirando a encantadora paisagem das minúsculas e belas flores roxinhas até onde suas vistas podiam alcançar.

Capítulo 5

Depois de rodarem por todo o dia em diversos campos, retornaram para a cidade no começo da noite. Assim que chegaram na frente do hotel repararam que o céu estava totalmente escuro, sem estrelas, anunciando uma forte chuva. Lara, exausta, dispensou inclusive o convite de Adrien para jantarem juntos. Queria apenas tomar um banho e cair na sua cama. Deixaria as pesquisas das amostras de terra para o dia seguinte.

Assim que se deitou, já refrescada pelo longo banho, apagou a luz e recordou os principais momentos do passeio incrível que havia feito mais cedo. Aquela excitação acabou por tirar-lhe o sono e ela sentia-se maravilhada pela oportunidade de andar pelos campos com os quais sonhara há tanto tempo. A cada recordação dos instantes vividos, um sorriso estampava-se em seu rosto. Concluiu que o sono demoraria para chegar, já que ainda tinha muitas cenas lindas em sua mente para reviver.

A chuva que minutos antes ameaçava cair por fim despencou de vez. Veio forte, pesada, fazendo barulho ao chocar-se com a rua e com o telhado do hotel. Um som agradável e relaxante, mas que foi quebrado com os relâmpagos e trovões que agora surgiam iluminados e barulhentos. A cada relâmpago o quarto se iluminava através dos vidros da grande janela, que tinha parte da cortina aberta. As paredes internas se cobriam de luz de tempos em tempos como se alguém as fotografasse com flashes. E então Lara, que naquele momento olhava para o alto, viu algo curioso: bem na emenda entre a parede e as madeiras do teto havia uma pequena fresta e cada vez que um relâmpago iluminava aquele local um brilho refletia lá de dentro da fenda. Mesmo no escuro ela fixou o olhar naquele pedacinho aberto na madeira e aguardou por um novo espocar de luz. Veio mais um relâmpago e novamente o brilho sendo emitido de dentro da fresta. Curiosa, não resistiu, levantou-se e acendeu a luz do quarto. Caminhou até o local para tentar enxergar melhor a fenda, mas ela ficava bem no alto. Pensou em arrastar a mesa para nela subir, mas concluiu que ainda assim não alcançaria a fresta, já que o teto era muito mais alto do que o de uma casa comum. Lembrou-se então de que havia visto uma escada de alumínio em um pequeno quartinho no corredor. Olhou no relógio de seu celular e viu que eram quase dez horas da noite. Sabia que não deveria continuar tentando desvendar o mistério daquela fenda naquele horário, mas sua curiosidade era maior que o bom senso. Ela então abriu com delicadeza a porta de seu quarto e, pé ante pé, foi até onde estava a escada. Levou-a consigo sem fazer nenhum ruído. Fechou a porta e encostou a escada na parede. Subiu os degraus, chegou próximo da fenda e a examinou em detalhes. Havia sim algo lá dentro, mas o que seria? Forçou a madeira com sua mão, sem conseguir removê-la. Desceu da escada, foi até sua mochila e pegou uma tesoura. Voltou até a fresta e desta vez introduziu nela a tesoura. A madeira se mexeu e um pequeno pedaço dela se desprendeu, indo chocar-se com o chão. Lara se encolheu toda, fechando os olhos, como se isso fosse amenizar o barulho feito pela queda do pedaço de madeira.

Ai, meu Deus! Espero não ter acordado ninguém! – ela pensou.

Voltou seu olhar para o lugar de onde a madeira se soltara e lá havia agora um espaço que ficou à mostra. Lara aproximou-se um pouco mais e viu uma pequena caixa de bronze lá dentro. Era essa a razão do brilho dos relâmpagos refletirem naquele lugar, devido ao metal. Levando sua mão até aquele local, esticou-se toda e de lá retirou a caixa toda empoeirada.

Desceu da escada, com todo o cuidado, foi até o banheiro, pegou uma pequena toalha, umedeceu-a com a água da torneira e passou-a em volta da caixa, limpando-a por completo.

– Por que será que esta caixinha estava lá dentro? – perguntou para si.

Ainda mais curiosa, voltou rapidamente para sua cama, sentou-se e então tentou retirar a tampa da caixa. Teve que fazer um pequeno esforço, por estar emperrada. Não conseguiu na primeira tentativa, mas na segunda ela se abriu. Lara olhou surpresa seu conteúdo. Admirou-o por alguns segundos sem retirá-lo da caixa. E então ela o pegou. Tinha agora em suas mãos um pequeno e luxuoso caderno. Em sua capa, escrito com uma letra cursiva muito bonita e elegante, lia-se:

Valentine Delancy Bertrand – ano de 1850

Capítulo 6

Deitado em sua cama, Adrien ouviu um barulho de algo caindo no chão vindo do quarto acima do dele. Concluiu que Lara deveria estar fazendo suas pesquisas.

Deve ter deixado cair um dos potes com terra, divertiu-se em pensamento. *Vai ter que limpar o chão direitinho.*

Naquele momento ele revia, no visor de sua máquina fotográfica, as fotos tiradas durante o dia. Pensava também nos momentos agradáveis que viveu com Lara. Já tinha acompanhado várias turistas até os campos de lavanda, mas chegou à conclusão de que nenhuma delas era tão graciosa, encantadora e animada como a brasileira.

Foi divertido testemunhar a felicidade que ela sentiu ao ver pela primeira vez aqueles campos. Dava para notar ser genuína, verdadeira.

Ele chegou na foto em que Lara fazia careta e posava engraçada com uma das pernas para o alto. Gargalhou. Mais alto do que deveria para aquela hora da noite.

Adrien via agora outra foto que havia tirado do rosto de Lara, agachada diante dos pés de lavanda.

Como ela é linda! – pensou. *E que sorriso maravilhoso ela tem.*

Continuou passando as fotos, esperando o sono chegar.

Capítulo 7

Em seu quarto, Lara folheava aflita o caderno de anotações de Valentine, lendo apenas fragmentos de algumas frases.

Adrien precisa ver isto com urgência, pensou.

Naquele momento ouviu uma conhecida gargalhada vinda do quarto de baixo.

Ele ainda está acordado. Será que devo descer e mostrar para ele agora?

Consultou novamente o relógio do celular e viu que já passava das dez horas da noite.

Não. Está muito tarde. E pela gargalhada deve estar ocupado no celular conversando com alguma amiga. Ou namorada.

E então Lara se deu conta de que não havia lhe feito uma pergunta essencial: se ele tinha compromisso com alguém.

Bem, mas que diferença faria? Para mim tanto faz se ele tem ou não compromisso com alguém.

E ela continuava a ponderar:

Mas se tivesse namorada não teria passado o dia inteiro comigo pelos campos de lavanda. Ou pode ser que ela não seja ciumenta. Fez uma pausa nos pensamentos. *Ah, quer saber? Deixa isso pra lá!*

Ela teve que se esforçar para vencer a ansiedade e não descer naquele momento para mostrar o caderno a Adrien. Esperar até a manhã seguinte para ela seria um martírio e a certeza de que o sono demoraria ainda mais para chegar.

Capítulo 8

Mal Adrien entrou no salão do café no comecinho da manhã, Lara já esperava por ele sentada a uma das mesas com a pequena caixa de bronze ao seu lado.

Uma das funcionárias do hotel que arrumava os apetrechos para o café, vendo o espanto de Adrien por encontrar Lara àquela hora, comentou com ele, sorrindo:

– Ela chegou aqui faz um tempo, junto comigo. Falei que era muito cedo e que só iríamos começar a servir daqui uma hora, mas ela quis esperar assim mesmo.

Adrien sorriu para a funcionária.

– Obrigado! Pode deixar que agora eu farei companhia para ela – disse e foi puxando uma cadeira à frente de Lara. – Caiu da cama, mocinha? Ou não conseguiu dormir a segunda noite fora de casa?

Lara se debruçou na mesa para ficar mais próxima de Adrien.

– Preciso falar uma coisa importante para você. Mas, antes, como dono do hotel, você não poderia conseguir ao menos uma xícara de café para mim? Funciono melhor de manhã só depois de um cafezinho – disse com um sorriso maroto.

Adrien, também sorrindo, fez sinal para a funcionária.

– Amelie, se o café estiver pronto poderia nos trazer duas xícaras, por favor?

A funcionária assentiu com a cabeça.

– Será que o barulho que ouvi vindo de seu quarto ontem à noite foi você caindo da cama? – divertiu-se Adrien.

– Ai, então você ouviu? – Ela se mostrou um tanto envergonhada. – O barulho acordou você?

– Não, não se preocupe. Eu estava bem acordado naquela hora.

– Deveria estar mesmo. Ouvi quando gargalhou enquanto falava no celular com a namorada.

E novamente Adrien soltou sua sonora gargalhada.

– Eu não falava ao celular. E muito menos com a namorada.

– Não?

– Não. Estava rindo sozinho. Você não ri sozinha de vez em quando?

— Sim, muitas vezes.

Lara não esperava por aquela resposta, uma vez que Adrien não deixou claro se ele tinha ou não compromisso com alguém.

Naquele momento Amelie chegou com uma bandeja, depositando sobre a mesa um bule com café fumegante e duas xícaras pequenas. Eles se serviram da bebida e Lara deu o primeiro gole.

— Hummm! Nada como um cafezinho fresquinho logo de manhã!

— Agora que tomou seu café, poderia revelar o que tem de tão importante para falar comigo assim, logo cedo?

Dando outro gole em seu café, colocou sua mão sobre a caixa de metal.

— Você não vai acreditar! – disse eufórica. – Encontrei esta caixa escondida perto do teto do quarto.

— Perto do teto? – espantou-se Adrien. – E como fez para tirá-la daquela altura?

— Isso eu explico depois. Agora quero falar sobre o que tem dentro dela.

Lara abriu a caixa, retirando o caderno.

— Veja a capa, Adrien. Olhe o que está escrito: Valentine Delancy Bertrand, ano 1850.

Aquela data surpreendeu Adrien.

— O quê? – Ficou desconcertado por alguns segundos e, em seguida, pediu, esticando seu braço: – Posso ver?

Lara lhe passou o caderno e continuou enquanto Adrien o folheava:

— É um diário, Adrien. Escrito em 1850 por essa Valentine. Li só alguns trechos e ela conta que foi condenada injustamente por algo que não cometeu.

— Este diário tem mais de cento e sessenta anos? E foi encontrado no meu hotel? Quero muito ler o que está escrito nele.

— Eu também quero. A mulher que escreveu deveria morar neste imóvel naquela época. Por esse motivo trouxe o caderno até você.

— Puxa vida, mas isso é incrível! – disse e voltou-se para Lara: – Você pode deixá-lo comigo? Preciso começar a ler agora.

— Está brincando? Se eu deixá-lo com você, como acha que ficará minha curiosidade? Vou morrer, né? Estou ansiosa para ler também e por isso quero fazer uma proposta para você.

— Que proposta?

– De lermos juntos e conhecermos ao mesmo tempo a história dessa Valentine. Podemos ler aqui mesmo se achar melhor.

– Não, aqui no hotel não é um bom lugar. Os funcionários e hóspedes iriam interromper a leitura em vários momentos. Sei de um lugar perfeito onde ficaremos tranquilos.

– Então vamos. Não vejo a hora de começar a ler.

– Eu também, mas antes que tal tomarmos um belo café? Veja, agora já está tudo servido.

Lara, olhando para uma bancada, viu diversos pães, manteigas, geleias, bolos, frutas e queijos.

– Melhor mesmo – concordou. – Vendo todas essas delícias me deu uma fominha!

Capítulo 9

Adrien e Lara entraram no carro e ele dirigiu por cerca de vinte minutos. Pararam em um bistrô situado no topo de um mirante com vista para o Mont Ventoux. Era uma encantadora construção rústica, com mesinhas e cadeiras brancas espalhadas na área externa com gramados muito bem aparados e ladeados por jardins floridos. A vista era deslumbrante, pois de lá dava para ver toda a vegetação em torno da montanha. Todo aquele cenário somado ao silêncio e à tranquilidade do lugar convidavam para momentos de relaxamento e reflexão.

– Este lugar não é lindo? – Adrien quis saber.

– Maravilhoso! Que bom que me trouxe aqui – agradeceu Lara.

– Venho para cá algumas vezes, quando quero ficar em paz. Conheço a dona do estabelecimento e ela está acostumada a me ver nesta mesa por horas contemplando a paisagem. – Olhou para Lara. – O mocaccino daqui é uma delícia. Vou pedir um. Você quer?

– Vou experimentar.

Adrien fez sinal para a atendente, que veio até eles para anotar os pedidos, retirando-se em seguida.

– Então me diga, Lara, como quer ler o diário? Algumas partes dele ou tudo que está escrito?

Ela então retirou o pequeno caderno de sua bolsa e o manuseou com cuidado, virando suas páginas amareladas.

– Apesar de ser bem extenso, eu gostaria de ler desde o começo. Algo me diz que precisamos ler tudo.

– É estranho! – comentou Adrien. – Ter esse caderno há tantos anos no quarto e nunca o encontrarmos. O hotel está com minha família há vinte anos. Era para termos percebido esse diário. – Ele sorriu e concluiu: – Acho que as arrumadeiras não estão limpando corretamente os quartos.

– Foi por pura sorte que encontrei o caderno, Adrien. Ele estava muito bem escondido.

– Quando voltarmos vou passar no cartório de registros de imóveis para saber quem foram os antigos proprietários do hotel. Quero saber se essa Valentine ou a família dela foi dona e em que período moraram no imóvel.

Lara abriu um grande sorriso.

– E se foi o destino que já estava traçado para que eu viesse aqui e encontrasse este caderno depois de tanto tempo?

– Não sei, não. – Adrien torceu o nariz. – Não acredito em destino como algo já planejado.

– É, eu também não – concordou Lara, fazendo uma careta. – Mas que essa história está me deixando intrigada, está!

Naquele momento a atendente chegou com duas grandes xícaras fumegantes e as colocou sobre a mesa.

– Agora que nossos mocaccinos chegaram – disse Adrien –, podemos começar a leitura.

Ele se levantou, pegou sua cadeira e a colocou ao lado de Lara.

– Com licença – pediu ele. – Assim podemos ler melhor a tão esperada história de Valentine.

Lara concordou balançando a cabeça e, suspirando fundo, pegou o diário e o abriu.

– Então vamos lá! – decretou Lara.

Capítulo 10
VALENTINE
20 DE JULHO DE 1850

Sempre acreditei no amor. E viver o que estou vivenciando agora é algo inimaginável, acima de qualquer compreensão, pois está diretamente relacionado ao grande amor da minha vida: Thierry.

Nunca pensei que um dia seria acusada injustamente por algo que jamais fiz e que poderá custar minha liberdade para sempre. Mal sinto que vivi o suficiente com meus 25 anos e agora estou fadada a passar em uma prisão o muito que me resta de vida.

Me pergunto por que tamanha injustiça se abateu sobre mim. Será que vim a este mundo só para sofrer? Tento relembrar meu passado, tudo que fiz e não encontro motivos para merecer o que está se passando comigo. Por quê, Deus? Por que estás me fazendo passar por isso?

Vou aqui relatar em detalhes tudo o que aconteceu, para que fique meu testemunho a quem um dia encontrar este diário. Que fique claro, eu não tive culpa. Por favor, acredite em mim, eu não tive culpa.

Antes de narrar sobre Thierry, quero contar um pouco de minha história. Sou a filha mais velha de um casal de pequenos comerciantes da cidade de Sault. Minha irmã mais nova, Camile, completou 21 anos e temos quatro anos de diferença uma da outra, mas, algumas vezes, parece ser ela a mais velha, por seu temperamento sério e arredio, sempre com a face metida em livros e compenetrada em seus estudos. Somos verdadeiras amigas, devotadas uma a outra e conversamos sobre quaisquer assuntos, inclusive os mais íntimos.

Minha mãe, Aurélie, é uma cozinheira daquelas de deixar qualquer um com água na boca só de vê-la preparar seus pratos e sentir o cheirinho de seus temperos que dão sabores especiais aos seus guisados e assados, sempre muito suculentos e apetitosos. Mas, por ter que ajudar meu pai em nosso empório durante grande parte do dia, pouco lhe sobra tempo para suas incursões à cozinha. Faz então só o trivial, o que é sem dúvida alguma de lamber os lábios. Sobre o empório da família falarei mais à frente.

Guillaume, meu pai, um senhor indulgente, de um grande coração, é muito carinhoso comigo e com Camile. Nos mostra valores que devemos seguir. Quando digo "nos mostra" é porque é de fato isso: não somente por meio de palavras, mas com comportamentos e atitudes que nos servem de exemplo. Também sobre meus pais falarei adiante. Agora quero falar sobre o amor da minha vida.

Quando conheci Thierry tínhamos ambos 18 anos de idade. Ele morava com a família em Valensole, mas vinha para Sault algumas vezes por ano visitar os avós que moravam por aqui. A propriedade deles era vizinha à nossa e de quando em quando ele se hospedava nela. Lembro-me da primeira vez que nos vimos, no dia 20 de junho de 1844. Aquele dia ficou marcado na memória, pois mudaria minha vida para sempre.

Foi em uma festa no aniversário de 70 anos de seu avô, realizada em sua fazenda, para a qual minha família fora convidada, um evento que eu não tinha o menor interesse em participar. Fui praticamente obrigada pelos meus pais a acompanhá-los, para, segundo eles, não fazer desfeita aos vizinhos. Minha intenção seria ficar em casa, sozinha, estudando para o exame de admissão na Escola de Farmácia de Paris. Faltavam poucas semanas para a prova e eu queria estar bem preparada, já que era a formação dos meus sonhos. Sim, pretendia estudar na capital, me formar farmacêutica e depois abrir uma pequena botica de manipulação em Sault. Meus pais não aprovavam esse desejo, já que para eles uma mulher que trabalha fora de casa nem sempre é vista com bons olhos. Muito a contragosto apoiaram a decisão que tomei, mas não me permitiram ficar estudando naquela noite e me fizeram ir com eles à festa. Obedeci.

Para a ocasião escolhi um vestido rosa-claro com gola e decote levemente ovais, com grandes laços na frente. O corpete rígido e amarrado por trás acentuava minha cintura. A saia trazia discretos ornamentos e era pouco rodada, afinal não se tratava de um evento formal. Meus cabelos ficaram presos por um coque e ainda assim várias mechas castanhas caíam sobre os ombros, tamanho o volume.

Já na festa, uma música chata vinha sendo tocada por dois violinistas contratados. As pessoas conversavam futilidades entre elas, e eu, entediada, olhava pela janela da enorme sala pedindo em pensamento que o tempo passasse logo para que eu pudesse voltar para casa. Meio sem querer suspirei no exato momento em que alguém falou por trás de mim:

– Pensei que somente eu ficava entediado nessas festas.

Assustada, virei-me e pude ver um jovem alto, cabelos negros e encaracolados. Ele sorria de forma estranha, parecia que um canto de sua boca se curvava muito pouco, não acompanhando totalmente o outro lado. Mas não deixava de ser um sorriso encantador. Estranho, porém encantador. Vestia um elegante traje de três peças: uma comprida sobreveste azul-marinho toda rendada, uma camisa branca com grandes babados e uma calça culote preta que ia até os joelhos, completada por meias brancas de seda e sapatos pretos. Aquela vestimenta conferia uma figura esbelta e longilínea ao jovem.

– Meu nome é Thierry. – Apressou-se em se apresentar. – Thierry Dousseau.

Eu já ouvi falar dele. Muito, por sinal. Minha mãe o conheceu em outra oportunidade em que esteve naquela fazenda de seu avô. Depois disso ela vivia enaltecendo suas qualidades, falando ter a mesma idade que eu, ser muito educado, fazer parte de uma família tradicional de Valensole e que eu deveria conhecê-lo. Nunca me interessei em fazer sua vontade.

Ele nem esperou eu me apresentar e continuou:

– Você já tem idade suficiente para aceitar uma bebida? – perguntou e levantou duas taças que já vinha trazendo consigo. – Vai tornar o ambiente menos entediante.

Sorri com seu comentário.

– Que bebida é essa? – Eu quis saber.

– Ponche de frutas. É bem fraco se comparado a outras que estão servindo.

– Se o teor alcoólico está relacionado com a possibilidade de me animar, creio que eu precisaria de uma bebida mais forte – comentei sem pensar.

Thierry fez menção de virar-se e retirar-se.

– Posso trocar as bebidas por outras mais fortes em um instante – prontificou-se ele.

– Não, imagine! – Fiz questão de me corrigir. – Falei por impulso. Um ponche está ótimo.

Assim que me deu a bebida, mais um sorriso torto se estampou em seu rosto.

— Por um momento cheguei a ficar animado achando que eu teria encontrado alguém para me fazer companhia com uma dose de uísque, mas vejo que me enganei.

Tomei o primeiro gole do ponche, que por sinal estava uma delícia.

— Uísque certamente me faria dormir por horas — disse e olhei ao redor. — O que não seria uma má ideia.

Thierry apenas me encarou com seu meio sorriso.

— Está odiando mesmo esta festa, não é, Valentine?

Surpreendi-me por ele citar meu nome. Tomei mais um gole da bebida.

— Como sabes meu nome?

— Conversava com seus pais até agora há pouco — explicou, apontando com a cabeça para os dois a vários metros, que, naquela altura, sorriam satisfeitos e esperançosos olhando para nós.

Devolvi-lhes o sorriso, um tanto sem jeito. Sabia que desejavam que eu me envolvesse com algum rapaz da cidade e me esquecesse da ideia, no conceito deles absurda, de estudar na capital. Apesar de Thierry não morar em Sault, tinha família por lá e isso poderia significar que uma mudança dele para a cidade, caso tivesse um motivo especial, não fosse algo fora de cogitação. E para meus pais eu poderia ser esse motivo especial.

Ele continuou a conversa:

— Se preferir podemos ir lá fora tomar um ar. Mas antes vou pegar mais uns drinques para nós.

Acabando de beber todo o meu ponche, interpelei:

— Não, para mim só uma taça está ótimo. Já começo a sentir os efeitos da bebida com muito pouco. Se beber outra dessa, não conseguirei sequer continuar conversando com você.

— Se importa se eu pegar um uísque desta vez para mim?

Claro que ele não precisaria de minha autorização para isso, mas achei cavalheirismo de sua parte ter me perguntado.

— Fique à vontade — encorajei-o. — E acho que é uma boa ideia irmos até a varanda. Está um pouco quente aqui dentro.

Thierry fez sinal para um dos garçons e este prontamente veio com sua bandeja lhe servir um copo, retirando nossas taças vazias. Notei que o jovem garçom foi solícito e sorridente para Thierry, mas ele sequer olhou para o serviçal. Apenas retirou seu copo de uísque como se fosse obrigação do rapaz servi-lo. Aquela atitude me incomodou, porém considerei que sua falta de simpatia com o jovem poderia ter sido uma mera distração.

Caminhamos para a área externa da sala, uma ampla varanda ladeada por formosos gradis de ferro. A noite se apresentava fresca, após um dia quente. Era finalzinho de primavera e a temperatura se elevava, anunciando um verão com um clima dos mais abrasadores.

– Pronto, agora estamos mais distantes do som daquela música chata que meu avô insiste em apresentar em todas as ocasiões especiais – comentou, tomando um grande gole de sua bebida.

Apenas sorri, concordando com sua observação sobre a música, mas sem fazer nenhum comentário.

– É impressão minha – continuou Thierry – ou vi dois lindos olhos cor de violeta em você? Confesso que a iluminação tanto lá de dentro como aqui de fora não foram suficientes para me dar essa certeza.

Corei com seu comentário e agradeci em pensamento o fato da falta de iluminação comentada por Thierry se fazer presente.

– És um bom observador – confessei –, mesmo que a pouca luminosidade não lhe tenha favorecido. São cor violeta, sim. – Encarei Thierry. – E os seus me parecem cor de âmbar.

Ele riu alto.

– Âmbar? Uma forma inusitada de se referir aos meus olhos, que para mim são castanhos.

– Mas são de uma tonalidade diferente de castanho – tentei argumentar. – Um pouco mais clara.

Thierry se divertiu de fato, pois não parava de rir. Não sei se atribuí sua alegria ao meu comentário sobre seus olhos ou às bebidas que poderiam ter começado a fazer efeito. Mal tive aquele pensamento e Thierry deu outro grande gole em seu copo, terminando o uísque por completo.

– Essa é uma das maiores invenções do homem! – bradou mostrando o copo elevado no ar. – Um antídoto para qualquer festa chata e momentos desagradáveis.

– Você está se referindo ao copo como uma grande invenção do ser humano? – fiz graça. – Sim, porque é o que resta em sua mão. Um copo vazio.

Mais uma vez Thierry gargalhou.

– Vejo que você tem senso de humor – comentou ainda sorrindo. – Gosto disso. Mas decididamente não. Referia-me à bebida que tinha dentro do copo.

– E que se esgotou em poucos segundos, diga-se de passagem – observei.

Arrependi-me por ter feito esse comentário, pois percebi que Thierry se mostrou um tanto constrangido.

– Prometo que em um próximo drinque serei mais comedido e o consumirei com mais vagar – corrigiu-se.

Não fiz qualquer outro comentário e Thierry, talvez por querer mudar de assunto, emendou outra conversa:

– Ficarei por alguns dias em Sault. Adoraria se pudesse ter a oportunidade de vê-la mais vezes.

Confesso que não tinha o menor interesse em novos encontros com ele, já que, como expliquei, tencionava estudar a maior parte dos próximos dias para o exame de admissão para a Escola de Farmácia, mas recebi dele um convite irrecusável:

– Podemos andar a cavalo por aí, explorar a cidade. Você gosta de cavalgar?

Sempre tive grande desejo de cavalgar, mas nunca havia oportunidade para isso, já que minha família era de poucas posses e sem nenhuma condição de possuir cavalos. Via várias pessoas passeando com seus imponentes animais e morria de vontade de um dia ter essa experiência.

– Sempre quis, mas nunca andei a cavalo. – Fui sincera. – Nem sei se saberei me portar como uma amazona.

– Por isso não. Posso tranquilamente lhe ensinar. Modéstia à parte, sou um ótimo instrutor.

Lembro-me de que combinamos de nos encontrar no dia seguinte na fazenda de seu avô para realizarmos o passeio. Após confirmado o novo encontro, continuamos conversando na varanda por cerca de meia hora. Nesse meio-tempo Thierry tomou mais duas doses de uísque, não cumprindo a promessa de ser mais vagaroso com a bebida. E então nos despedimos e pouco depois voltei para casa com meus pais.

Não fui exagerada quando falei que tínhamos poucas posses. Meus pais, Aurélie e Guillaume, vieram para Sault em busca de trabalho e oportunidades. Chegaram jovens, recém-casados, com poucas economias, mas com uma ideia fixa em mente: montar um armazém de secos e molhados naquela cidade que começava a crescer. Mas o dinheiro que trouxeram não era suficiente para realizarem aquele plano, então passaram a fazer trabalhos com o objetivo de juntarem o necessário para realizar o projeto. Minha mãe trabalhou na casa de madame Charlotte, a rica esposa do prefeito da cidade. Lá ela fazia de tudo, desde cozinhar, lavar e passar roupas até cuidar dos três filhos pequenos do casal de aristocratas. Recebia salário semanal que era quase todo poupado, já que não gastava com sua alimentação, pois almoçava e jantava na casa dos patrões.

Meu pai trabalhou por anos como ferreiro, fazendo principalmente ferraduras para os cavalos das famílias mais abastadas. Com o que recebia pagava o aluguel de uma pequena casa na área rural de Sault, fazia as compras mensais de consumo do casal e poupava o pouco que sobrava. Faziam de tudo para economizar o máximo possível. Levavam uma vida difícil, sem regalias e, ao final de cinco anos, conseguiram juntar o suficiente para comprar um pequeno terreno, iniciar a construção de uma casa e nela finalmente estabelecer o Empório Bertrand, próximo das outras residências que começavam a ser construídas na cidade. O Empório funcionava na parte de baixo de uma grande construção toda revestida de pedras, construída com muito esforço. Morávamos na parte de cima da casa: eu, meus pais e Camile. Nasci no mesmo ano em que o negócio da família foi estabelecido. Minha irmã, como também já citei, veio quatro anos depois.

Apesar de ser o único armazém de secos e molhados de Sault, e, por isso, frequentado por todos os moradores, não era um negócio muito lucrativo, já que a cidade era pequena, com cerca de quinhentos habitantes e o custo para ter as mercadorias disponíveis era muito alto, em razão da distância de Sault para as cidades que fornecem os produtos para venda. Meus pais sempre cobraram preços justos, sem explorar os fregueses e, com isso, ganhavam apenas o suficiente para nos mantermos com dignidade.

Lembro-me muito bem de um dia em que estávamos nós quatro juntos no armazém, eu tinha 13 anos e Camile 9. Meus pais sempre deixavam que eu e minha irmã ficássemos com eles enquanto atendiam os clientes. Até ajudávamos pesando os mantimentos vendidos a granel, como trigo, aveia e feijão. Adorávamos enfiar a pequena pá de metal nos enormes sacos de pano cheios de grãos, perfilados lado a lado sobre um estrado de madeira, a encher e despejar nas embalagens de papel que segurávamos, levando-as depois para a balança. Era uma brincadeira para nós. Naquele dia, quando não havia clientes no empório, perguntei ao meu pai se ganhávamos muito dinheiro com nosso negócio. Ele veio até o meu lado e, gentilmente, passou a mão em meus cabelos.

— Minha filha, não é o dinheiro que importa, mas sim ver as pessoas felizes por saírem daqui com suas compras e que lhes proporcionarão almoços ou jantares maravilhosos junto com a família.

Contei tudo isso para explicar por que não tínhamos cavalos. Nossa renda não permitiria manter esses animais e tampouco havia espaço em nossa casa para criá-los.

Éramos o contrário da família de Thierry, abastada desde sempre, dona de muitas terras e que mantinha uma grande criação de cavalos, um mais bonito que o outro. Seu avô possuía minas de ocre na cidade de Roussillon de onde eram extraídos alguns tipos de minérios, entre eles uma razoável quantidade de hematita e limonita, usados como pigmentos naturais para pinturas de casas e muito procurados para comércio, o que tornava a família Dousseau uma das mais ricas da região. Thierry trabalhava nessas minas desde sua adolescência. Adorava passar semanas a fio escavando imensos túneis à procura de minérios junto com cerca dos vinte empregados mantidos pelo avô. Folgava apenas dois ou três dias no mês e, nessas ocasiões, algumas vezes no ano, aproveitava para ir a Sault com seus pais.

Certa vez lhe perguntei se ele não se cansava de trabalhar no interior das minas fazendo aquele serviço tão desgastante.

— No começo achei ruim – respondeu. – Mas depois me acostumei e agora gosto do que faço. Por sorte o ser humano é adaptável. As pessoas se adaptam a tudo.

E ele tinha razão, nos adaptamos a qualquer coisa. Eu estava prestes a me adaptar a uma nova vida, mas, quando o conheci, ainda não fazia noção do que me esperava.

Fui dormir ansiosa aquela noite que antecedia nosso encontro. Meus pais, evidentemente, ficaram felizes com nossa aproximação e notaram minha ansiedade, mas mal sabiam eles que aquele estado se dava por conta da primeira cavalgada, e não pela possibilidade de me encontrar novamente com Thierry.

Não sabia qual seria o traje adequado para a ocasião. Via que uma amazona se vestia de forma elegante, com chapéu especial preso pelo queixo. Eu, no entanto, não tinha esse tipo de chapéu e minha mãe improvisou costurando um laço em um dos meus, de forma que ficaria preso envolto em meu queixo e era isso que importava, para o vento não levá-lo durante a cavalgada. Decidi usar uma blusa e jaqueta bem justas e uma longa saia escura. Usar crinolina seria perigoso, pois poderia se prender ao animal e causar um acidente. Então, para dar volume à saia, optei por vestir outra por baixo. Completei a indumentária calçando botas que iam até os joelhos.

Decidida quanto ao que usaria no dia seguinte, por fim peguei no sono.

Quando afinal chegou o grande momento, fui caminhando até a fazenda dos avós de Thierry. Ao me aproximar vi que ele me aguardava na porteira, logo na entrada. Não pude deixar de me impressionar com sua figura: usava um casacão preto e culote da mesma cor, largo na parte de cima e justo a partir dos joelhos, enfiado em botas longas. Uma cartola fina lhe enfeitava a cabeça, enquanto levava em uma das mãos um pequeno rebenque de couro entrelaçado, este último um acessório que não aprovei, pois não gostaria de vê-lo chicoteando o pobre cavalo.

— Como você está formosa! — extasiou-se ele ao me ver.

Gostaria de ter retribuído o elogio, mas não seria de bom tom. Limitei-me a sorrir, encabulada. Em seguida, pegou em minha mão e conduziu-me, ajudando-me a atravessar a porteira.

— Fiz questão de esperá-la aqui embaixo para podermos passar mais tempo juntos. Sua companhia ontem na festa muito me encantou.

— Devo dizer-lhe que conversar com você tornou a festa suportável e agradeço por isso.

— Vamos juntos caminhando até as baias. Pedi para preparar o melhor e mais bonito animal para sua estreia como amazona.

Assim que passei pela porteira ele soltou minha mão. Apreciei seu cavalheirismo e mais ainda seu toque seguro.

— Não posso deixar de admitir que estou ansiosa, mas com medo dessa experiência — confessei.

— Pois será inesquecível, eu lhe garanto. E não se preocupe, os cavalos são muito dóceis e vão conduzi-la com segurança — tratou de me tranquilizar.

– Ainda assim estou insegura – reafirmei.

Thierry apenas sorriu me fazendo lembrar de sua forma estranha e meio torta de expressar aquele gesto. Por um momento me passou a ideia de perguntar se havia tido algum acidente que pudesse ter provocado sequelas em sua face, obrigando-o a sorrir daquela forma, mas não quis ser indelicada. De todo modo aquilo não me incomodava e lhe conferia certo charme em seu rosto másculo.

Ele se dirigiu até as baias e, com a ajuda de um empregado da fazenda, separou dois imponentes cavalos, um todo marrom de pelos muito brilhantes, e outro malhado, de pelos pretos com algumas grandes manchas brancas. Voltou caminhando entre eles, conduzindo ambos pelas rédeas, sem montá-los. Quando aqueles gigantes animais se aproximaram de mim, quase perdi a respiração. Minha expressão de pavor deve ter ficado muito evidente, pois Thierry se pôs a rir com vontade.

– Parece que estás vendo duas assombrações – comentou, agora gargalhando.

– Pois é o que está me parecendo. Nunca cheguei tão perto assim de um cavalo.

Agora Thierry ria menos e, enquanto ajustava as selas já colocadas nos animais, foi me orientando.

– Você não pode demonstrar medo. Os cavalos sentem quando isso acontece. Procure agir com naturalidade e segurança.

– Como vou agir com naturalidade e segurança se é algo que nunca fiz na vida e estou apavorada?

– Eles não precisam saber disso. – Piscou para mim, apontando com a cabeça os futuros condutores de nosso passeio. – Venha, vou ajudá-la. Você pode ficar com o cavalo marrom. Ele é o mais dócil.

Então caminhou até o meu lado, pegando novamente em minha mão, conduzindo-me até próximo do animal.

– Pise com seu pé esquerdo nesse estribo. – Ele apontou para onde eu deveria pisar. – Em seguida segure firme com as duas mãos na sela e dê um grande impulso. Se precisar eu a ajudarei a impulsionar.

Sem muito pensar fiz o que ele pediu e, ao dar o impulso para ficar sobre o cavalo, senti que fui ajudada por duas mãos firmes e fortes que seguraram minha cintura forçando-a para cima, ajudando-me naquela difícil missão de montar pela primeira vez em um animal enorme. Lá em cima, devidamente ajeitada sobre a sela, me pus impassível, sem pretender fazer qualquer movimento brusco que provocasse uma disparada inconsequente do cavalo. Por alguns momentos, cheguei a prender a respiração.

– Aconselho você a voltar a respirar – zombou Thierry. – Não quero testemunhar uma morte súbita por falta de ar em cima de um dos cavalos de meu avô.

E mais uma vez aquela risada, meio torta e charmosa. Soltei o ar preso em meus pulmões e em seguida os enchi, voltando a respirar normalmente.

– E agora o que eu faço? – perguntei, estática, sem nenhuma noção do que viria a seguir.

Thierry deu a volta sobre seu cavalo e, de forma elegante e ágil, montou nele com facilidade, demonstrando a destreza adquirida em anos de cavalgadas.

– Agora faça o que eu fizer – orientou, pegando em seguida as rédeas. – Pegue, sem qualquer movimento, as correias e as mantenha segura com as duas mãos. E preste atenção nos movimentos que farei. – Olhou gracioso para mim. – Está pronta para iniciarmos o passeio?

Mais uma vez puxei forte o ar, enchendo meus pulmões, e acenei que sim com a cabeça, segurando as rédeas. Thierry apertou de leve suas pernas em torno do corpo de seu cavalo e ele começou a andar vagarosamente. Imitei-o e meu cavalo também se pôs a andar. Ficamos lado a lado naquele trote ritmado e lento. Senti meu coração disparar.

– Muito bem, Valentine! Está indo melhor do que eu esperava.

Sabia que aquele elogio vindo dele seria por puro cavalheirismo, pois até então eu não havia feito nada que merecesse ser destacado. Pareceu que ele lia meus pensamentos naquele momento, pois comentou em seguida:

– Para você pode não parecer nenhuma evolução, mas não é qualquer um que consegue montar na primeira tentativa e já sair trotando por aí.

Sorri em agradecimento e ele retribuiu.

– Agora vamos às próximas etapas do aprendizado. – Fez questão de comentar. – Comprima levemente algumas vezes suas pernas no corpo do animal para que possamos ir um pouco mais rápido.

Fizemos simultaneamente aqueles movimentos, e os trotes aceleraram, junto com meu coração. Thierry prosseguiu com as explicações:

– Se quiser mudar a direção, puxe sua rédea com o lado para onde quer ir. Se for para a direita, puxe levemente com a mão direita. E o contrário se for para a esquerda.

Como teste, viramos várias vezes para ambos os lados. Eu já começava a gostar da brincadeira e passei a me sentir à vontade, com as batidas do meu peito desacelerando. Agora aproveitava o passeio admirando as paisagens à nossa volta, formadas por imensos campos de vegetação e muitas árvores centenárias. Continuávamos lado a lado conversando e senti prazer por estar passeando na companhia de Thierry, que se mostrava animado em contar suas histórias. Percorremos quase toda a extensão da fazenda, com ele me mostrando lugares lindos. Ficamos por horas sob o sol da manhã refletindo em nossos chapéus, com uma brisa suave e fresca soprando em nossos corpos, intensificada a cada trotar mais veloz dos animais. Por mim ficaria o dia inteiro naquele agradável e recém-descoberto meio de passear, mas era chegada a hora de voltarmos à sede da fazenda. Demos meia-volta e andamos por mais um bocado de belas paisagens, até chegarmos ao nosso ponto de partida. E lá recebi a última lição de Thierry sobre cavalgada: como parar e apear do animal. Fiz ambos os movimentos com facilidade, recebendo dele um novo e animado elogio:

– Já és uma amazona nata! Parece que nasceu para isso.

E ele tinha razão: nasci para aquilo. Foi assim a primeira de muitas e muitas cavalgadas que eu faria por toda a minha vida livre. Minha breve vida livre que agora chegaria ao fim. Como sentirei falta de tudo isso...

Capítulo 11

Lara e Adrien já tinham terminado a segunda xícara de mocaccino cada um. O sol de quase meio-dia começava a mostrar seus raios por entre as folhas e os galhos da árvore que até então sombreava a mesa na qual se acomodavam.

– Sei que a leitura do diário está interessante e nem quero ser estraga prazeres – comentou Adrien –, mas já está na hora de voltarmos para o hotel. Daqui a pouco começam a servir o almoço e tenho que ajudar os funcionários.

Lara, ainda absorta, encarava o diário em suas mãos.

– O que será que Valentine quis dizer com perder a liberdade? E por que diz ser acusada de algo que não cometeu? – Ela quis saber.

– Não faço a menor ideia – Adrien deu de ombros –, mas pelo jeito deve ter acontecido algo grave.

– Pelo pouco que já conhecemos de sua história, ela me pareceu tão doce, tão amável, incapaz de ter cometido algo grave.

– Eu tive a mesma impressão sobre ela. Uma mulher determinada, com planos de futuro, querendo se formar farmacêutica.

Lara suspirou.

– Puxa, eu queria muito continuar a leitura do diário para descobrir logo o que aconteceu, mas também tenho outros afazeres. Preciso voltar às minhas pesquisas.

– Então vamos fazer o seguinte, Lara – falou Adrien se levantando –, a gente cumpre nossos compromissos durante o dia e amanhã pela manhã voltamos aqui para continuarmos a leitura.

Ela fez cara de que não gostou da sugestão.

– Poxa, só vamos voltar a ler amanhã? Como fica minha curiosidade durante todo esse tempo?

Adrien, sorrindo e pegando gentilmente o diário das mãos de Lara, respondeu:

– Sua curiosidade terá que esperar, mocinha. E, para ter certeza de que não vai ler sozinha à noite em seu quarto o restante da história, isto aqui ficará comigo.

– Ah, não! Isso não é justo! – protestou Lara. – Eu que encontrei o diário, então tenho o direito de ficar com ele.

– Acontece que você o encontrou em minha propriedade – disse e piscou Adrien. – Então, tecnicamente, ele pertence a mim.

– E quem me garante que você não vai ler quando estiver sozinho em seu quarto?

– Não sofro de ansiedade como uma certa brasileirinha. – Ele riu. – Mas, se quiser comprovar que não vou ler, pode ir lá me visitar no meu quarto esta noite.

Lara sentiu o rosto corar.

– Melhor não – falou. – Confio em você e sei que não vai ler sem a minha presença.

Adrien, ainda rindo, comentou:

– Tive outra ideia. Já que você não consegue esperar até amanhã, podemos jantar juntos hoje e continuar a leitura depois. Que tal?

– Hummm... gostei dessa sugestão. – Alegrou-se Lara. – Jantamos no hotel?

– Não. Como eu disse, lá seremos interrompidos o tempo todo. Vou levá-la a um restaurante tranquilo onde não seremos incomodados.

– Combinado! Então vamos, que o trabalho nos espera.

Levantaram-se e foram em direção ao carro, com Adrien segurando o precioso diário que aguçava a curiosidade de ambos para saber o que se passara com a doce Valentine há cento e setenta anos.

Capítulo 12

Com as tarefas que Lara e Adrien tinham para realizar, o dia avançou rapidamente. Ele passou boa parte do dia recebendo novos hóspedes em seu hotel e saindo para compromissos administrativos, como visita ao banco da cidade para pagamentos de contas, idas aos mercados para compras de bens de consumo para seu negócio. Lara, por sua vez, visitou sozinha novos campos de lavanda, fotografando tudo e recolhendo amostras de solos e flores para suas pesquisas. Ao final da tarde puderam relaxar um pouco. Tomaram um revigorante banho e vestiram roupas confortáveis para a tarefa que estava por vir: continuar a desvendar a história de Valentine.

A noite se mostrava agradável e fresca. Foram juntos caminhando sem pressa até o restaurante sugerido por Adrien, a poucos quarteirões do hotel. A iluminação tênue das arandelas fixadas nas casas conferia certo romantismo às estreitas ruas da pequena e bela Sault.

– Amei esta cidade – comentou Lara, feliz, olhando em seu entorno. – Olha só que paz, que tranquilidade! Estas ruas com calçamento de pedras, as casas cada uma mais linda que a outra. Tudo é tão incrivelmente belo por aqui.

Adrien, que caminhava segurando o pequeno diário envolvido por um pano, achava graça no comportamento de Lara.

– Creio que preciso voltar a ter essa visão de beleza que você está tendo – observou. – Voltar a enxergar os detalhes da cidade que para mim passam despercebidos depois de tantos anos convivendo com eles. – Pausou por alguns segundos, também olhando à sua volta. – Para mim é tão natural tudo isso, todos esses cenários que aos turistas parecem encantadores, vejo como rotineiros e normais.

– Pois não deveria enxergar assim, senhor Adrien! – repreendeu-o, brincando. – Nada pode ser rotineiro. Os dias sempre são diferentes uns dos outros, nem que sejam por meros detalhes. – Fez uma breve pausa e continuou: – Também moro em uma cidade pequena no Brasil, mas, todas as manhãs quando acordo, abro as janelas de casa, faça chuva ou faça sol, e admiro por alguns minutos tudo à minha volta. Agradeço pela oportunidade que me foi dada de ter um novo dia para contemplar todas as belezas que me rodeiam. Um recomeço. E, nesses meus olhares, sempre descubro detalhes diferentes, por mais que os cenários sejam os mesmos.

Adrien não pôde deixar de admirar as palavras ditas por Lara.

– Preciso exatamente disso – ele concluiu –, ter um olhar diferente para as mesmas coisas.

– Assim não é a vida? – perguntou Lara, matreira, piscando para Adrien. – Quem disse que tudo sempre seria novidade? Depende de nós transformarmos todos os dias em algo novo.

Adrien acenou com a cabeça, pensativo.

– É. Quem disse?

Então ele viu em Lara seu lindo sorriso estampar-se, como nas fotos que havia tirado dela no primeiro dia em que visitaram os campos de lavanda e onde ela demonstrava estar tão feliz. Não foi possível admirar aquele sorriso por muito tempo, já que haviam acabado de chegar ao restaurante que tinham combinado. Era um lugar simples, mas muito aconchegante, com velas acesas sobre as mesas, formando uma penumbra bastante convidativa para longas conversas. A música calma e em tons baixos preenchia o ambiente com a tranquilidade que se podia esperar de um lugar para um jantar a dois. Lara e Adrien tomaram a mesa bem ao fundo do salão, para ficarem mais isolados, afinal pretendiam passar algum tempo sem serem incomodados para poderem continuar a leitura que tanto lhes interessava.

Pediram seus pratos e uma garrafa de vinho, que fora trazida primeiro. Serviram-se da bebida.

– Este é um rosé fabricado aqui na região de Provence – comentou Adrien. – Espero que goste.

Os dois brindaram e beberam o primeiro gole, com Lara fechando os olhos.

– Delicioso! Muito refrescante.

– Fico feliz que tenha gostado. É um dos meus preferidos.

– Tem muito bom gosto para vinhos. E para restaurantes também. Adorei este lugar.

Ao dizer isso Lara olhou em seu entorno para apreciar o ambiente acolhedor. Depois se voltou para Adrien:

— Quando você está em um lugar como este não lhe dá saudade dos tempos em que tinha seus restaurantes? — perguntou enquanto segurava sua taça.

Adrien demorou alguns instantes para responder, pensativo.

— Talvez saudade não seja o termo certo. Tenho boas lembranças, mas não saudade. Era uma correria muito intensa, eu não tinha tempo para mais nada. Vivia para os negócios. Hoje posso dizer que estou bem mais tranquilo e continuo fazendo o que gosto.

— Isso é muito importante — confirmou Lara. — Fazer o que gosta.

— Você me disse que ama o que faz. Então estamos no caminho certo em nossas profissões — falou e bebeu um gole do vinho. — Resta saber se estamos bem resolvidos também sentimentalmente.

Lara se surpreendeu com aquela observação. Também deu um gole em sua taça antes de falar:

— De fato são os dois caminhos que buscamos resolver em nossa vida: profissão e coração. — Virou-se para Adrien e arriscou perguntar o que há muito queria, já que ele dera oportunidade para isso: — Você não está confortável com o que se passa em seu coração?

Ele sorriu.

— Eu poderia brincar com você agora, dizendo que me sinto confortável com o meu *novo* coração — falou Adrien dando ênfase ao "novo". — Mas não, não vou brincar, porque, além do estresse dos meus negócios, o amor também foi responsável por essa cirurgia.

— Como assim? — Lara quis saber, dando-lhe total atenção.

— É uma longa história. Podemos falar sobre ela outro dia? — pediu gentilmente — Viemos aqui para jantar e depois continuarmos com o diário de Valentine, lembra?

— Eu não vejo a hora de retomar a leitura do diário, Adrien, mas confesso que agora você aguçou minha curiosidade e quero muito conhecer sua história. — Ela sorriu. — Nesses poucos dias não foi possível notar como sou curiosa?

Adrien sorriu também.

– Claro que notei. Curiosa e ansiosa, não é?

– Então comece! – pediu Lara, de súbito.

– Começar o quê?

– A contar sua história, ué? Enquanto nossos pratos não chegam podemos conversar sobre você.

Novamente Adrien sorriu. Ele serviu mais um pouco de vinho nas duas taças, encheu seu peito de ar com um longo suspiro, encarando Lara.

– Então vamos lá, já que quer mesmo saber. Vou lhe contar – falou e fez uma pequena pausa. – Há três anos, como eu lhe disse, tinha meus restaurantes, mas não os administrava sozinho. Eu era casado e minha esposa me ajudava nos negócios. – Parou para beber de seu vinho. – Ela cuidava da parte administrativa dos estabelecimentos, das contas e da gestão dos funcionários enquanto eu me encarregava da cozinha e, ao mesmo tempo, do atendimento aos clientes. Era uma vida corrida para os dois e, apesar de trabalharmos no mesmo negócio, pouco nos víamos ou nos falávamos. Nossos horários não batiam. Ela trabalhava durante o dia no restaurante de Paris e eu ficava até tarde da noite. E ela nunca reclamou disso. Eu me revezava entre os dois estabelecimentos e viajava com frequência para Marselha. O pessoal dos aeroportos até me conhecia, pois vivia nos voos entre Paris e Marselha.

– Puxa, de fato não era uma vida nada tranquila que você levava – comentou Lara.

– Nem um pouco tranquila – concordou Adrien. – Estávamos casados há três anos e essa constante dedicação profissional foi afetando nosso casamento. Ela era um doce de pessoa, não reclamava, não me criticava por trabalhar demais. Sabia que eu fazia o que amava – explicou e fez uma nova pausa. – Para mim era uma questão de honra fazer com que aqueles restaurantes dessem certo e fizessem sucesso. E eu consegui isso. Os dois foram considerados os melhores em suas categorias. Mas eu não imaginava o preço que pagaria por aquela minha ambição.

Adrien discretamente virou o rosto, tentando esconder uma lágrima que se formava, mas Lara não pôde deixar de notá-la.

– Se essa história é tão triste para você – ela sugeriu –, podemos parar por aqui e continuar outro dia.

Adrien a fitou com os olhos molhados.

– Se sua curiosidade permitir, eu preferia mesmo que o restante de minha história ficasse para depois.

Lara tentou desfazer o clima triste:

– Vou me corroer por dentro, mas sobreviverei – brincou ela, sorrindo. – Agora vamos tratar de jantar, que estou morrendo de fome.

Adrien sorriu também, concordando com a cabeça, enquanto o garçom chegava com seus pratos e lhes servia.

O jantar iniciou tranquilo entre conversas amenas. Adrien então decidiu querer saber mais sobre Lara:

– Agora me fale de você.

Ela se ajeitou em sua cadeira, tentando se lembrar de algo mais que pudesse comentar.

– Não tenho muita coisa para falar sobre mim. Acho que já lhe falei tudo.

– Sim, sei que mora em uma pequena cidade no Brasil, formou-se em biologia, trabalha em um lavandário da família e está aqui como espiã para roubar os segredos das nossas lavandas de Provence.

Os dois riram.

– E vou vender caro esses segredos para todos os países que quiserem concorrer com suas lavandas – brincou Lara.

– Isso eu já sabia – continuou Adrien, também brincando. – Mas quero saber de sua vida, se é feliz. E, já que falei do meu, quero saber como está seu coração. E não vale só me dizer que ele está batendo.

Lara tentou adivinhar qual seria a intenção de Adrien em ter aquela informação, já que ela continuava sem saber qual seria a real situação dele com a ex-mulher ou se havia alguém na sua vida. Decidiu falar:

– Bem, meu coração está feliz por tudo que tem acontecido em minha vida e por esta viagem maravilhosa que estou fazendo, que já era esperada há anos.

– E por que decidiu vir somente agora?

Lara viu que a primeira garrafa de vinho chegava ao fim. Serviu-se do que restava.

– Que tal pedirmos mais uma? – sugeriu ela. – A noite está tão agradável que merece uma nova garrafa deste rosé maravilhoso.

Adrien mais que depressa concordou, chamando o garçom para fazer o novo pedido. Lara continuou:

– Você me perguntou por que não vim antes a Provence. O fato é que eu tinha uma pessoa em minha vida. Namoramos por quatro anos e ele era muito difícil de lidar. Ciumento demais e até possessivo, não via com bons olhos que eu viesse sozinha para cá.

– E por que não vieram juntos?

– Eu o convidei várias vezes, mas ele ficava adiando a viagem. Era estudante de medicina, dedicava-se muito aos estudos e dizia que só faria essa viagem quando se formasse. Esperei que isso acontecesse e então, quando ele concluiu a faculdade, passou a fazer residência em um hospital da capital. Aí é que não teve tempo para mais nada. Vivia fazendo plantões nos horários mais absurdos possíveis.

O garçom trouxe a nova garrafa de vinho e serviu aos dois.

– Após alguns meses que ele se mudou para a capital – ela continuou –, ficou complicado mantermos nosso namoro a distância e nós dois decidimos terminar a relação.

– E você não ficou triste por terem terminado?

– Para dizer a verdade, e eu descobri isso depois, não tínhamos mais uma relação de amor. Nos acomodamos, sabe? Fomos deixando o tempo passar. Ele achando que tinha o direito de me controlar o tempo todo e eu me desgastando tentando provar que não havia a menor necessidade dele se comportar daquela forma. Mas era o seu jeito e não havia o que o fizesse mudar. Por fim, achei bom que tivesse se mudado para a capital, para nos afastarmos um pouco. Com o passar dos meses e com a distância concluímos que o melhor que faríamos seria nos separar. E foi positivo para os dois, já que ele pôde se dedicar por inteiro ao seu trabalho e eu finalmente fazer a viagem que tanto queria. E aqui estou eu! – Sorriu.

– Isso merece um brinde! – propôs Adrien.

Juntaram suas taças em comemoração à vinda de Lara a Provence.

Trocaram mais alguns assuntos até que, terminado o jantar, decidiram continuar a leitura do diário de Valentine. Adrien propôs que fossem para uma mesa menor ao lado de fora do restaurante, por estar uma noite com clima agradável, e também para não ficarem ocupando uma das mesas internas enquanto durasse a leitura. Transferiram suas taças e a garrafa de vinho e foram para fora. Ao se acomodarem Lara perguntou:

– Pronto para entrar novamente no mundo de Valentine?

– Superpronto e acho que até mais curioso que você.

Riram.

– Isso acho impossível! – Ela piscou, já iniciando a abertura do diário.

Capítulo 13

VALENTINE

Quando Thierry se despediu de mim em nossa primeira cavalgada, prometeu-me que faríamos outras. Disse que sempre que estivesse em Sault me convidaria para novos passeios. E ele não mentiu. Foram várias e várias cavalgadas pela fazenda e em outros trechos da cidade. Como ele trabalhava nas minas de ocre em Roussillon, que ficava cerca de cento e cinquenta quilômetros distante de minha cidade, ia para a casa de seu avô a cada dois meses. Eu o esperava ansiosa, pois sabia que teríamos momentos só nossos, explorando felizes cada pedacinho do lugar em que eu adorava morar. Descobríamos juntos não somente lugares inexplorados da região mas também de nossos corações. A cada encontro percebíamos que um sentimento profundo ia nos apossando com muita força e intensidade. Um querer, uma necessidade de estarmos juntos o máximo que o tempo nos permitisse.

Em um desses belos passeios, desta vez um dia nublado e frio, apeamos de nossos cavalos e nos sentamos sob uma enorme e frondosa árvore, nos recostando lado a lado em seu tronco. A neblina tornava quase cinza o cenário à nossa frente, mas para mim era como se fosse um lindo dia de sol, por ter Thierry ao meu lado. E era assim que eu me sentia naqueles momentos: ele alegrava e avivava meus dias, me trazia luz.

– Então quer dizer que a mademoiselle pretende estudar farmácia na capital? – perguntou. – Não achas que é algo deveras inadequado para uma mulher?

Seu comentário preconceituoso me surpreendeu. Não esperava que ele pensasse da mesma forma que meus pais.

– Nada é deveras inadequado quando se trata de um sonho – devolvi-lhe. – E, depois, existem muitas mulheres que estão começando a trabalhar fora de casa para ajudar financeiramente seus maridos.

– Pois minha mulher jamais trabalhará fora – disparou sem sequer me encarar. – Não permitiria tamanha insolência.

Virei-me para ele, encarando-o e forçando-o a me olhar.

– Estamos em pleno século XIX! Não é atrevimento algum uma mulher decidir se profissionalizar e trabalhar com o que gosta.

Thierry olhou de lado para mim e, talvez percebendo que aquela conversa poderia tomar rumos de uma discussão acalorada sobre os direitos das mulheres, apenas sorriu.

– Estou dizendo que *minha* mulher não precisará trabalhar – declarou, enfatizando a palavra "minha". – Portanto, não precisa se rebelar com meu modo de pensar. A menos que esteja inclinada a se tornar minha esposa.

Novamente corei ao seu lado, agradecendo pelo fato dele estar olhando para baixo, distraído com um graveto em sua mão, fazendo alguns rabiscos na terra.

– E o que o faz pensar que eu estaria inclinada a isso?

Thierry, agora largando o graveto e olhando fundo em meus olhos, disparou:

– Não sei se você estaria com essa pretensão, mas confesso que eu gostaria muito que estivesse.

Naquele momento ele me olhou sério. Nunca vou me esquecer daquele olhar, nem que um dia me tirem a visão. Ele estará sempre em minha lembrança, já que seguido dele veio o que eu mais esperava em nossos encontros: num rompante de extrema ousadia, sem sequer me pedir autorização, Thierry aproximou seu rosto do meu e me beijou nos lábios pela primeira vez. E então, naquele momento, eu descobri o amor. Descobri que amava aquele homem como jamais havia amado alguém antes. E o que é melhor: senti que Thierry nutria por mim o mesmo sentimento. Senti-me amada.

Nossas cavalgadas e nossos encontros a cada dois meses tinham nos aproximado por demais e sempre aguardávamos ansiosos pelo próximo, para que pudéssemos nos rever.

Não esperava ser cortejada tão rapidamente e aquele beijo foi o único que lhe permiti até ali e em nossos novos encontros. Foi um atrevimento que não me saiu da cabeça por meses a fio. Corava toda vez que me lembrava dele.

Alguns meses depois que nos conhecemos, Thierry decidiu fazer a corte oficialmente e pedir minha mão aos meus pais. Eu sabia que iriam aceitar e ficariam muito felizes com o pedido, mas sugeri que esperássemos mais um tempo, precisamente mais quatro anos. Havia uma novidade que me deixara muito, muito feliz: eu tinha acabado de ser aceita na Escola de Farmácia de Paris e minha intenção era fazer o curso, me formar e, junto com Thierry, abrirmos uma pequena botica em Sault. Ou, caso ele não aprovasse essa ideia de trabalharmos juntos, que montasse algum negócio em que pudesse se ver livre das distantes minas e fixar residência na cidade. Seu trabalho era muito pesado e gostaria que ficasse ao meu lado na botica ou em algum negócio próprio.

Percebi que a sugestão de adiarmos nossa corte por quatro anos muito lhe magoou. Nos primeiros outros passeios ele ficava amuado, de cara fechada por ter sido contrariado, mas, aos poucos, voltou a ser o mesmo jovem animado que eu conhecera. Aceitou finalmente minha decisão e prometemos então um para o outro que ficaríamos juntos o máximo de tempo possível. Só assim para compensar os longos anos que estaríamos afastados durante a faculdade.

– Enquanto o dia de você partir não chegar – ele falou –, prometo ficar ao seu lado todas as horas e momentos possíveis.

– Eu também. E você não imagina como isso me deixa feliz.

E daquela vez eu me fiz de ousada partindo em sua direção e o abraçando. Um abraço apertado e demorado para selar nossa promessa.

Foi assim durante os dois outros meses que vieram. Thierry chegava de Roussillon e passava em casa. Ficávamos horas conversando com meus pais e depois partíamos para nossos passeios. Só nós dois. Não era comum um homem e uma mulher sem compromisso oficial passearem sozinhos, mas nossas famílias confiavam tanto em nós e sabiam que éramos feitos um para o outro que permitiam tal liberdade. Procurávamos aproveitar cada instante, saboreando os momentos de estarmos juntos, lado a lado e felizes por saber que teríamos um lindo futuro pela frente.

Dias antes de eu me apresentar à faculdade, meus pais fizeram uma pequena comemoração de despedida em casa e, claro, Thierry compareceu. Naquela oportunidade quem se magoou fui eu: ele chegou praticamente embriagado, após ter ficado horas em uma taberna bebendo com os amigos. Quase não conseguia sequer articular direito as palavras e, ainda assim, continuou bebendo em minha cerimônia de despedida.

Lembro-me de que o chamei para fora de casa por alguns instantes, pois os convidados comentavam sobre seu estado. A muito custo ele aceitou ir comigo. Não o poupei.

– Você tem noção de suas condições, Thierry?

Ele me olhou, com movimentos cambaleantes.

– Como assim minhas condições? – Quis saber, falando meio enrolado.

— É a minha despedida e estão aqui amigos e parte da família para me desejarem boa sorte na estadia por quatro anos em Paris e você aparece desse jeito?

— Que... que jeito eu teria que aparecer?

— Sóbrio! — disparei. — Ou pelo menos não tão embriagado como chegou. Precisava ter bebido tanto assim?

Em seguida me arrependi por ter feito aquele comentário, pois Thierry abaixou a cabeça, triste, me dizendo:

— Eu só queria esquecer que você está partindo.

Não consegui conter as lágrimas. Eu também me sentia triste por ter que me afastar dele por todo aquele tempo. Paris ficava muito distante, de modo que eu somente poderia voltar a Sault uma vez por ano, nas férias da faculdade. Não sabia ao certo se depois de tantos meses longe conseguiríamos manter nosso amor, mas eu tinha que levar adiante meu sonho de me tornar uma profissional de farmácia e confiava que sim, poderíamos aguardar um ao outro pelo tempo que fosse necessário. Nosso amor resistiria.

— Por que não desiste de ir a Paris e nos casamos? — propôs Thierry com aquele seu sorriso torto, ainda mais curvado pelo efeito da bebida.

— Faremos isso quando voltarmos. Quatro anos passam rápido.

Não foi a primeira vez que ele tentou me convencer a mudar de ideia. Foram inúmeras tentativas e ele sabia que eu já havia tomado minha decisão.

— Quatro anos pode ser tempo demais — declarou ele quase num sussurro. — Podemos esquecer alguém nesse tempo.

Aquele comentário muito me desagradou e o refutei, decidida:

— Não se o coração nos ajudar a lembrar — falei. — Se o amor for verdadeiro, tempo algum nos fará esquecer um do outro.

Então olhei fundo nos olhos dele e disse:

— Eu te amo de verdade. E você? Me ama também?

Ele, ainda mal se equilibrando, respondeu:

— Não estou em condições de dizer o que sinto por você. Porque, se eu for expressar agora meus sentimentos, Valentine, receio passar vergonha.

— Por que diz isso?

— Porque a bebida me deixa ainda mais sentimental e eu poderia dizer coisas inadequadas.

— Inadequadas? Poderia ser mais claro?

Ele firmou-se segurando forte na caixa de correio, encarando-me.

– Poderia dizer, por exemplo, que eu amo você desde a primeira vez que a vi entediada na casa do meu avô. Diria também que esses olhos cor de violeta acompanham meu pensamento todos os dias desde então. E que agora estou com uma enorme vontade de beijá-la.

Não pude deixar de achar graça na forma com que ele expressou aquelas palavras, tentando solenemente se segurar em uma caixa de correio enquanto seu corpo se balançava devido à embriaguez. Mas fiquei encantada com o conteúdo de sua mensagem. Ele me amava e por isso iria me esperar, como eu a ele.

– Nós nos amamos, Thierry. E o tempo não vai tirar esse amor de nós.

Chamei-o para voltarmos para dentro de casa e, com delicadeza, pedi que ficasse sentado sem beber. Ele interrompeu minha fala com o dedo indicador em meus lábios.

– Shhhhhh! Silêncio! – pediu ele, mal articulando suas palavras. – Não me peça para ficar sentadinho, imóvel como um vaso de porcelana porque eu não sou um vaso de porcelana. Você pode entrar, mas eu vou embora. Vou voltar para a casa do meu avô ou quem sabe para uma taberna qualquer que ainda esteja aberta.

– Fique aqui comigo – supliquei. – Vamos aproveitar todo o tempo que podemos para ficarmos juntos. Lembra que prometemos um ao outro?

Sem dizer mais nada ele saiu andando, cambaleando, mas não na direção da casa de seu avô.

Aquela foi a primeira vez de tantas outras que eu veria pela frente o meu amor se render à bebida e se deixar dominar por ela. Algo que conseguia ser mais forte que o amor que ele sentia por mim.

※ ※ ※ ※ ※

Nos vimos no dia seguinte. Thierry estava completamente recuperado, nem parecia que estivera naquela situação deplorável da noite anterior. Como de costume, passeamos a cavalo e ficamos horas juntos conversando e fazendo planos. Naquele dia nos encontramos mais vezes e no outro também.

Queríamos ficar juntos o máximo que podíamos para compensar o tempo de separação que estava por vir.

Lembro-me de que cavalgávamos por uma extensa área de vegetação e o dia se mostrava incrivelmente claro, com o sol nos castigando a pino. Subimos uma colina em direção a algumas grandes árvores. Ao chegarmos naquele oásis, apeamos e fomos caminhando para a sombra formada pelas copas das árvores. Planejamos levar cestas com algumas guloseimas para um piquenique no campo. Então estendi uma toalha no chão e passamos a espalhar por ela pães caseiros, geleias, bolos e sucos de frutas. Sentamos sob a sombra e, entre muitas conversas e risadas, nos fartamos daquelas delícias. Nossos cavalos pastavam presos próximos de nós. Terminamos de comer e nos encostamos no tronco de uma das árvores, lado a lado. Thierry olhava para a imensa área de vegetação logo abaixo.

– Você já saiu de Sault alguma vez, Valentine?

– Nunca.

– Então não poderia ter visto as enormes plantações de lavandas nas cidades vizinhas.

– Tem plantações de lavandas pelas redondezas? – interessei-me.

– Muitas. Cada vez que vou para Roussillon passo por várias delas. Já vi também as de Aix-en-Provence, onde estão as mais belas e minhas preferidas. São campos gigantes. A coisa mais linda de se ver. – Fez uma pausa. – Fico olhando aquela imensidão de flores cor de violeta e lembro-me de você, de seus olhos.

Senti-me encabulada por aquele comentário, mas feliz e envaidecida por saber que estava no pensamento do homem que eu amava.

– Temos um jardim com alguns pés de lavanda lá em casa – falei em seguida. – Minha mãe cuida delas com muito carinho. São lindas.

Thierry virou-se animado para mim e disse:

– Sabe o que poderíamos fazer algum dia, Valentine? Juntar as sementes das lavandas de sua mãe e espalhar por todo este campo.

Levantou-se apontando, empolgado, para a colina abaixo de nós.

– Poderíamos cobrir tudo isto aqui com as sementes e transformar este lugar em lindos campos de lavanda. Não seria maravilhoso?

– Mas daria muito trabalho plantar em toda esta área. É enorme!

— Não se fizermos um pouco a cada dia. — Virou-se para mim, sorrindo seu sorriso torto que eu amava. — Façamos um pacto: quando você voltar de Paris, nós dois vamos começar as primeiras plantações de Sault — disse e levou suas mãos para a frente, mostrando-as para mim. — Com estas mãos e com as suas vamos cultivar muitas flores por aqui. Quero que nossa cidade fique conhecida como a cidade das lavandas. Que tal?

Achei graça naquele desafio, mas não resisti à possibilidade de planejarmos algo em conjunto, um plano de futuro a ser realizado por nós dois, por nossas mãos juntas. Uma prova de que em nossa mente estaríamos unidos dali alguns anos e isso muito me confortava.

— Então pedirei para mamãe começar a guardar sementes desde já — falei animada. — Vamos precisar de muitas, milhares delas para cobrirmos toda esta área enorme.

— Então peça! E esteja preparada para trabalhar muito. Será nosso projeto. Transformar este cenário em belíssimos campos de lavanda — falou e me encarou. — Assim não precisarei ir tão longe para lembrar-me de seus lindos olhos.

Thierry então se sentou novamente ao meu lado e, pegando minha mão, sorriu, contemplando o vale abaixo de nós, como se em sua imaginação aquele lugar já estivesse repleto dos pequenos e lindos pés de lavanda. Recostei-me em seu ombro e fechei meus olhos, tentando imaginar aquele cenário de cor roxa tomando conta de todo o espaço. Por incrível que pareça, pude sentir um leve perfume de flores se espalhando pelo ar, trazido talvez por minha imaginação e por nossos planos futuros. Algo que faríamos juntos dali algum tempo e que nos deixaria muito felizes.

※ ※ ※ ※ ※

E então chegou o dia de partir. Teria que me apresentar em Paris onde ficaria por quatro anos. Meus pais, minha irmã, Camile, e Thierry foram comigo até a estação de trem.

— Cuide-se, minha filha — pediu meu pai, entristecido. — Será a primeira vez que ficaremos tanto tempo sem nos ver. Sentirei sua falta.

— Eu também, papai. Sentirei muito sua falta.

Ele me puxou para o lado, como se quisesse me falar algo em segredo. Depois, levou a mão ao interior de seu paletó e de lá tirou um lindo e conhecido relógio de bolso de ouro. Mostrou-o para mim.

– Acho que você sabe o que é, não? – perguntou.

– Sei, sim, papai. O relógio que vovô lhe deu quando o senhor era adolescente.

Papai guardava aquele relógio como um tesouro. Era a única lembrança física que tinha de seu pai que já se fora há anos.

– Isso mesmo, minha filha.

Esticando seu braço, ofereceu-me aquela peça preciosa. Depositou o relógio em minha mão e, com as dele, apertou-a, fazendo com que eu segurasse sua herança valiosa.

– Ele agora é seu – disse. – Quero que guarde com muito zelo e amor como eu sempre guardei.

– Mas papai...

Ele me interrompeu carinhosamente, ainda segurando minha mão:

– Não me venha dizer que não aceita. Você não tem essa opção. E vou lhe contar um segredo. – Olhou para os lados, certificando-se de que ninguém ouvia nossa conversa e prosseguiu: – É um truque que meu pai me ensinou quando me deu este relógio – falou, piscando para mim. – Todas as vezes que algo lhe afligir, aperte-o em sua mão assim. – Me mostrou como fazer. – Leve até seu peito, feche os olhos e peça para o tempo passar depressa. Este relógio representa os segundos, minutos e as horas que passam. E nada melhor que o tempo para curar todas as coisas. Qualquer que seja sua apreensão, ela sempre passará. O tempo se encarregará disso.

Sorri em agradecimento e, mesmo sem querer que naquele momento o tempo passasse depressa, apertei forte o relógio contra meu peito.

– Use-o sempre que precisar lá em Paris – concluiu meu pai com mais uma piscadela.

Mamãe chorava segurando um lenço oferecido por Thierry.

– Tem certeza de que não quer mudar de ideia e ficar, minha filha? – perguntou ela entre soluços.

– Não, mamãe. Está doendo muito esta partida, mas é algo que preciso fazer – falei decidida.

Era meu futuro que estava em jogo. Um sonho acalentado há anos e prestes a se realizar.

– Mas Paris é tão longe! – reclamou minha mãe.

– O tempo vai passar depressa – atestei, olhando furtivamente para papai. – Ele sempre passa rápido quando estamos entretidos. E lá na capital vou mergulhar nos estudos. Vocês aqui se ocuparão com seus afazeres. Quando menos esperarem estarei de volta e ficaremos todos juntos outra vez.

Camile tentava se segurar para se mostrar forte, como era de seu feitio.

– Vou bem gostar de você ficar longe por uns tempos, sua tontinha. Terei nosso quarto só para mim – falou. – E poderei dormir sem ter você falando pelos cotovelos até altas horas da noite e...

Ela correu a me abraçar, agora se derramando em lágrimas.

– Não é verdade! Vou sentir falta de nossas conversas, de você me contando suas histórias, seus sonhos. Sentirei falta até de nossas brigas.

– De me chamar de tontinha também, não é? – observei sorrindo.

– Sim, sua tontinha!

Nos abraçamos forte. Meus olhos ficaram úmidos e um nó se formou em minha garganta. Meu pai veio gentilmente resgatar Camile de mim e também se abraçaram. Vi que ele agora tentava disfarçar algumas lágrimas.

Naquele dia descobri um Thierry diferente, emotivo. Ele pouco se pronunciou. Apenas me olhava com seus olhos vermelhos, uma prova de que havia chorado instantes antes de nos encontrarmos para juntos irmos à estação de trem.

– Por quatro anos meus passeios a cavalo não serão mais os mesmos. – comentou Thierry com a voz embargada.

E naquele momento eu chorei. Queria abraçá-lo, mas seria muita petulância de minha parte fazê-lo na frente de meus pais, então me contive. Por um instante me perguntei se de fato havia tomado a decisão certa. Deixar para trás aquelas pessoas que eu tanto amava para ir em busca do desconhecido. Apesar da dúvida, tentei me convencer de que assim era a vida. Um constante caminhar em direção ao desconhecido. Não sabemos o que nos espera no minuto ou até no segundo seguinte e, justamente por isso, necessitamos seguir em frente, numa tentativa de moldar nosso futuro para que seja o menos incerto possível.

O primeiro apito do trem soou despertando-me do transe momentâneo. Dali a poucos minutos eu teria que embarcar para uma viagem longa e incerta. E mais uma vez relacionei aquele momento à vida, também longa e sem garantias de qualquer certeza.

– Eu vou ficar bem – procurei acalmá-los. – Prometem que também ficarão?

A resposta foi o choro na face de cada um deles. E algumas tentativas de sorriso em meio às lágrimas.

O som do segundo apito ecoou. Agora seria questão de segundos. Minhas malas já estavam embarcadas. Só me restava subir os poucos degraus da composição para então me afastar durante meses daquelas pessoas queridas.

– Dentro de um ano, nas primeiras férias, estaremos todos juntos novamente – tentei consolá-los.

Todos vieram até mim. Nos abraçamos e choramos juntos. O silêncio e os soluços falavam por nós. Quando por fim nos separamos, Thierry me olhou bem fundo nos olhos.

– Adeus, minha doce Valentine – despediu-se ele.

– Não. Adeus não. Até breve, Thierry – corrigi-o, voltando meu olhar para os demais: – Até breve, papai. Até breve, mamãe. Até breve, Camile, minha adorada irmã.

Todos somente confirmavam com suas cabeças balançando-as, sem conseguirem segurar o choro.

– Não vá sair sozinha em Paris, principalmente à noite – advertiu mamãe. – E cuidado para não tomar friagem.

Só pude concordar também com sinais. Minha garganta quase fechada me impedia de falar. Naquele momento soou o terceiro e último apito. Era o aviso de que teria que ir, sob pena de perder a viagem. Dirigi-me para o vagão, olhando para trás por diversas vezes. E a cada olhar só via aquele grupo de pessoas amadas se distanciando. Ia deixando para trás minha família e o meu amor. Prometi para mim mesma que me esforçaria ao máximo nos estudos para fazer com que tudo valesse a pena.

No interior do vagão procurei com pressa meu assento. Queria estar devidamente acomodada para me despedir deles pela última vez. Enquanto caminhava pelo corredor à procura do meu lugar, via pela janela que, lá fora, na plataforma, meus queridos me seguiam com o olhar. Por fim me acomodei em um assento à janela. Mal me sentei e o trem começou a se movimentar lentamente. Acenei para eles e, à medida que a composição avançava, eles também do lado de fora me acompanhavam, andando a passos rápidos, em um balé de perseguição, como se quisessem prolongar nosso contato, mesmo sendo somente visual.

Agora o trem ia mais rápido. A plataforma havia acabado e eles não puderam prosseguir. Pararam em sua extremidade sem deixar de acenar. Projetei parte de meu corpo para fora da janela, de uma forma displicentemente perigosa, mas tinha que o fazer, pois queria vê-los por mais breves instantes, afinal somente tornaríamos a nos encontrar dali a um ano. Seus acenos continuavam ao longe. Eu também acenava. O vento agora batia forte em meu rosto, espalhando meus cabelos e minhas lágrimas. Ao longe seus acenos iam ficando diminutos até que sumiram de vista. Recolhi-me e afundei em meu assento. E chorei, sem me importar com as pessoas ao meu redor. Deixava para trás meu coração. Sim, só partia com meu corpo e minha mente. Meu coração havia ficado na extremidade daquela plataforma, junto àquelas pessoas que eu amava, um limite imposto em alto e bom som como os apitos do trem ecoando e que avisavam: agora é com você, Valentine! Sua família e seu amor estão longe. Só depende de você.

Suspirei forte. Tentei engolir meu choro. A viagem havia apenas começado e duraria quatro anos. Em janeiro de 1845 eu partia definitivamente para o desconhecido. Partia para a vida.

Ainda tinha em minhas mãos o relógio que papai acabara de me presentear e, sentada naquele vagão de trem sem ter com quem contar, pela primeira de muitas vezes, apertei aquele relógio, levei-o até meu peito, fechei os olhos e pedi em pensamento: *Tempo, por favor, passe depressa!*

Capítulo 14

Adrien tocou com carinho a mão de Lara.

– Acho melhor pararmos – sugeriu ele. – Está ficando tarde.

Lara enxugou os olhos com um guardanapo de papel. Adrien, disfarçadamente, fez o mesmo, mas usando as próprias mãos.

– Puxa, que história da Valentine! – abismou-se Lara. – Dá vontade de não parar de ler.

– Nossa segunda garrafa de vinho já terminou e daqui a pouco vão querer fechar o restaurante – observou Adrien, com um sorriso.

– Que horas são?

– Quase meia-noite.

– Já? Nossa, como o tempo passa depressa quando estamos lendo este diário!

– Foi o que Valentine falou: o tempo passa rápido quando estamos entretidos.

Lara moveu os olhos para cima, lembrando-se do momento em que havia lido aquela parte no diário. Adrien continuou:

– Qual sua programação para amanhã?

Ela pensou por alguns instantes.

– Vou continuar a visitar os campos de lavanda da região.

– Posso fazer uma sugestão?

– Claro!

– Valentine citou que Thierry morava em Valensole. É uma cidade que tem campos incríveis de lavandas e girassóis. Se você topar, podemos ir lá amanhã fazer suas pesquisas.

Lara virou-se para Adrien, empolgada:

– Demorou! Vou adorar conhecer Valensole!

Ele sorriu com a reação da brasileira.

– Não é tão perto. Dá cerca de uma hora de carro.

– Não tem o menor problema. Tempo é o que não me falta por aqui. – Ela caiu em si. – A menos que para você seja complicado.

– Claro que não. – Piscou. – Se esqueceu de que minha equipe lá no hotel é eficiente? Eles se ajeitam facilmente sem mim.

— Então está mais que combinado!

Adrien olhou para os lados.

— Acho que me enganei quanto ao fato de quererem fechar agora o restaurante. Ainda tem vários clientes. Você aceita mais uma garrafa de vinho?

Lara pensou por alguns segundos e respondeu:

— Acho que a terceira garrafa não vou conseguir. Mas se quiser pedir um drinque eu o acompanho pedindo algo leve para mim.

— Algo leve como o quê, por exemplo? Uma caipirinha?

Ambos riram.

— Caipirinha não deve ser a especialidade deste lugar — falou Lara. — E nem de longe é leve.

— Que tal então, em homenagem ao primeiro encontro de Valentine e Thierry, pedirmos dois coquetéis de frutas? Eles tomaram ponche, lembra-se?

— Se me lembro? Tenho todos os detalhes da história dos dois guardados na memória. — Sorriu para Adrien. — É uma ótima pedida!

Ele também sorriu e acenou para o garçom. Após pedir as bebidas, encarou Lara, sério.

— Creio que agora posso continuar contando minha história.

— Se achar que deve, fique à vontade — falou Lara com a curiosidade que lhe era peculiar.

Adrien demorou alguns segundos para continuar.

— O nome de minha esposa era Sofie.

— Era? — intrigou-se ela.

Novamente ele demorou a falar, abaixando a cabeça e depois tornando a fitar Lara.

— Sim, era. Ela faleceu há três anos.

— Puxa, eu sinto muito — compadeceu Lara com sincero pesar.

Naquele momento, o garçom depositou na mesa dois copos com uma bebida avermelhada. Adrien tomou seu primeiro gole, esquecendo-se de brindar com Lara.

— Conheci Sofie — ele continuou — quando ela tinha 20 anos. Eu tinha 21. Ela se mudou com seus pais para Sault, vindos de Chartres, cidade próxima a Paris. Quando bati os olhos naquela garota de lindos cabelos castanhos cacheados e com um sorriso encantador soube que ela seria a mulher que eu esperava para mim. Logo que nos vimos tivemos simpatia um pelo outro. Ela veio morar ao lado de minha casa e, com essa aproximação, não demorou para fazermos amizade. Meus pais já tinham o hotel, eu os ajudava com algumas tarefas e Sofie vinha com frequência nos visitar. – Adrien fez uma pausa, tomando mais um gole de sua bebida. – Ela adorava o chá que servíamos no hotel e eu o usava como trunfo para que voltasse sempre, convidando-a para nos acompanhar aos fins de tarde. Depois do chá ficávamos conversando por horas. Gostávamos de passear pela cidade e fazíamos longas caminhadas. Nos dias de calor era comum irmos até a sorveteria da praça e dividirmos o mesmo sorvete. Pedíamos sempre a maior taça com bastante cobertura e nos divertíamos enquanto dávamos cabo dela. Misturávamos nossos sabores preferidos, o dela pistache e o meu chocolate amargo. – Adrien sorriu como se aquela lembrança lhe trouxesse saudade. – Lembro-me de um dia em que decidimos mudar um pouco e pedir sabores que até então nunca tínhamos experimentado. E tinham que ser bem diferentes mesmo. Ela escolheu gengibre cristalizado e eu tangerina com pimenta. Minha nossa, eram muito fortes. – Riu mais ainda. – Sofie fez uma grande careta quando experimentou, me dizendo: "Credo, isto aqui é muito ruim! E agora? Vamos ter que tomar tudo. Fica chato se deixarmos na taça. Ou então temos que dar outro jeito de terminarmos logo este sorvete".

Adrien, ao dizer aquilo, sentiu seus olhos brilharem.

– E então ela pegou um bocado de sorvete na colher, fingiu que ia dar em minha boca e passou em meu nariz. Fiz o mesmo com ela e começamos uma guerra gelada, aos risos. Acabamos com a taça em pouco tempo, jogando um no outro, fazendo a maior sujeira na mesa. Saímos correndo para não levarmos bronca do Pierre, dono da sorveteria.

– Que legal! – comentou Lara, feliz. – Vocês se divertiam bastante quando estavam juntos.

– Muito! Passamos a ir ao cinema, que era nossa paixão. Adorávamos filmes e não perdíamos um que estivesse em cartaz. E, em uma dessas idas, a pedi em namoro dentro do cinema, no escurinho. – Adrien fez uma pausa, sorrindo. – Ela mal ouviu meu pedido. Estava compenetrada no filme. Tive que repetir o pedido e novamente ela não me escutou. Uma senhora que se sentava nas poltronas atrás de nós junto com seu marido teve que cutucar no ombro de Sofie e dizer, emburrada: "Ei, garota, aceite logo namorar o rapaz porque queremos assistir ao filme e ele está nos atrapalhando". Sofie, sem entender, virou-se para mim e pela terceira vez repeti minha pergunta: Você quer namorar comigo?

Adrien desta vez deu um sorriso gostoso, mas emocionado.

– Só então ela percebeu o que eu tentava lhe dizer. Ao ouvir meu pedido, pude ver que seus olhos brilharam e um lindo sorriso se estampou em seu rosto. E Sofie se atirou para mim em um beijo que eu jamais esperava, como se ela o esperasse há tempos. Percebi que o casal rabugento de trás se incomodou com nossa cena e teceu alguns comentários, mas para dizer a verdade nem me importei. Continuamos nos beijando e, daquela vez, ficamos sem saber o final do filme. – Fez uma pausa. – Mas para nós isso não importava. O que importou realmente foi nosso final feliz.

Ao dizer aquilo algumas lágrimas escorreram pelo rosto de Adrien.

– Que bonito isso! – manifestou Lara, sincera e emocionada.

– Já naquela época fazíamos planos. – Adrien continuou, procurando enxugar seu rosto com as mãos. – Eu queria ter meus restaurantes, mas tinha medo. E, quando eu tocava naquele assunto, Sofie conseguia me motivar para seguir em frente com meus projetos. – Adrien parou e sorriu. – Ela tinha uma frase que repetia sempre: "Vá em frente! A vida está aí para ser vivida. Arrisque-se!". Cada vez que ela dizia isso, meu coração disparava, mas eu arriscava, com Sofie ao meu lado sempre.

Adrien, ainda com os olhos molhados, murmurou:

– Nos casamos um ano depois, nos mudamos para Paris, onde me formei em gastronomia e abrimos nosso primeiro restaurante. E ela continuamente me encorajando a ir em frente com meus planos. – Parou e depois continuou: – Puxa, como eu amava aquela mulher. Era minha parceira em tudo.

Adrien tirou um lenço do bolso e, enxugando suas lágrimas, disse:

– Tem mais uma coisa importante que preciso lhe falar.

Lara mais que depressa virou-se para ele, que continuou:

– Mas isso vou lhe contar somente amanhã. E, por favor, peço que não insista para lhe contar hoje. É algo que me custa muito falar.

Lara só pôde fechar os olhos e suspirar.

– Ai, meu coraçãozinho! Quer que eu passe a noite inteira em claro tentando imaginar o que possa ser?

– Não. Por isso fiz você pedir outra bebida além dos dois vinhos que tomamos. Quando cair na cama vai dormir como um anjo.

– Então acho que vou precisar mesmo de uma caipirinha – falou, tomando de uma vez o restante da bebida em seu copo.

Capítulo 15

Assim que amanheceu Adrien não estranhou ver Lara logo cedo o aguardando no salão do café do hotel. Ele se aproximou dela, rindo.

– Por que será que eu imaginava que você já estaria aqui? – zombou.

– Está brincando? Você tinha razão quanto ao fato de eu dormir como um anjo assim que caísse na cama. Dormi mesmo. Só que o anjinho que me acompanhou estava com insônia, acordou no meio da noite e não conseguiu mais dormir. E estou aqui agora na terceira xícara de café contando os minutos para você chegar.

Adrien desta vez gargalhou.

– Acalme seus hormônios, mocinha! Toda essa ansiedade pode lhe fazer mal.

– Me conta tudo! – bradou Lara.

– Agora não. Quero tomar um café com tranquilidade. Mais tarde você vai saber de tudo.

– Não pode começar agora?

– Como lhe disse, é hora do desjejum. Quando chegarmos a Valensole eu continuo nossa conversa.

– Só quando chegarmos? Você falou que a viagem dura cerca de uma hora. Pode muito bem me falar no caminho.

Adrien tirou do bolso de seu casaco o diário de Valentine e o colocou sobre a mesa.

– Tenho outra sugestão – emendou ele. – Durante o trajeto você pode ler o diário em voz alta enquanto eu dirijo. Assim continuamos a desvendar a história de Valentine que tanto queremos saber o final.

Lara olhou desconfiada para Adrien.

– Tem certeza de que não leu nada do caderno enquanto esteve sozinho no quarto? Não deu nenhuma espiadinha?

– Estou curioso, mas não sou ansioso – disse e piscou. – Prometi que leríamos juntos, lembra?

Serviram-se com alguns pães, frutas e café. Meia hora depois estavam no carro a caminho de Valensole. Assim que pegaram a estrada, Lara se ajeitou no banco de passageiro, abriu o diário e passou a ler em voz alta com Adrien ao volante.

Capítulo 16
VALENTINE

Diferente do que eu esperava, os quatro anos que fiquei em Paris deram a impressão de que demoraram a passar. Usei por várias vezes o relógio de papai e, somente naqueles momentos que eu pedia, como por milagre, pareciam que passavam um pouco mais veloz.

Não vou me estender dando detalhes de tudo que aconteceu naquele período. Foram anos de muitos estudos, leituras de incontáveis livros e manuais, horas e horas de pesquisas em laboratórios, dias inteiros em salas de aula, muitos ensinamentos sobre fórmulas e até dissecação de alguns cadáveres para o aprendizado de anatomia. Ao me formar me senti preparada para atuar como farmacêutica e me via apta a realizar meu projeto de abrir uma botica em Sault.

Durante os estudos só tínhamos férias aos finais de ano, por vinte dias, quando então eu voltava à minha cidade para rever minha família e Thierry. Meu amor, por sua vez, continuou trabalhando nas minas de seu avô ainda com mais dedicação. Passava temporadas inteiras nas escavações, sempre empolgado quando descobriam novas jazidas de ocre e outros minérios. Acompanhei tudo o que acontecia em seu trabalho, pois nesses quatro anos trocamos muitas cartas. Centenas delas. Sim, os correios de certa forma foram responsáveis pela manutenção da chama do nosso amor, já que eram encarregados de transportar os envelopes sempre cheios de nossas histórias e declarações amorosas. Contávamos tudo um para o outro nessas cartas. Era sempre um prazer ver o mensageiro chegando imponente em seu cavalo, trazendo notícias daquele que eu tanto amava.

Ao final do curso, quando finalmente retornei de vez a Sault, fui recebida com uma festa na fazenda dos avós de Thierry. A família dele se juntou com a minha para me surpreenderem. E foi um evento memorável, com muita comida e bebida. Contrataram quatro músicos que tocavam violinos, clarinete e harpa divinamente, convidando os casais a valsarem com suas notas harmoniosas.

Confesso que me senti lisonjeada e encantada com a maravilhosa recepção, mas o melhor estava por vir. À certa altura da festa, Thierry se encaminhou para o centro do salão, solicitou a atenção de todos e pediu que os músicos tocassem uma melodia romântica. E, ao som de uma linda música, dirigiu-se aos meus pais.

– Monsieur Guillaume e madame Aurélie, como devem ter acompanhado – ele iniciou sua fala –, eu e Valentine temos muita afinidade e desfrutamos juntos de um desejo de nos unirmos em matrimônio. Portanto, com as melhores intenções possíveis, gostaria de fazer a corte de sua filha, se assim me permitirem.

Sim, ele pediu minha mão em casamento. Foi o momento mais feliz de minha vida. Lembro-me de mamãe visivelmente emocionada e meu pai se dirigindo para Thierry:

– És um homem honrado e trabalhador, meu jovem. Além disso, membro de uma família da qual temos o maior apreço e consideração. De modos que muito nos honra seu pedido e para o qual tem todo o nosso consentimento.

Ao dizer essas palavras, todos aplaudiram. Thierry pegou minha mão e, de forma solene, colocou em meu dedo o mais lindo e gracioso anel que poderia existir. A única joia que tive até então. Foi um momento sublime, inesquecível. Oficialmente eu passaria a ser cortejada por aquele homem que eu amava e que em breve seria meu esposo. Mais precisamente dali a quatro meses, dia 19 de junho de 1850, data marcada para o nosso casamento.

Me vi completa naquele momento: formada no curso que eu desejava, com minha família ao meu lado e agora prestes a me casar. Não poderia ser mais feliz.

Todos levantaram um brinde a nós, sendo puxado pelo avô de Thierry.

– Que meu neto possa constituir uma linda família. – Olhou para mim. – E que Valentine seja capaz de controlar os impulsos desse rapaz de temperamento tão arredio quanto um cavalo indomável. Assim é o que espero.

Todos riram daquele comentário, inclusive eu. Não me ative ao que seu avô quis dizer ao se referir daquela forma ao neto, já que, com exceção de sua queda por bebidas, não enxergava nele outros defeitos e não o via tão temperamental a ponto de ser descrito daquela forma no discurso do velho. Sim, até aquele ponto eu não conhecia o verdadeiro Thierry. Talvez, se conhecesse, eu não teria levado adiante nossos planos de união.

Após o brinde, meu agora noivo veio até mim segurando duas taças.
– Importa-se se formos até a varanda brindarmos só nós dois? – perguntou.
– Adoraria.

Thierry me entregou uma das taças com champanhe, levantou seu braço, olhou para mim e eu apoiei minha mão sobre a dele. Fomos caminhando até a varanda sob os olhares de nossos parentes. Ao chegarmos lá fora, brindamos.

– Foi aqui que tive a oportunidade de conversar com você pela primeira vez, lembra-se? – perguntou ele.

– Claro que sim. Confesso que naquele momento achei que seria nossa única conversa, isto é, sequer imaginava que nos envolveríamos dessa forma.

– Você está feliz?

– Demais – disse e provei o champanhe. – Estão acontecendo coisas muito boas em minha vida e... – fiz uma pausa – eu sempre tive muito medo de que um dia não pudesse ser feliz.

– Por que esse medo? – Thierry quis saber, enquanto tomava toda sua taça em um só gole.

– Não sei explicar. Desde pequena sou assim. Fico sempre pensando que coisas ruins podem me acontecer.

– Pois não deverias pensar assim. Pode atrair negatividade e aí sim se expor a acontecimentos aborrecíveis.

– Sim, eu sei. Por isso não quero mais falar nesse assunto e nem pensar de forma negativa.

– Isso mesmo! – concordou Thierry, olhando furtivamente para o interior da casa para avaliar se havia alguém nos observando. – E agora que estamos noivos posso ter a felicidade de receber um novo beijo de minha noiva?

Corei de uma forma vergonhosa, como se todo o sangue de meu corpo tivesse ido em direção à minha cabeça. Também olhei para dentro de casa e confirmei que estávamos ocultos da visão dos convidados. Creio que meu silêncio e aquele olhar furtivo foram as confirmações para que ele pudesse me beijar. E ele veio. Novamente nos beijamos, com meu coração aos pulos mais uma vez. Agora, além da emoção pelo contato com meu amor, havia também o medo de que alguém pudesse nos surpreender. Mas isso não aconteceu. Ficamos ali por alguns segundos, entrelaçados, com muito sentimento.

Quando finalmente separamos, nos pegamos sorridentes um para o outro, como cúmplices de um feliz momento de intimidade.

– Tenho uma surpresa para você – falou, já colocando a mão no bolso de sua casaca e retirando um envelope.

– O que é? – Eu quis saber, curiosa.

Ele me entregou o envelope.

– Abra e veja você mesma.

Mais que depressa o abri e retirei de dentro dele um cartão com o nome da coudelaria que ficava há duas ruas acima de minha casa. Fiquei sem entender.

– Seu presente de noivado está nesse local.

– Mas lá é um lugar onde criam cavalos – falei, confusa.

– Exatamente, mademoiselle! Você poderá ir até lá e escolher o animal de sua preferência. Seu presente é um dos cavalos que eles criam.

Ao mesmo tempo em que fiquei extasiada me preocupei.

– Mas como vou cuidar de um cavalo se em casa não há espaço para isso?

Thierry gargalhou.

– Ele será seu, mas ficará na coudelaria, onde receberá todos os cuidados. Cada vez que quiser cavalgar, basta ir até lá, pegá-lo e depois levá-lo de volta.

Não me contive, pulei no pescoço de Thierry e o abracei.

– Oh, meu amor! Esse é o presente mais lindo que ganhei na vida.

– Calma, você ainda nem viu seu animal. – Ele fez graça.

– Mas sei que será o mais lindo deles.

E então olhei novamente para dentro da casa e, como ninguém nos observava, desta vez tomei a iniciativa de beijá-lo mais uma vez. E com aquele beijo os pulos de meu coração se fizeram presentes. Era isso que acontecia quando me entrelaçava a Thierry: um incrível pulsar de meu sangue a ponto de explodir meus batimentos cardíacos. Era isso que eu chamava de amor.

A festa terminou e voltei com meus pais e Camile para casa. Sentia-me radiante. Havia sido um dia perfeito. Nos sentamos à mesa para um chá antes de dormir. Contei a eles sobre o presente que havia ganhado de Thierry e se espantaram.

– Que belo presente, não? – comentou mamãe. – Um animal desse não custa pouca coisa.

– E agora poderei fazer minhas cavalgadas durante a semana enquanto Thierry estiver trabalhando nas minas – comentei exultante.

Continuamos nossas conversas enquanto saboreávamos a doce bebida e papai quis saber sobre meu projeto de ter minha própria farmácia.

– Como está pensando em fazer, filha? Pretende montar logo a Botica Bertrand? – Ele sorriu.

Também achei graça de seu comentário e aprovei em pensamento o nome sugerido.

– Ainda não, papai. Não tenho dinheiro para isso.

Mamãe entrou na conversa:

– É muito caro para instalar uma botica? – Ela quis saber.

– O investimento em equipamentos e insumos é significativo, mas nada absurdo. O que fica mais caro é o imóvel. Não posso sequer pensar agora em locar ou comprar algo. Portanto, vou guardar esse projeto para daqui alguns anos, quando tiver condições.

Meus pais se entreolharam.

– Sabe, minha filha... – falou papai – eu e sua mãe estivemos pensando sobre esse assunto e acho que temos uma solução para que possa realizar seu projeto.

Eu sabia que eles tinham algumas economias, mas nada suficiente para comprar um imóvel. E mesmo que tivessem tal valor, jamais permitiria que abrissem mão dele para me ajudar. Minha intenção seria começar a trabalhar e ir juntando dinheiro para algum dia dar início ao meu tão sonhado comércio, assim como meus pais fizeram no passado.

– Não precisam se preocupar com isso – falei agradecida. – É algo que pretendo realizar só daqui alguns anos.

– Escute o que temos a falar, filha – pediu mamãe, gentilmente. – Temos um espaço lá embaixo no empório, que, se fizermos algumas adequações, poderá servir para você instalar seu negócio. É uma boa área que precisa somente de alguns ajustes.

– Sim – confirmou papai. – E ele tem porta para a rua, de modo que sua botica ficaria totalmente independente do nosso empório.

Aquela conversa me pegou de surpresa, deixando-me muito animada, mas ainda assim, mesmo tendo o imóvel, eu não teria capital para iniciar o negócio. Parece que papai leu meus pensamentos, pois falou em seguida:

— Não será uma obra muito cara. E quanto aos equipamentos e insumos, temos umas economias e podemos investir em sua farmácia.

Fiquei encantada com aquela oferta.

— Papai, mamãe, embora eu tenha ficado muito feliz com o que me oferecem, não posso aceitar. Não quero que façam uso de suas economias guardadas com tanto sacrifício.

— Para isso servem as economias. — Sorriu mamãe. — Para serem usadas em momentos de necessidade, e este é um desses momentos.

Camile, que até então saboreava seu chá e prestava atenção na conversa, interveio:

— Aceite, sua tontinha. Se eles estão dizendo que podem ajudar, é porque têm condições.

Meus pais concordaram com Camile, ambos sorrindo para ela e depois para mim. Pensei por alguns segundos.

— Aceito a oferta, mas com uma condição — falei. — Que seja um empréstimo. Quero pagar a vocês cada franco que investirem em meu negócio.

— Se prefere assim — concordou papai, piscando para mamãe —, então será um empréstimo e você poderá nos pagar quando a botica começar a gerar lucros.

Meus olhos se encheram de lágrimas. Daquela forma eu teria meu sonho profissional realizado em poucos meses. Levantamos todos e nos abraçamos. Diferente daquele abraço conjunto de quatro anos atrás, na estação de trem quando eu partia para Paris, aquele era um gesto de muita felicidade. Sim, definitivamente aquele tinha sido um dia perfeito!

— Nem sei como agradecer a vocês — falei emocionada.

— Continue sendo essa filha maravilhosa que és — pediu mamãe. — Essa é a melhor forma de você agradecer.

— Quero ver quando chegar minha vez de montar meu negócio — advertiu Camile, enciumada. — Terão que me ajudar também, mas não em forma de empréstimo. Aceito uma ajuda convencional, uma doação.

— E quem disse que a mademoiselle um dia vai montar um negócio? — brincou papai. — Pelo que eu sei, você nunca se interessou em empreender.

— Nossas opiniões podem mudar — comentou Camile. — Nunca se sabe.

Nos divertimos com os comentários de ciúmes da caçula.

Fui dormir ansiosa naquela noite. O sono não vinha por três questões óbvias: a corte com Thierry, a possibilidade de ter logo minha farmácia onde eu pudesse executar tudo o que aprendi na faculdade e atender meus clientes, e, por último, iria escolher o cavalo que havia ganhado de presente.

No dia seguinte fui correndo até a coudelaria. Lá chegando me apresentaram vários cavalos e escolhi um marrom, imponente, com pelos brilhantes, que lembrava o que cavalguei pela primeira vez. Pedi que o preparassem para ser montado e decidi fazer uma surpresa para Thierry: fui cavalgando até a casa de seu avô. Quando ele me viu entrando como amazona na fazenda foi correndo ao meu encontro, sorridente, ajudando-me a apear.

– Ora, ora! Vejo que tivestes bom gosto na escolha – elogiou Thierry, avaliando o animal com o olhar. – É um dos mais bonitos que já vi.

Agradeci novamente pelo lindo presente e mudei de assunto, querendo contar-lhe logo a novidade sobre minha futura farmácia, mas, para minha tristeza, ele não recebeu a notícia com muito entusiasmo.

– Por que não esquece essa idiotice? – bradou, agora zangado, mudando de vez sua expressão. – Quando nos casarmos você não precisará trabalhar. Com meu trabalho terei proventos suficientes para sustentar nossa família.

– Você está me pedindo para esquecer o que estudei durante quatro anos em Paris com tanto esforço?

Ele me encarou sério, com um olhar diferente.

– Quando você foi a Paris não tínhamos nenhum relacionamento oficial e nada pude fazer para impedi-la. Agora que somos noivos tenho o direito de fazer valer minha opinião e não quero que você trabalhe.

Estremeci com aquela notícia dada com ênfase por ele.

– Você não pode estar falando sério, Thierry!

– Pois pode apostar que sim. Não vou permitir que minha esposa trabalhe fora de casa. O que vão dizer de mim? Que sou um incapaz de prover uma família? Um fracassado?

– Não, Thierry. Não pensarão isso de você. Verão com bons olhos o fato de você permitir que sua esposa possa ser feliz na profissão que ela escolheu. Em Paris vi várias mulheres trabalhando e...

Ele me interrompeu:

— Paris? — Sorriu com deboche. — Você quer comparar Paris com nossa cidade? Ouço dizer que lá têm muitas mulheres fazendo outras coisas também, se permitindo ao desfrute com homens em troca de dinheiro.

Quando Thierry sorriu percebi com clareza algo que já vinha notando há algum tempo. Seu sorriso, que era ligeiramente torto quando nos conhecemos, agora se mostrava mais rígido. Parecia que parte do canto de sua boca havia paralisado. Olhei detidamente para ele e reparei também que seu rosto havia ficado mais flácido, como se tivesse perdido o tônus muscular. Preocupei-me.

— Thierry, outra hora continuaremos nossa conversa sobre a farmácia. Agora quero falar sobre você.

Ele se inquietou.

— Falar sobre mim?

— Sim. — Fiz uma pausa tentando achar a melhor forma de tocar no assunto. — Sempre achei seu sorriso um charme, mas você percebeu como ele está mudando?

— Meu sorriso mudando?

— O canto de sua boca parece paralisado. Você está sorrindo agora só com uma parte dos lábios.

Assim que fiz essa observação, Thierry levou sua mão até a boca. Mostrou-se envergonhado.

— Tenho percebido mesmo que estou com alguma dificuldade na boca, mas acho que tenha ficado assim como por um hábito.

— Seu rosto também mudou. Não seria bom você procurar o doutor Vincent?

Ele se enfureceu.

— Nunca precisei procurar pelo médico da cidade e não iria visitá-lo agora por conta de uma bobagem.

— Mas não é uma bobagem. Pode ser algo que precise ser tratado.

— Não preciso de médicos, já disse. — Voltou-se para mim: — E não quero deixar para depois a solução do assunto da farmácia. A decisão é que minha mulher não vai trabalhar a não ser fazendo os serviços domésticos.

Precisei tomar coragem para falar. Não poderia permitir que ele me tratasse daquela forma, interferindo no grande sonho de minha vida.

— Eu amo você, Thierry, com todas as minhas forças, mas se sua condição para ficarmos juntos é a minha infelicidade, então creio que eu tenha que repensar sobre nossa corte.

— O que está dizendo? – espantou-se.

— Há muitos anos acalento o sonho de me tornar farmacêutica, você sabe bem disso. Passei quatro anos longe de você e de minha família para poder realizá-lo. Esforcei-me ao máximo em meus estudos para me tornar uma profissional competente, e agora você vem me pedindo para desistir de tudo?

Thierry apenas me ouvia, sem se manifestar. E então lhe dei meu veredito:

— O melhor que temos a fazer será não levarmos adiante nossa relação.

— Então é isso que você quer? – ele enfim questionou.

— Você sabe que não, mas se me oferece uma vida sendo controlada por você prefiro que nos separemos.

— Você tem que entender que no casamento a mulher deve se submeter ao homem, pois é ele quem provisiona o lar. A esposa cuida das tarefas domésticas.

— Mas isso tem que mudar! A mulher precisa fazer valer seus desejos. Não estou dizendo que não farei as tarefas de casa, pois de certo me encarregarei delas também. O que quero é trabalhar com o que amo. Não serei feliz por completo se ficar impedida de exercer minha profissão.

— Você muito me afronta com seu discurso de modernidade. Acho que o tempo que passou em Paris lhe afetou negativamente.

— Não estou lhe afrontando, Thierry. Apenas quero que entenda meu ponto de vista. Um casamento se constrói com a felicidade dos dois, do casal. E eu serei muito feliz se puder viver com você e me dedicar ao que estudei com tanto esforço e dedicação. Entenda, por favor. Foram tantos anos sonhando com isso e agora que estou chegando tão perto não me force a desistir.

Ele se colocou pensativo por alguns segundos, propondo em seguida:

— Então fique certa do seguinte: você montará sua botica somente com a ajuda de seu pai. Meu dinheiro não será usado para essa finalidade. E se não der certo, se os clientes não usarem sua farmácia, não venha se lamentar que gastou uma grande quantia para nada. Sim, porque ninguém na cidade vai apoiar um negócio administrado por uma mulher.

— Eu farei de tudo para mudar esse pensamento dos moradores. Sei que com jeito e muita paciência os convencerei a aceitar essa novidade. – Sorri esperançosa. – Eles entenderão que as mulheres também têm talentos para negócios, você verá!

Após essa conversa, não tocamos naquele assunto por semanas. Sabia que era algo que incomodava Thierry. No fundo eu me alimentava da esperança de que ele me apoiaria e me auxiliaria nos negócios. Concluí que quando visse a farmácia pronta e instalada ele mudaria de opinião. E tratei de dar início aos primeiros preparativos para que pudéssemos inaugurá-la o mais breve possível, antes de nosso casamento, dali quatro meses.

Meu pai contratou os profissionais para realizar a obra em seu empório. O objetivo era isolar uma área do armazém, de forma a deixá-la independente. Os trabalhos começaram e enquanto isso eu fazia contato por carta com comerciantes de equipamentos e insumos de Paris. Enviaram-me diversos catálogos e escolhi os materiais que estavam ao nosso alcance financeiro. A princípio seria um projeto modesto e eu tencionava ir melhorando à medida que fosse ganhando clientes. Os primeiros pedidos foram feitos e tudo seria entregue dentro de três meses, o mesmo tempo que levariam as obras. Dei entrada também na documentação necessária junto à prefeitura, pois essa parte burocrática também seria bastante demorada.

Tudo corria bem e eu me sentia empolgada com a possibilidade de ter meu negócio funcionando em pouco tempo. Empolgada e ansiosa, pois tomei conhecimento de que eu vinha sendo o assunto preferido dos fofoqueiros da cidade, que não viam com bons olhos uma mulher à frente de um negócio. Procurei não me preocupar, convicta de que ganharia a confiança de todos com a qualidade do meu trabalho.

Os encontros entre mim e Thierry continuaram acontecendo, agora quinzenalmente. Ele deixava com mais frequência seus trabalhos nas minas. E devo dizer que eram encontros cada vez mais apaixonantes. Como estávamos noivos nossos pais relaxaram a vigilância e não precisávamos somente nos encontrar em minha casa e em nossas cavalgadas. Passávamos quase o dia inteiro juntos e nossa aproximação nos proporcionava momentos cálidos de amor, com a troca de diversos beijos e carícias. Meus batimentos cardíacos iam às alturas cada vez que ele me beijava. Eu senti a sua respiração ofegante em nossos momentos íntimos, demonstrando muito desejo por mim. Até que um dia, por fim, fomos além das carícias. Chegamos de um de nossos passeios para nos encontrar com seu avô e avó na fazenda, mas eles haviam saído para visitar um casal de amigos. Deixaram um bilhete que voltariam ao final da tarde. Estávamos sozinhos na casa e Thierry se ofereceu para me preparar um chá. Fomos até a cozinha e ele colocou água para ferver. Eu me encontrava em pé observando alguns vasos com flores sobre a grande mesa de madeira quando Thierry veio até mim, abraçando-me por trás. Virei-me assustada. Ele nunca tinha me abraçado daquela forma. Percebi seu olhar insinuante e ele então me beijou. Foi um beijo diferente, sôfrego. Ficamos por alguns segundos entrelaçados um ao outro. No fogão, a água do chá dava sinais de que começaria a ferver. Por dentro de mim a ebulição já começara e eu tentei disfarçar.

– Creio que estamos avançando rápido demais – tentei protestar quase sem conseguir conter a respiração ofegante.

– Já somos um do outro, Valentine. Em poucas semanas estaremos casados. Que diferença faz nos amarmos agora?

– Não! Falta pouco tempo. Podemos esperar.

– Eu não consigo mais. Sonho todos os dias com o momento de tê-la em meus braços como minha mulher.

Confesso que para mim vinha sendo um grande esforço me manter intocada até o casamento, pois as carícias trocadas com Thierry iam além do que minha castidade poderia permitir. Ele sabia me fazer perder o sentido da inocência e eu mal podia esperar o momento de tê-lo como meu homem de verdade. Ainda assim tentei resistir.

– Temos que ser fortes. Falta apenas mais um mês e então poderemos nos entregar como marido e mulher.

– Não consigo mais ser forte. E já somos marido e mulher.

– Mas...

Ele me interrompeu com um beijo ainda mais ardente. Pegou-me em seus braços e sentou-me sobre a mesa, ao mesmo tempo em que afastava de uma só vez os pequenos vasos com flores, arrastando-os com pressa para o lado. Sem deixar de me beijar, levantou meu vestido, tirou minhas peças íntimas e então aconteceu. Thierry veio para dentro de mim ao mesmo tempo com doçura e vigor, fazendo-me sentir algo que até então nunca havia sentido. Me fez sentir plena, desejada e amada. Naquele momento tive sensações de arrebatamento, como se o mundo não existisse, como se nada existisse além de mim e meu amor. E nos amamos feito dois alucinados. Nos entregamos ao nosso prazer, só meu e dele. Por muitos minutos, experimentamos emoções, sentimentos e deleite nunca vividos. E fui aos céus. Ao final me deixei cair inteira sobre a mesa com Thierry por cima de mim, sentindo a respiração ofegante um do outro.

A água para o chá já havia secado há tempos e só fumaça saía da chaleira sobre o fogão. Não conseguíamos nos mexer para tirá-la de lá. Até que, por fim, Thierry assim o fez.

Devo dizer que chá não houve naquele dia. Já que havíamos quebrado a barreira de nossa inocência, Thierry me levou até o quarto onde dormia. E na cama nos amamos mais uma vez. E novamente senti que aquele era o homem da minha vida, para quem me entreguei por inteiro, sem pudor.

Mesmo com o peso de nossa consciência por estarmos em pecado, sempre que nos pegávamos sozinhos fazíamos amor. Foi assim nas quatro semanas que antecediam nosso casamento.

Por falar em casamento, a intenção de Thierry era se estabelecer em Sault e trabalhar na fazenda do avô assim que nos casássemos. Enquanto eu me sentia feliz com nossos momentos e o avançar dos preparativos para a inauguração de minha botica, passei a me entristecer a cada novo encontro com meu amor, pois comecei a notar algo preocupante. Ele se mostrava com a saúde debilitada por algum motivo. A perda muscular agora passava de seu rosto para outras partes de seu corpo. Lembro-me bem do dia em uma de nossas cavalgadas quando ele tentou montar seu cavalo. Suas pernas não obedeciam e seus movimentos eram um tanto desarticulados, como se estivesse perdendo a coordenação muscular.

— Que raios! O que está acontecendo? — bradou Thierry irritado enquanto tentava colocar seu pé no estribo do animal, sem acertar a direção.

Cada vez que ele chegava perto do estribo seu pé tremia e escapava do equipamento.

— Você tem que procurar o doutor Vincent, meu amor. Precisa ver o que está ocorrendo.

— Não preciso de médico — irritou-se. — É só uma tremedeira momentânea. Logo vai passar.

Mas não passou. Tivemos que desistir de nosso passeio a cavalo e apenas caminhamos pelas planícies. Vi que ele ficou aborrecido com a situação. A princípio eu ligava seus problemas à bebida, já que ele aumentava cada vez mais as doses em momentos de boemia com amigos. Passava horas nas tabernas bebendo, muitas vezes virando as noites. Contava-me também que nas folgas de seu trabalho nas minas em Roussillon a bebida era sua companhia constante, embora ele não admitisse que esse exagero pudesse estar lhe fazendo mal.

Com o passar do tempo e pelos outros sintomas que comecei a enxergar nele, deduzi que poderia ser algo mais grave. Na faculdade em Paris estudamos diversas doenças, entre elas uma rara e recém-descoberta, cujos sintomas eram parecidos com os que Thierry apresentava. Era um distúrbio dos nervos periféricos e se caracterizava pela perda de coordenação e fraqueza musculares. Expliquei sobre ela para Thierry pedindo que fosse urgentemente procurar pelo médico. Ele zombava de mim.

— Não me venha agora querer me dar aulas, mademoiselle! Só porque ficou estudando alguns meses em Marselha acha que sabe de tudo? É apenas uma crise passageira. Logo estarei livre disso.

— Não foi em Marselha que estudei. Foi em Paris. E durante quatro anos.

A confusão mental também era uma das características do distúrbio que citei e ele a vinha apresentando com alguma frequência, esquecendo-se de fatos que antes não se esquecia.

— Se você não for ao médico – falei –, assim que estiver com todos os meus equipamentos e insumos na botica, vou lhe preparar uma fórmula que poderá lhe ajudar.

Ele gargalhou, o que fez confirmar que sua boca estava ainda mais torta.

— Jamais tomarei de suas fórmulas. Não quero fazer parte de suas bruxarias.

Aquele comentário muito me aborreceu, mas não tentei rebatê-lo. Apenas o relevei. Ele seria a principal pessoa que eu teria que dissuadir a pensar daquela forma sobre meu trabalho e eu faria isso com todo meu afinco e amor. Tinha plena certeza de que, ao me ver trabalhando, passaria a ter outro conceito e valor sobre os serviços de uma farmacêutica.

Chegou finalmente o dia da inauguração da Botica Bertrand. Tudo havia acontecido dentro do planejado e abri a loja vinte dias antes de meu casamento. Fizemos uma cerimônia simples com alguns amigos, além de minha família e Thierry, que compareceu um tanto a contragosto. Preparei chá com biscoitos para todos e os levei para conhecer a botica. Ficaram por algumas horas e quando se retiraram me vi sozinha na loja. Não esperava que logo na inauguração tivesse clientes, pois há poucos dias havia visitado o doutor Vincent e dois outros médicos atendiam em cidades próximas. Fui com a finalidade de lhes apresentar meus préstimos e deixar com eles a lista de todos os insumos que eu adquiri para a preparação de medicamentos. Disseram-me ver com bons olhos a instalação de uma farmácia de manipulação em Sault, pois todas as fórmulas por eles indicadas tinham que ser aviadas em Paris e às vezes semanas demoravam para ficarem prontas e serem entregues. Para minha surpresa, no dia da inauguração recebi a visita de madame Adrienne, esposa do alfaiate. Quando ela adentrou a loja pensei ser apenas uma visita de cortesia, mas trazia em mãos uma receita que, verifiquei depois, tinha sido prescrita pelo doutor Vincent.

– Bom dia, minha querida – cumprimentou-me. – Que ótimo termos a partir de hoje como preparar nossos medicamentos em nossa cidade. Era tão ruim esperar quase um mês para recebermos nossas fórmulas – disse e me olhou com desconfiança. – Você não vai levar todo esse tempo para me entregar estes pedidos, não é?

– Evidente que não – respondi-lhe com um sorriso. – Estes aqui, deixe-me ver – disse pegando a receita e avaliando as prescrições. – Como a senhora é minha primeira cliente e ainda não tenho outros pedidos, prepararei tudo ainda hoje e poderá retirá-los amanhã.

– Que maravilha! – espantou-se madame Adrienne, satisfeita. – Sendo rápido assim e se forem de qualidade – sorriu para mim –, terás uma cliente fiel.

Sim, minha primeira cliente. E esperava que viessem muitos e muitos outros. E eles foram chegando. No primeiro dia de trabalho tive encomendas de dez fórmulas. Nada mal para uma inauguração. Decidi que as prepararia assim que cerrasse a porta da botica ao término do expediente. Trabalhei até altas horas para dar conta dos pedidos, mas consegui finalizá-los. No dia seguinte estavam todos prontos e os clientes puderam retirá-los, fato que lhes causou espanto, afinal antes tinham de aguardar muito tempo para ter suas fórmulas em mãos.

Nos dias subsequentes os pedidos continuaram nessa mesma proporção, dando-me a certeza de que eu havia feito a escolha certa para um negócio sólido. As duas primeiras semanas seguiram a mesma rotina: fechava a loja e ficava preparando as fórmulas até tarde da noite. Era cansativo, porém gratificante, já que fazia o que eu amava.

Nas semanas que antecediam meu casamento tive que me desdobrar entre as atividades da botica e os preparativos para a festa. Minha mãe e irmã ficaram à frente da organização, mas em muitos detalhes tive que ajudá-las, pois não considerava justo fazerem sozinhas as tarefas para aquela que seria a minha festa de casamento. Apesar de termos decidido por uma cerimônia simples com poucos convidados, ainda assim tivemos muitos afazeres. Preparamos tudo com muito carinho e extrema felicidade pensando em todos os detalhes para que fosse um evento inesquecível como sempre sonhei. Naqueles dias felizes não dávamos conta e mal sabíamos que minha festa de casamento jamais aconteceria.

Capítulo 17

Lara parou de ler, virando-se para Adrien.

– O que será que ela quis dizer com "mal sabíamos que minha festa de casamento jamais aconteceria"?

– Não faço a menor ideia. Só saberemos quando continuarmos a leitura, mas agora acho bom fazermos uma pausa. Já estamos na entrada de Valensole, veja.

Lara olhou para o lado e viu lindos campos de lavanda beirando a estrada. Encantou-se com a paisagem.

– Que lindos! Parece que por aqui tem lavandas para cada lugar que olhamos.

– E você deixou de ver vários outros campos pelo caminho enquanto lia o diário.

– Jura que perdi outras plantações? Não posso acreditar – lamentou-se Lara. – Bem, mas foi por uma boa causa. Na volta prestarei atenção nas paisagens.

– Vou te levar em um lugar incrível agora. Prepare-se!

Adrien entrou com o carro por uma estrada de terra e foi avançando ladeando os lavandários. Rodou por cerca de dez minutos e parou. Quando desceram do veículo se viram diante de uma gigantesca plantação das florezinhas que tanto encantava Lara. Eram centenas de volumosas touceiras de lavanda, que se perdiam de vista. Entre essas grandes touceiras, estreitos corredores formados por terra e pedriscos por onde se podia caminhar. Adrien caminhou por um deles sendo seguido por Lara, que àquela altura se maravilhava com todo aquele cenário idílico. Se fossem olhados pelo alto, pareceriam duas formiguinhas em meio ao mar de flores. Caminharam mais um pouco e então pararam. Lara não pôde conter uma expressão de admiração em seu rosto. À frente deles, em contraste com a cor roxa, havia um amarelo fortíssimo. Ladeado com as lavandas, uma surpreendente e imensa plantação de girassóis também a perder de vista com suas folhas verdíssimas e enormes flores amarelas viçosas voltadas para o sol.

Adrien sorria enquanto testemunhava a expressão de espanto de Lara. Conseguindo agora conter seu queixo caído ela falou pausando:

– Que coi-sa mais lin-da! – Olhou feliz para Adrien. – Você não mentiu quando disse que me levaria para um lugar incrível.

Era de fato uma imagem encantadora, digna de cenários de filmes. O contraste das cores daquelas flores seduzia qualquer pessoa que tivesse a felicidade de estar ali. E muitos turistas passeavam ao redor, com seus celulares apontando para todos os lados, captando as imagens coloridas e vibrantes. O vento batia de vez em quando fazendo tremular os girassóis e promovia pequenas ondulações na superfície das lavandas, em um balé de cores e perfumes.

– Este lugar é mágico – comentou Adrien. – Uma festa para os olhos. Acho que todas as pessoas do mundo um dia deveriam passar por aqui e contemplar toda essa beleza que a natureza nos oferece.

– Concordo – confirmou Lara, balançando a cabeça em positivo, ainda maravilhada. – Fico feliz por poder estar aqui. É um privilégio sem dúvida.

Adrien ajeitou sua máquina fotográfica.

– Quero tirar uma foto sua – falou para Lara. – Pode ficar ao lado daquele girassol?

Lara procurou com o olhar a que girassol ele se referia e viu o maior deles, que cresceu bem ao alto, isolado dos demais, tendo ao fundo as lavandas. Colocou-se ao seu lado, sorrindo, enquanto Adrien disparava sua máquina fotográfica algumas vezes.

– Esta aqui não vou deixar você ver – falou Adrien. – Pelo menos por enquanto. – Piscou.

Sem entender, ela apenas sorriu, balançando a cabeça em negativo. Caminharam por entre os campos de flores tirando novas fotos. Por vários minutos admiravam tudo à volta, tentando não perder nada até onde a visão alcançasse. Ao final do passeio Lara, como de costume, recolheu alguns bocados de terra com seus equipamentos de pesquisa. Encontraram uma grande e frondosa árvore e sentaram-se à sua sombra. Lara ofereceu a Adrien sua garrafinha com água. Ele tomou um gole e devolveu a ela, que bebeu também, refrescando-se.

– Essa caminhada me cansou – disse esbaforida. – Acho que a academia está fazendo falta. Há dias que não faço exercícios.

– Toda a caminhada que você faz pelos campos vale por vários dias de academia.

– Bem, isso é verdade. Não posso dizer que fiquei sedentária em Provence.

Eles riram.

Lara olhava para a extensa área de flores à frente deles.

– Adrien, levamos cerca de uma hora para virmos de carro de Sault até aqui. Thierry ia ver Valentine em Sault fazendo esse mesmo percurso, mas naquela época não tinha carros. Como será que ia até lá? E quanto tempo deveria levar para fazer essa viagem?

– Creio que ia de carruagem ou a cavalo. E devia levar quase o dia inteiro para fazer esse caminho.

– E ele trabalhava em Roussillon. Fica longe daqui?

– Cerca de setenta quilômetros adiante. Roussillon é conhecida como a cidade ocre. Tem esse nome porque as casas são quase todas dessa cor, por conta da extração de ocre de suas minas.

– As minas onde Thierry trabalhava – lembrou Lara.

– Já pensou atravessar todo esse percurso na velocidade de um cavalo? – perguntou ele. – Como deviam ser difíceis as coisas naquele tempo.

– E nós reclamamos quando uma viagem dura algumas horas enquanto estamos sentados confortavelmente em um carro ou ônibus. – Olhou para Adrien. – E ainda por cima com ar-condicionado.

Adrien sorriu sem encarar Lara. Ficou sério em seguida.

– Podemos continuar aquela conversa de ontem, sobre Sofie? – perguntou.

Ela virou-se para ele tentando não aparentar ansiedade.

– Se estiver à vontade para falar, claro que pode.

Adrien ajeitou suas costas no tronco da árvore, pegou do chão um graveto e passou a tirar pequenas lascas dele. Iniciou a conversa olhando para o graveto ainda com suas mãos a trabalhar nele, como se aqueles gestos lhe dessem mais segurança para falar.

– Fiquei desolado quando recebi a notícia de que tinha uma insuficiência cardíaca grave e teria que fazer um transplante. Sabia que não seria fácil encontrar um doador. Meus pais também se preocuparam por demais, claro, mas quem mais ficou abalada foi Sofie, minha esposa. Ela não se conformava que eu poderia morrer a qualquer momento caso não recebesse o transplante.

– E como você ficou sabendo desse problema? – Quis saber Lara. – Isto é, como foi detectada sua insuficiência cardíaca?

– Eu estava em um dos meus restaurantes, seguindo a mesma rotina na cozinha, quando aconteceu um problema em um dos fogões com a mangueira do gás que se soltou. Foi quase um princípio de incêndio, mas conseguimos contornar a situação. Levou um tempo para sanarmos esse imprevisto e os pedidos dos clientes ficaram atrasados. – Adrien jogou longe o graveto que segurava e passou a manter contato visual com Lara de vez em quando. – Como sempre, a casa lotada e eu corria na cozinha para tentar dar conta de todos os pedidos que já estavam acumulados e bem atrasados. Os clientes começaram a reclamar e, apesar de termos explicado o que tinha acontecido, muitos deles deixaram o restaurante sem serem atendidos. Aquilo nunca nos aconteceu e, por me estressar demais com toda a confusão, passei a sentir falta de ar. Me senti zonzo, fraco e então desmaiei. Quando acordei já estava no hospital. Fizeram vários exames e detectaram meu problema no coração. Na situação em que eu me encontrava somente um transplante me salvaria.

Adrien parou por alguns segundos antes de retornar.

– Passei a tomar vários remédios, mas que seriam paliativos. Teria que encontrar um doador o mais rápido possível. – Fez nova pausa. – Sofie começou a pesquisar na internet sobre banco de doadores em toda a França, mas a fila era extensa. E é o tipo de doação complicada, já que poucas pessoas declaram-se doadoras de órgãos.

– No Brasil também é assim – comentou Lara. – Acho que no mundo todo. É uma pena. Muitas vidas poderiam ser salvas se a maioria das pessoas tivesse essa consciência.

Adrien puxou uma forte respiração.

– Sofie fez de tudo para tentar mudar essa realidade. Fez campanha em Sault e nas cidades vizinhas para aumentar a doação de órgãos. Foi em rádios, jornais, fez postagens na internet e nas redes sociais. Se mobilizou para ver se mudava a consciência das pessoas sobre a importância de se colocarem como doadoras.

Adrien por algum tempo olhava no vazio, como se recordasse de algo. Depois continuou:

– Certa noite estávamos a sós em casa, em nossa cama e eu sempre muito apreensivo com minha situação. Os dias se passavam e nem sinal de um doador. – Fez uma pequena pausa. – Tenho ainda na mente a lembrança daquele momento, ela sentada encostada na cabeceira da cama e eu com a cabeça no colo dela, recebendo seus carinhos. Então ela me disse: "Meu amor, nada nos é dado além do que podemos suportar. Algo de muito bom está guardado para você. E tudo ficará bem. Logo encontraremos um doador e você ainda viverá por muitos e muitos anos".

Entristecido, Adrien abaixou a cabeça.

– Sofie era um anjo. Havia sempre conforto em suas palavras. E ela sempre pensava mais nos outros do que em si. Para estar bem era preciso que outras pessoas também assim estivessem. Uma altruísta, que tinha um grande coração e só queria o bem de todos.

Ele fez mais uma pausa e Lara respeitava seus silêncios.

– Em nosso casamento – continuou –, por mais que eu ficasse ausente por causa do trabalho, ela nunca reclamou. Sabia que eu era feliz naquilo que fazia e me apoiava em tudo. Era uma grande companheira, daquelas que podemos contar a qualquer momento. Sempre pronta para me apoiar e o tempo todo sorridente. Seu sorriso era sua marca registrada e isso ninguém conseguia tirar dela. Mesmo nos piores momentos tentava nos animar mostrando o lado positivo das coisas – disse e então se emocionou. – Éramos muito unidos e ela sentiu demais o fato de eu estar doente e poder ir embora a qualquer momento, antes dela. Dizia que a vida sem mim não faria mais sentido. – Desta vez fez uma grande pausa. – E, no final de tudo, o inesperado aconteceu.

Adrien abaixou a cabeça, pensativo. Lara se preocupou.

– O que houve depois?

Novamente ele respirou fundo.

– Eu comecei a apresentar mais problemas, me sentia fraco com muita falta de ar e os médicos disseram que eu só teria poucas semanas de vida. Me levaram para o hospital onde fiquei internado para receber mais cuidados. Teria que surgir um doador nos próximos dias, caso contrário, o pior poderia acontecer. E então... – parou por alguns segundos – então, quando Sofie voltava para casa após mais uma visita à rádio onde tinha ido para falar sobre sua campanha de doação de órgãos, e, enquanto atravessava uma rua – fez nova pausa –, foi atropelada por um carro que vinha em alta velocidade.

Lara não conseguia expressar uma palavra sequer, sempre muito atenta ao que ele falava. Adrien, cada vez mais entristecido, continuou:

– Ela foi arremessada longe e seu corpo bateu violentamente em outro carro que estava estacionado. – Ele balançava a cabeça em negativo, pesaroso. – Foi levada para o hospital, mas não deu tempo. Morreu no caminho.

Algumas lágrimas escorreram pelo rosto de Adrien, que tentava disfarçá-las.

— Eu estava no quarto do hospital e tinha acabado de ouvir a entrevista de Sofie na rádio. Ela havia dito que já constava nos seus documentos a informação de que era uma doadora de órgãos e chamava a população para fazer o mesmo. Mas o mais impressionante... — agora Adrien não disfarçava suas lágrimas — o mais impressionante foi o que ela falou ao final daquela entrevista. Ela disse... — nova pausa — disse que, se algo lhe acontecesse, seu coração seria meu para sempre.

Ao ouvir aquelas palavras, Lara, também sem conseguir conter suas lágrimas, encarou Adrien.

— Você não está querendo me dizer que...

Adrien só conseguiu afirmar com a cabeça. Em seguida respondeu, chorando:

— Sim. O coração que recebi foi o dela.

Lara fechou os olhos, sem acreditar no que acabara de ouvir. E chorou. Em seguida se aproximou de Adrien e o abraçou carinhosamente.

— Eu sinto muito — lamentou. — Sinto muito mesmo.

Os dois permaneceram abraçados em silêncio por alguns segundos. Uma vida que se foi para outra ser salva. Sofie, que tanto havia lutado para um final feliz para Adrien, teve sua vida interrompida de forma brusca e isso acabou sendo vital para ele.

Assim que sentiu Adrien mais calmo, Lara se afastou. Ele agradeceu seu gesto com um sorriso e continuou com os olhos marejados:

— Até hoje me pergunto se foi realmente um acidente. E me culpo por isso, pois se ela não tivesse ido até a rádio por minha causa nada disso teria acontecido.

— Não pense assim — pediu Lara, entristecida. — E não se culpe. Não vai lhe fazer bem. Encare como uma fatalidade.

Adrien tinha seu rosto todo molhado.

— Todos os dias quando acordo a primeira coisa que faço é colocar a mão sobre meu coração e sentir as batidas. Isso me faz sentir a presença dela. De certa forma ela está e estará sempre comigo.

Lara quis abraçar Adrien novamente e confortá-lo, mas não o fez. Percebeu o quão lhe era importante a figura daquela mulher, que, consciente ou não, deu a vida para ele. E seu respeito a ele como homem se ampliou. Ela estava ao lado de alguém sensível e resiliente, que, apesar de toda a amargura e tristeza pela qual havia passado, ainda conseguia sorrir e levar a vida adiante.

No caminho de volta de Valensole para Sault quase não trocaram palavras. Como haviam combinado, em vez de ler o diário de Valentine, Lara olhava as paisagens que passavam em velocidade pela janela do carro. Mas naquele momento os campos de lavanda não lhe despertavam tanto interesse. Ela vinha pensando na história de Sofie e Adrien. Um casal que poderia ter vivido uma história feliz, mas que foi marcado por uma fatalidade da vida. E então se deu conta de que, de fato, um segundo pode mudar tudo para sempre.

Capítulo 18

Era noite e Lara, em seu quarto, sentava-se na cama, recostada à cabeceira, refletindo sobre tudo que acabara de ouvir de Adrien. Sua história sobre Sofie a tocou profundamente. Perdida em pensamentos, ouviu batidas à sua porta. Levantou-se para abri-la e deu de cara com Adrien na versão que ela estava mais acostumada: com um sorriso no rosto. Ainda não era o Adrien sorridente, mas menos triste do que o daquela manhã que passaram juntos.

– Não vai jantar hoje? Passei aqui para convidá-la para irmos comer alguma coisa na praça, caso esteja com fome.

– Para ser sincera, ainda não tinha pensado no que iria fazer. Talvez até pedisse um sanduíche no quarto e ficaria por aqui mesmo.

– Isto aqui não a anima a sair? – Mostrou o diário de Valentine. – Temos que continuar a leitura e descobrir por que ela comentou que não haveria mais festa de casamento.

Lara abriu um sorriso.

– Me dê alguns minutos para trocar de roupa.

– Espero você lá embaixo – disse Adrien se retirando.

Ela fechou a porta, foi até a janela conferir o clima daquela noite e escolheu uma roupa adequada para a temperatura amena: um leve vestido com estampas florais. Calçou um par de sandálias baixas e confortáveis, passou um batom suave, ajeitou os cabelos, pegou apenas seu cartão de crédito, um documento e saiu. Encontrou-se com Adrien no hall do hotel e ele se encantou ao vê-la vestida de forma tão alegre. Foram caminhando até a praça que ficava a dois quarteirões dali. Sentaram-se a uma pequena mesa ao lado de um food truck, abaixo de um charmoso poste de iluminação.

– Podemos pedir uma cerveja bem gelada e alguma porção de petiscos para acompanhar – sugeriu Adrien. – O que acha?

– Hummm... adorei a sugestão! – concordou Lara. – Uma cervejinha vai muito bem hoje.

Fizeram os pedidos e Lara continuou:

– Sei que não é o momento para voltarmos ao assunto, mas confesso que fiquei muito impactada com nossa conversa de hoje de manhã. Não consegui parar de pensar no que você me contou sobre Sofie.

Adrien suspirou.

– Ela salvou minha vida e serei eternamente grato por isso. – Parou por alguns segundos. – Mas há algo que está me deixando intrigado.

– O que é? – Lara quis saber.

– Sofie certa vez me contou que havia ouvido de seus pais sobre seus antepassados terem morado muitos anos antes no mesmo prédio onde é o hotel de minha família.

– Sério isso? – surpreendeu-se Lara.

– Por esse motivo quero continuar logo a leitura do diário. Para descobrir se há alguma relação entre Valentine e Sofie.

– Você acha que pode haver alguma relação entre elas?

– É o quero saber.

– Então podemos começar já – falou Lara. – E quando nossos pedidos chegarem continuamos a ler enquanto comemos.

Adrien abriu o diário, colocou-o sobre a mesa na direção do facho da iluminação do poste e iniciaram a leitura.

Capítulo 19

VALENTINE

Faltavam vinte dias para nosso casamento e tratamos de agilizar os preparativos. Eram muitos detalhes para pensar. Estava com mamãe e Camile em casa anotando tudo o que havíamos feito e o que ainda havia para fazer. Tomávamos chá sentadas à mesa quando mamãe tocou em um assunto que já me preocupava.

– Filha, posso fazer um comentário que está nos deixando perturbados? – falou com cuidado. – Eu, seu pai e Camile temos conversado muito sobre isso. – Fez uma pequena pausa. – Notamos como Thierry tem mudado. Isto é, mudado fisicamente. Percebeu seu rosto ficando com feições diferentes e como ele caminha com certa dificuldade?

Camile continuou, auxiliando mamãe:

– Valentine, nos últimos tempos ele está diferente. Tivemos algumas conversas e notei que às vezes ele se perde com as palavras, falando coisas sem sentido.

Naquele momento deixei de fazer minhas anotações e apoiei a pena sobre a mesa. Encarei mamãe e Camile quase em súplica.

– Há tempos que venho percebendo essas mudanças físicas em Thierry e tenho insistido para procurar um médico, mas ele se recusa terminantemente. A princípio pensei que poderia ser efeito da bebida, mas receio que possa ser algo mais grave.

Mamãe e Camile se entreolharam. Minha irmã tomou a palavra:

– Você não vai gostar do que vou falar, Valentine, mas algumas pessoas estão percebendo essas mudanças em Thierry e fazendo comentários maldosos.

Fiquei sem entender.

– Que tipo de comentários?

Camile demorou alguns instantes para responder:

– Como você é farmacêutica, dizem que pode estar ministrando nele algum preparado que o deixa assim.

Indignei-me com tal observação estapafúrdia.

— Como eles podem pensar isso de mim? Trabalho para levar saúde a todos e me taxam de responsável por prejudicar aquele que em breve será meu marido?

— Minha filha, sabemos que você não tem responsabilidade sobre a situação de seu noivo, mas sabe como as pessoas gostam de uma futrica, não é?

— Além do mais, Thierry jamais tomaria uma de minhas fórmulas — continuei. — Acusa-me de bruxaria e diz querer distância delas.

— Não se aborreça com isso, minha irmã — tentou me acalmar Camile. — Quisemos apenas lhe contar para que saiba o que as pessoas maldosas estão comentando. Não têm amor no coração essas cretinas e ficam inventando maldades.

Mesmo abalada por conta daqueles comentários, tentei não me deixar abater.

— Não darei créditos a quem vive de comentar sobre a vida dos outros. Futricas sempre existiram e nunca deixarão de existir. Só me cabe não deixar que resvalem em meu caráter e minha honra. — Fiz uma pausa, indignada. — Ora, mas que impertinência pensarem esse absurdo de mim!

— Esqueça essas bobagens, filha, e concentre-se nos preparativos para sua festa. Mas não deixe de tentar convencer Thierry a procurar um doutor. Isso se faz absolutamente necessário.

— Eu sei que sim, mamãe, mas não posso obrigá-lo a fazer algo que não queira.

Procuramos nos esquecer daquela conversa e nos concentramos em debater sobre os detalhes de meu enlace com Thierry. Naquela noite ele havia combinado de passar em minha casa para me colocar a par do andamento de todas as providências de sua parte e decidir sobre a viagem que faríamos após a cerimônia. Como estávamos próximos do casamento, seu avô o dispensou dos trabalhos nas minas para que pudesse estar junto da família nos dias que antecediam nossa união formal. Isso muito me alegrou, pois teríamos a oportunidade de nos encontrar todos os dias.

Sobre nossa viagem de lua de mel, um impasse nos tomava conta. Minha vontade era de passarmos alguns dias em Paris. Queria voltar a ver a cidade onde fiquei por quatro anos estudando, mas agora a veria sob um ângulo diferente, como turista e junto do homem que amava. Sonhava caminhar de braços dados com Thierry pela Avenue Montaigne e avançarmos até a Rue du Bac para nos sentarmos em uma das mesas expostas nas calçadas por suas charmosas cafeterias e apreciarmos juntos os deliciosos cafés nelas servidos. Meu futuro marido tinha, porém, aversão pela capital do país, dizendo ser moderna e libertina demais para seu gosto. Por ele sequer sairíamos de Sault. No máximo, nossas núpcias poderiam se limitar em fazermos uma hospedagem em um hotel na própria cidade. Mas eu queria algo especial e, como não teria a menor chance de irmos a Paris, minha segunda opção seria Aix-en-Provence, um lugar mais próximo de nós e onde Thierry disse ter as mais belas plantações de lavandas, suas preferidas. Seria mágico visitá-la na companhia de meu amor. Tentaria convencê-lo. Naquela noite decidiríamos sobre nosso destino.

Thierry combinou de chegar em casa às dezenove horas. Eram 21h15 quando ele finalmente bateu à porta. Cada dia mais me acostumava com seus atrasos, que já não me surpreendiam. Fui recepcioná-lo e de imediato senti cheiro de álcool em seu hálito. Ele sequer se desculpou pelo avançado da hora.

– Você pode me oferecer um copo com água? – Foi a primeira coisa que falou. – Tenho sede.

Meus pais e Camile estavam sentados à sala e notei a expressão de preocupação e, ao mesmo tempo, de decepção na face deles. Para eles não era aceitável o comportamento que Thierry vinha adotando. Parecia não se importar com a grande data que se aproximava e tampouco demonstrava carinho por mim.

Enquanto eu buscava sua água na cozinha, Thierry foi entrando e cumprimentando minha pequena e apreensiva família.

– Monsieur Guillaume, madame Aurélie e Camile, como vão? A noite está ma... ma... ravilhosa. Deviam as pe... pessoas sentar-se lá fora.

Da cozinha o ouvi tropeçando em suas palavras. Por alguns segundos cerrei meus olhos, entristecida e envergonhada. Ao voltar à sala e lhe dar o copo com a água, Thierry a tomou com avidez.

Tinha diante de mim e de minha família o homem que eu amava, mas que se transfigurava de forma visível. Me perguntei em pensamento se seria algo passageiro, uma fase que logo se desvaneceria ou, o contrário, ficaria cada vez mais alterado em seu modo de se comportar.

Meu pai o convidou a sentar-se.

– Sente-se, meu rapaz, e vamos conversar.

Thierry com certo desequilíbrio se acomodou em uma das cadeiras.

– E então, como vai indo a reforma da casa? – Papai quis saber, tentando não valorizar os deslizes de meu noivo.

Esqueci de contar antes que o avô de Thierry cedeu uma de suas casas na cidade para que nela morássemos depois de nosso casamento. Era uma boa construção que precisava apenas de alguns retoques nas paredes e no piso, desgastados com o tempo. Ficava próxima de minha casa e, consequentemente, da botica, o que facilitaria as idas e vindas de meu trabalho.

– Está correndo tudo bem, monsieur Guillaume. Se continuar assim, na próxima semana terminaremos as obras – concluiu Thierry.

Não posso deixar de dizer que, a cada momento em que Thierry tinha a palavra, eu me punha apreensiva, como que torcesse para que se pronunciasse de forma adequada, sem tropeços. Naquela sua resposta ele se saiu bem, o que para mim foi um alívio.

Sentei-me no sofá ao lado de Camile e ela pegou minha mão. Parecia sentir a apreensão que me tomava conta e com isso quis dar-me apoio. Agradeci a ela com um sorriso por seu gesto fraternal, pois de fato me senti mais aliviada.

A conversa prosseguiu com poucos deslizes nas frases ditas por Thierry. Ao finalizarmos os assuntos, convidei-o para irmos para fora de casa, com o objetivo de tratarmos somente nós dois sobre nossa viagem. Saímos e nos sentamos em duas cadeiras de madeira em frente de casa, sob a luz dos lampiões a óleo. Deveríamos nos apressar em nossa conversa. Havia horas que os lampiões tinham sido acesos pelos funcionários da prefeitura e em breve o óleo esgotaria e eles se apagariam, deixando as calçadas completamente às escuras.

Desta vez foi Thierry quem pegou minha mão e me senti confortada por ele.

– Creio que já possamos ficar de mãos dadas, não é? – perguntou com um ar maroto.

– Pelo menos longe dos olhares das pessoas, evidente que podemos – respondi envaidecida.

– Bem, longe dos olhares das pessoas já fizemos coisas muito mais comprometedoras. – Ele sorriu, malicioso.

Como de costume, corei de forma absurda. Tinha tanta raiva de mim cada vez que aquilo me acontecia! Corava facilmente desde criança e achava que, à medida que fosse ficando mais velha, isso não mais me ocorreria, mas que nada. Mero engano. Continuava deixando minha vergonha transparecer nitidamente em meu rosto em cada situação de embaraço. E aquele era mais um momento embaraçoso. Ter me entregado antes de nosso casamento deixava minha consciência alarmada. Era um segredo só nosso, meu e de meu noivo, e que ninguém jamais poderia saber. Apavorava-me pensar na possibilidade daquela notícia chegar aos ouvidos de meus pais. Eles jamais me perdoariam por ter caído em pecado antes da formalização do casamento. Não, jamais saberiam. E assim que nos casássemos tudo estaria resolvido e minha consciência poderia ter paz.

Sem conseguir encarar Thierry lhe propus:

– Promete que nunca dirá nada sobre isso para ninguém? Sob nenhuma circunstância poderá dizer. Será nosso segredo para sempre.

Ele sorriu.

– Tranquilize-se. Isso jamais sairá de minha boca.

– Nem mesmo em suas reuniões com os amigos, quando devem falar muitas bobagens pelo efeito do álcool?

Thierry soltou minha mão. Percebi que desta vez ele ficou vermelho, mas não de vergonha. Encarou-me.

– Tripudia-me sempre que tens oportunidade, não é? – falou colérico.

E levantou-se, pondo-se em minha frente com a voz muito alterada.

– Não podes ficar um dia sequer sem me acusar de ébrio?

Tentei acalmá-lo sem me levantar da cadeira.

– Não o chamei de ébrio. Apenas...

Ele me interrompeu, agora aos berros.

– Não chamou diretamente, mas é assim que pensas de mim, que sou um desocupado que vive nas tabernas consumindo litros de bebida!

Àquela altura percebi alguns vizinhos abrindo suas janelas, espreitando-se pelas frestas para acompanharem o que estava acontecendo. Tentei alertar Thierry:

– Por favor, fale baixo. Está acordando os vizinhos.

– Não me peça para falar baixo! – continuou gritando. – Você não manda em mim. Falo no tom que bem entender.

– Só não quero que as pessoas fiquem alarmadas. Veja, estão nos observando.

Meu noivo olhou ao redor, esbravejando:

– Para os diabos todos vocês!

Foi girando na calçada, olhando para as janelas entreabertas.

– Metam-se com suas vidas! E deixem que da minha cuido eu.

Ao dizer aquilo, ainda rodopiando, ele perdeu o equilíbrio e caiu. Fui ao seu socorro e então aconteceu o inesperado, algo que jamais imaginaria que Thierry fosse capaz: ele me afastou com um tapa no rosto. Não foi dos mais fortes, mas o suficiente para me levar para trás alguns passos. As janelas que tinham apenas as frestas abertas agora se abriam por inteiro, e as pessoas colocaram a cabeça para fora. Thierry se levantava com dificuldade.

– Não preciso de sua ajuda! – gritou, olhando mais uma vez para os vizinhos. – E vocês, seus futriqueiros, já disse: metam-se com suas vidas! Pensam que não estou vendo vocês a nos bisbilhotar?

As janelas iam se fechando uma a uma. Thierry agora em pé caminhava de forma titubeante, limpando as mãos em seu casacão.

– Vou para casa. Nossa conversa sobre a viagem ficará para outro dia. – Ainda titubeante, abaixou-se para pegar seu chapéu caído na calçada, virando-se depois para mim: – Aliás, nem sei se ainda desejo me casar com você.

Aquela frase me calou fundo na alma. Senti meu coração se apertar. O que eu estava fazendo de errado? Será que a infelicidade que eu tanto temia em minha infância estaria prestes a se mostrar presente?

As chamas dos lampiões passaram a ficar tênues e ainda era possível ver Thierry ao longe, caminhando e gesticulando seus braços, como se resmungasse sozinho. Agora os lampiões iam se apagando, um a um. Completa escuridão. Já não enxergava mais meu amor. Apenas ouvia seus passos ecoando pelo calçamento, trôpegos. Me perguntei como ele conseguiria chegar até sua casa naquele breu. Tentei forçar minhas vistas, mas era impossível vê-lo. E só orei para que ele chegasse bem.

Fiquei ainda por alguns instantes sozinha na calçada escura e agora silenciosa. Senti meus olhos se encherem de lágrimas. Um arrepio tomou conta de mim. Por que meu amor punha em dúvida nosso casamento? E mais uma vez eu chorei. Um choro de temor em não ver meu sonho se concretizar. Até aquele momento eu não sabia o que estava por vir. E o que viria depois me traria a maior de todas as tristezas de minha vida.

Capítulo 20

Lara e Adrien se intrigavam a cada virar de página do diário de Valentine. Não queriam parar a leitura, mas não tinham todo o tempo do mundo para se dedicarem a isso. Já era tarde da noite, eles terminaram seus lanches e precisavam retornar para o hotel. Acertaram a conta no food truck e caminhavam de volta quase pelo meio das ruas sentindo sob seus pés os calçamentos em pedregulhos. Naquele horário não havia um carro sequer circulando, deixando-os seguros para andarem daquela forma.

– Puxa vida, como Thierry mudou desde o começo da história – observou Lara. – Digo mudança de comportamento mesmo, já que fisicamente não temos como confirmar. Não há fotos deles para sabermos suas fisionomias.

– Verdade. Passou a ficar agressivo com ela. Será que foi por causa do excesso de bebida? Pelo que Valentine descreveu, ele era bem chegado a um uísque. E é uma pena não termos fotos deles. Fiquei curioso para saber como eram.

Lara, curiosa em dobro, perguntou para Adrien:

– Será que já existia fotografia naquela época, em 1850?

– Não sei, mas vou confirmar agora. Para isso existe a internet.

Ele sacou o celular do bolso, nele digitando.

– Olha só isso aqui! – comentou Adrien, surpreso, lendo pela tela de seu aparelho. – A primeira fotografia conhecida no mundo foi tirada em 1826 e adivinha por quem?

E olhou para Lara, sorrindo, esperando a resposta.

– Por um americano ou japonês, no mínimo – Lara respondeu também sorrindo e com os braços abertos na altura dos ombros.

– Errou! Por um francês. – Adrien falou alto e animado, continuando a leitura em seu celular: – Joseph Nicéphore Niépce, que tirou a foto da janela de sua casa na região de Borgonha, na França. E olha isso também: precisou que uma placa de estanho ficasse exposta à luz por oito horas para que a foto ficasse pronta. – Olhou novamente para Lara. – Puxa, todo esse tempo? Hoje basta só um clique. Agradeça aos franceses por terem iniciado a fotografia.

E agradeça também pelo processo ter evoluído. Já pensou você ficar posando por oito horas ao lado dos pés de lavanda só para registrar uma foto?

Os dois riram.

– Parabéns para vocês, franceses! – comemorou Lara batendo palminhas, depois caindo em si: – Então isso significa que muito provavelmente deve haver fotos de Valentine e Thierry.

– Creio que sim, mas onde?

– Minha nossa! Vou revirar meu quarto no hotel quando chegarmos. Pode ter mais alguma coisa escondida nele. Já pensou se encontrarmos fotos dos dois, que legal?

Adrien, coçando a cabeça, sorriu.

– Já vi que não conseguirei dormir hoje. Terá alguém no quarto acima do meu fazendo barulho e caindo da escada.

– Não fui eu quem caí da escada aquela vez. Foi um pedaço de madeira do teto. – Ela riu.

– Ah, então você está destruindo aos poucos meu hotel? Vou lembrar de colocar na sua conta.

Lara, que até então se divertia com as brincadeiras, ficou séria.

– Por falar em minha conta, ficarei por aqui somente mais duas semanas. Temos que dar um jeito de ler mais rápido o diário de Valentine. Quero terminar antes de partir.

– Que exagerada! Do jeito que estamos lendo, em poucos dias terminamos. – Adrien olhou de lado para Lara, ainda com ambos caminhando pelas ruas. – Sabe que estou me acostumando com essa rotina de nos encontrarmos para nossa leitura? Acho que sentirei falta disso quando você se for.

– Sentirei falta de tudo isso aqui quando eu voltar para o Brasil. – Ela suspirou. – Gostei muito desta cidade – disse e olhou para Adrien. – E vou sentir falta de sua companhia também. Está sendo um ótimo guia em minhas incursões pelos lavandários e um grande parceiro de conversas e descobertas. Estamos descobrindo juntos o universo e a história de um casal do século XIX, e para mim tudo isso tem sido incrível.

Adrien avaliou as palavras de Lara. A presença dela também lhe faria falta, mas ele não queria admitir. Desde a morte de Sofie não passava tanto tempo na companhia de uma mulher. Fazia apenas passeios como guia de algumas hóspedes e era somente isso, uma relação profissional. Com Lara, apesar de ter começado também pelo compromisso de ser seu guia, agora dividia com ela momentos até então nunca partilhados com alguém. Pôde se abrir em relação a Sofie, falar sobre sua vida, seus projetos e outros assuntos que antes mantinha só para si. Viu nela uma companhia autêntica, atenciosa, divertida. E sim, ela faria falta.

– Devo dizer que não será tão animado e interessante visitar as lavandas sem você – falou Adrien, com cuidado nas palavras temendo ser mal interpretado.

– Mas nada que um avião não resolva – brincou Lara. – Há voos diários do Brasil para a França. – Fez uma pequena pausa. – E da França para o Brasil também. Se um dia quiser conhecer os campos de lavanda de minha família, está convidado.

– Hum... não é má ideia. Assim posso tomar uma caipirinha no lugar onde ela foi criada. – Ele piscou.

– Que interesseiro! Iria para meu país só para beber. – Ela riu. – Estou começando a pensar que você e o Thierry têm algum parentesco devido às preferências etílicas.

Adrien riu também. Antes que pudesse fazer qualquer comentário, chegaram na frente do hotel.

– Aqui acaba nossa noite, mocinha.

– Tem alguma sugestão de onde podemos ir para continuarmos a leitura do diário amanhã?

Ele pensou por alguns instantes.

– Para dizer a verdade, ainda não, mas prometo pensar e amanhã pela manhã lhe dou a resposta. Nos encontramos logo cedo para o café?

– Sim, sim! No mesmo horário de sempre.

Adrien foi até Lara e beijou-a no rosto, despedindo-se e desejando boa noite. Era a primeira vez que se despediram daquela forma. E ela gostou.

Capítulo 21

Em seu quarto depois de vestir seu pijama, Lara se pôs em pé ao lado da cama olhando para o teto. Vasculhava com o olhar em todas as direções tentando encontrar outro local que pudesse ser um novo esconderijo com algo mais que Valentine teria deixado guardado. Foi lá fora pegar a escada de alumínio, subiu nela para ficar mais próxima das partes de madeira do teto. Tateava com as mãos todas as frestas e nada de encontrar alguma pista. Trocou a escada de lugar levando-a para outro canto do quarto. Desta vez subiu seus degraus levando seu celular. Ligou a função lanterna para poder enxergar melhor em suas buscas e nem assim foi feliz em seu intuito. Desistiu. Desceu os degraus e, quando já estava quase no último, deixou cair seu celular. Era tarde da noite e o barulho da queda amplificou-se. Ela fechou os olhos, fazendo careta.

– Ai, novamente não! Só falta ter acordado Adrien.

Ela recolheu o celular e levou a escada para fora do quarto, no máximo silêncio que pôde. Deitou-se na cama e, ainda não satisfeita, olhava para todos os lados das paredes e do chão.

– Tem que haver mais alguma coisa de Valentine por aqui. Será que ela não deixou nenhum outro de seus pertences?

Como não encontrou qualquer vestígio, decidiu dormir. Apagou a luz do abajur e se ajeitou na cama. Amanhã teria mais um longo dia de pesquisas e leitura pela frente.

Capítulo 22

Adrien, no quarto de baixo, sentado à escrivaninha, embrulhava um presente, quando um grande barulho de algo caindo se fez em seu teto. Ele olhou para o alto e sorriu, balançando a cabeça em negativo.

Continuou em sua tarefa de embrulhar, agora rindo com mais ânimo, pensando em Lara no alto de uma escada vasculhando o teto do quarto e deixando cair suas coisas. Ao terminar o pacote o deixou sobre a escrivaninha e foi para sua cama. Fazia calor e ele vestia somente o short do pijama. Espreguiçou-se, pegou seu celular que estava sobre a mesinha, recostou-se na cabeceira da cama e passou a digitar no aparelho. Ficou ali por alguns instantes.

– Já sei aonde podemos ir amanhã. Acho que ela vai gostar.

Sorriu, guardando o celular, deitando-se para dormir.

Capítulo 23

Desta vez Adrien chegou ao salão de café e Lara não estava lá. Estranhou sua ausência. Então, foi até a funcionária que arrumava as mesas e perguntou:

– Amelie, você sabe se Lara ainda está dormindo?

– Dormindo? Aquela garota acorda mais cedo que todos os galos da cidade. Já esteve aqui, tomou café e pediu que você a encontrasse na recepção assim que terminasse seu desjejum.

Adrien achou graça da situação. Sentou-se para comer e cerca de vinte minutos depois foi ter com Lara na recepção. Encontrou-a examinando um enorme mapa fixado na parede. Com ela de costas pôde ver que usava um conjunto florido formado por uma única peça de camiseta de alça e shorts acima do joelho. Calçava tênis tipo All Star na cor rosa. Reparou em seu corpo esguio e bem delineado. Encantou-se com aquela imagem graciosa.

Lara, percebendo sua presença, virou-se e recebeu-o com seu sorriso animado.

– Bom dia, Adrien! Já sei aonde podemos ir hoje! – Lara falou entusiasmada.

– Sério? Será que é no mesmo lugar que eu ia sugerir?

Ela olhou para o alto, como se avaliasse qual seria a sugestão de Adrien.

– Hum, não sei. Você já tinha pensado em algum lugar?

– Já – respondeu com um sorriso.

– Então vamos falar juntos – propôs Lara, animada. – Assim saberemos se tivemos a mesma ideia. Vou contar até três.

Agora Adrien soltava sua gargalhada que Lara adorava.

– Um, dois e... três!

Falaram juntos:

– Aix-en-Provence!

Lara deu pulinhos de alegria.

– Isso mesmo! – comemorou ela. – A cidade em que Valentine queria passar a lua de mel.

– Já que Thierry não queria Paris, não é?

– É! – concordou com expressão de pesar. – Já vi pelo mapa que não é tão longe e tem maravilhosos campos de lavanda por lá.

– Que daria para unir o útil ao agradável, não é, mocinha? Suas pesquisas e a leitura do diário.

– Sim, sim, mocinho! – Ela parou por alguns segundos, pensativa. – Verdade! Já que me trata por mocinha, vou chamá-lo de mocinho a partir de agora. – Sorriu.

Adrien só pôde rir daquele comentário.

– Então, já para o carro, mocinha.

– Ok! Trouxe o diário, mocinho?

Adrien mostrou o habitual e conhecido caderno.

– Acha mesmo que eu o deixaria para trás?

Lara pegou sua mochila com os apetrechos de pesquisa e foram para o carro. Partiram para um percurso de cerca de uma hora e meia. Teriam bastante tempo para conversar, já que decidiram começar a leitura somente quando chegassem ao destino.

As estradas ladeadas por gigantes plantações de lavanda já se tornavam habituais também para Lara, mas ela não deixava de se encantar com aqueles cenários de cores vivas que mais pareciam pinturas. Entre uma conversa e outra ela quase colocava seu corpo para fora da janela do veículo para apreciar as paisagens que passavam em velocidade. Adrien acompanhava aquelas cenas sempre sorridente. Chegaram a uma região em que as plantações não se faziam tão presentes. Ela então se acomodou no banco de passageiro, finalmente se comportando.

– Cansou de fazer estripulias na janela? – brincou ele.

– Agora não tem tanta coisa para ver – respondeu Lara, abrindo uma garrafinha com água e bebendo um gole, em seguida oferecendo para Adrien: – Quer também?

Ele aceitou e bebeu uma grande parte, devolvendo a garrafa quase vazia.

– Quase acabei com sua água. Quando chegarmos a Aix-en-Provence comprarei mais. – Fez uma pausa, fazendo graça. – Viu, mocinha?

– Não precisa. Tenho outras aqui na mochila. Não saio desprevenida, ainda mais nesse calor. – Também fez uma pausa. – Viu, mocinho?

Os dois riram. Em seguida Lara olhou séria para Adrien.

– Posso fazer uma pergunta um tanto pessoal? – propôs.

Adrien a olhou de lado, desconfiado.

– Posso não responder se achar que é pessoal demais?

– Ah, não vale! Tem que responder de qualquer jeito – brincou Lara, corrigindo em seguida: – Que nada. Claro que você responde se quiser.

– Sendo assim, então faça a pergunta.

Ela continuou olhando para Adrien.

– O que sentiu quando acordou da cirurgia e soube que Sofie tinha sido a doadora e que o coração dela batia dentro de você?

Adrien talvez não esperasse por aquela pergunta. Suspirou fundo, com seu olhar fixo na estrada enquanto dirigia. Demorou para falar, tentando controlar sua emoção.

– Num primeiro momento – ele começou – eu chorei muito. Não podia acreditar que tinha perdido Sofie para sempre.

Lara percebeu que Adrien se emocionou.

– Se é pesaroso falar sobre isso, então vamos mudar de assunto. Que tal falarmos de...

Adrien a interrompeu gentilmente:

– Fique tranquila. Me faz bem falar sobre ela. – Fez uma pausa. – E concluindo a resposta de sua pergunta, chorei como nunca havia chorado na vida. Era difícil lidar com o que tinha acontecido. Saber que eu estava vivo à custa da vida dela. Que ela havia partido, mas deixado uma parte sua dentro de mim. – Parou de falar por mais um breve instante. – É algo que me faz refletir todos os dias sobre o valor que damos às pessoas enquanto as temos em nossa convivência. – Suspirou, entristecido. – Me pergunto se eu a valorizei como merecia enquanto estávamos juntos.

– Tenho certeza de que sim. – Lara tentou animá-lo. – Vocês se amavam e isso certamente a fazia feliz.

– Só amar não é suficiente. É preciso demonstrar esse amor. E eu falhei muito nisso. Com minha vida corrida, não dava a atenção que Sofie merecia. – Parou por alguns segundos e depois continuou: – E poucas vezes eu falei que a amava. Eu deveria ter falado todos os dias para ela, porque, puxa, eu a amava muito!

Lara o encarou com carinho.

– Nem sempre são necessárias palavras para demonstrar sentimentos. Muitas vezes eles estão implícitos em gestos, em um olhar, um sorriso, uma carícia, na forma como cuidamos e acolhemos quem está do nosso lado.

Adrien só ouvia, ainda emocionado. Lara continuou:

– Ficou evidente pelo comportamento de Sofie que ela te amava e sentia reciprocidade de sua parte. Por tudo que ela fez por você, pelo que passaram juntos e finalmente... – esperou alguns segundos – por seu último ato. Quer mais prova de que ela realmente se sentia amada por você?

Adrien assentiu com a cabeça.

– Não estou dizendo – continuava Lara – que tenha sido um ato intencional da parte dela. Quero crer que não, mas não é a forma que está em discussão. É o ato em si. Em vida ela fez tudo que podia por você. E, quando já não estava mais aqui, fez o impossível se tornar real. Somente aqueles que amam de verdade e se sentem amados são capazes dessa cumplicidade absoluta.

Adrien refletiu por alguns instantes.

– Espero de verdade que Sofie tenha se sentido amada – falou. – Ela foi o maior amor de minha vida e gostaria que tivesse tido consciência disso.

A partir dali fizeram boa parte do percurso em silêncio, apenas refletindo sobre o que acabaram de conversar. A presença de Sofie não se fazia apenas no peito de Adrien, mas na admiração que Lara nutria por ela e que aumentava a cada dia.

Capítulo 24

Assim que chegaram a Aix-en-Provence foram diretamente para os lindos campos de lavanda da cidade, considerados por muitos os mais belos da região. Lara, como de hábito, passou horas admirando os magníficos cenários à sua volta, enquanto recolhia as amostras de solo para suas pesquisas.

Após muitas fotografias e caminhadas por entre as lavandas, voltaram para o carro. Adrien queria apresentar o centro da cidade para Lara. Estacionaram em uma rua estreita e caminharam até chegarem a uma arborizada avenida.

– Esta é a avenida Cours Mirabeau – explicou Adrien. – Ela é considerada uma das mais bonitas da França

E era de fato maravilhosa, muito ampla e com várias fontes em sua faixa central, jorrando água. De um lado, muitos restaurantes e charmosas cafeterias. Do outro, imensos casarões dos séculos XVII e XVIII transformados em lojas, todas recebendo vários turistas interessados em conhecer o comércio local.

– É demais esta avenida! – deslumbrou-se Lara, olhando em todas as direções.

– Quero que você prove o doce tradicional da cidade – convidou Adrien, já se dirigindo para uma doceria ao lado deles.

– Hum... adoro doces. Sou pior que formiguinha para açúcar.

Entraram na confeitaria e viram-se diante de inúmeros bolinhos em formato de sorriso, nas mais variadas cores.

– Aqui estão os *calissons*. São feitos de frutas cristalizadas e amêndoas. – Explicou Adrien.

Perdida entre a variedade de cores e sabores, Lara quis saber o preferido de Adrien.

– O mais tradicional e o que eu mais gosto é o de melão. Vou levar um desses e também de verbena com limão.

– Então vou querer também um de melão e o outro... – ela olhava para as prateleiras repletas e não conseguia se decidir, lendo os sabores escritos nas plaquinhas – ... vou levar este aqui, de tangerina com cacau.

Adrien pediu para embrulhá-los, pagou por eles e saíram da confeitaria. Caminharam em direção a um banco de concreto sob a sombra de uma grande árvore. Sentaram-se nele e serviram-se dos doces.

– Nossa, como é bom! – deliciou-se Lara ao dar a primeira mordida. – Como é mesmo o nome desta maravilha?

– *Calisson*. Sempre que venho aqui levo vários para casa. Diz a lenda que esse doce foi servido em 1454 no segundo casamento do rei Renê D'Anjou. Sua nova esposa tinha 22 anos e estava aborrecida por ter que se casar com ele, que tinha 45. Naquela época os casamentos eram arranjados. Para animá-la, o confeiteiro real lhe serviu um *calisson* e ela sorriu ao comê-lo. Por isso esses bolinhos têm o formato de um sorriso.

– Que história legal – comentou Lara, animada, de boca cheia, ainda mastigando. – Aposto que depois a noiva deve ter comido vários, porque são deliciosos.

Adrien divertiu-se com Lara lambuzando-se com a guloseima.

– Que tal aproveitarmos e começarmos a leitura do diário? – Adrien sugeriu, enquanto sacava o pequeno caderno do envelope que trazia consigo.

– Eu topo – concordou Lara sem deixar de mastigar seu doce.

Ajeitaram-se no banco, com Adrien abrindo o diário na página que haviam parado e, entre mordidas em seus doces, reiniciaram a leitura.

Capítulo 25
VALENTINE

Mal consegui dormir depois da discussão com Thierry na calçada. Me senti muito envergonhada pelo fato dos vizinhos terem presenciado tal cena. Quando entrei em casa, meus pais se mostravam preocupados. Tivemos uma longa conversa, com eles pedindo para que eu reconsiderasse o casamento.

– Filha, se ele é assim enquanto está solteiro – comentou mamãe, aflita – vai piorar quando estiverem casados.

– Ele pode ser o neto do homem mais rico da cidade – bradou papai, irritado –, mas nem por isso tem o direito de destratar e agredir minha filha. Amanhã terei uma séria conversa com esse rapaz.

Receando que a conversa pudesse resultar em discussão e Thierry acabar falando sobre termos caído em pecado antes da hora, apavorei-me. Seria uma imensa decepção para meus pais e eles não mereciam isso.

– Não se preocupe, papai. Amanhã eu mesma falarei com ele. No fundo Thierry é um bom homem, que fica alterado apenas quando está sob o efeito do álcool.

– Pois então ele é assim todos os dias – acrescentou papai. – Raras vezes o temos visto sóbrio.

Essa era uma constatação a qual eu não gostaria de aceitar, mas teria que admitir. Sim, Thierry se excedia cada vez mais na bebida. Parecia não conseguir controlar-se diante dela e meu maior temor era que já tivesse adquirido um vício. Eu tentava me confortar sugerindo a mim mesma que quando nos casássemos meu amor se livraria daquele mal. Eu havia preparado uma fórmula especialmente para ele, que teria por objetivo inibir a vontade de ingerir bebidas alcoólicas, como bem aprendi na faculdade. Este era o meu plano: dar a ele o elixir e convencê-lo a tomar por um período. E então tudo ficaria bem em nosso casamento.

Os dias foram passando, o movimento em minha botica aumentava, os preparativos para nosso enlace pareciam adiantados. Tudo corria bem, exceto por uma ou outra discussão com Thierry, o que muito me entristecia. A mais forte delas ocorreu um dia antes de nosso casamento. Eu estava em casa com minha mãe, Camile e Lorraine, uma das costureiras da cidade, fazendo os últimos ajustes em meu vestido de noiva.

– Como você está linda, minha filha! – admirou mamãe. – Será a noiva mais linda de Sault de todos os tempos.

– Opinião de mãe não vale – falei, envaidecida.

Lorraine se pôs a falar:

– De mãe talvez não, mas de costureira sim, e eu lhe digo que foi a noiva mais bonita que já ajudei nesses meus longos anos de profissão. – Ela piscou para mim. – Thierry é um homem de muita sorte.

Como eu me sentia feliz naquele dia! Acordei muito disposta e animada, sabendo que no dia seguinte seria a madame Thierry Dousseau e construiríamos juntos uma família e uma vida. Meu sonho enfim se realizando.

Era por volta das dezoito horas e eu tinha acabado de me trocar, tirando meu vestido de noiva, pois os ajustes nele já haviam sido feitos. Meu noivo, muito a meu contragosto, passou parte da tarde reunido com seus amigos na taberna de sempre. Nesse horário que citei ouvi uma discussão na parte de baixo da casa, no empório da família. Fomos correndo para a janela e para meu desespero lá estavam papai e Thierry discutindo na calçada. Meu amor, evidente, mostrando sinais de embriaguez.

– Você não pode entrar, Thierry – bradava papai. – Valentine está vestida de noiva e você não pode vê-la antes do casamento.

– Ela será minha esposa e amanhã a verei vestida de noiva – retrucava Thierry com a voz enrolada. – Posso muito bem vê-la hoje também.

Desci correndo as escadas, mais depressa do que poderia para ser seguro e, com medo de tropeçar na barra de meu vestido, segurava-a com as duas mãos levantando-a. Agradeci em pensamento por ter tirado as vestes de noiva, pois jamais conseguiria descer as escadas naquela velocidade devido ao seu volume. Ao chegar à porta de saída fui em direção de Thierry.

– Aí está você – ele gritou, encarando-me. – Então não querias me receber em sua casa?

Tratei de tentar acalmar a situação:

– Entenda, Thierry, essa é a tradição. O noivo não pode ver a noiva com seu vestido antes do casamento. Seria sinal de mau agouro.

– Mau agouro? – retrucou. – Mau agouro é não me deixarem vê-la. Eu tenho esse direito.

Ao notar que algumas pessoas começavam a nos observar, formando grupinhos, pedi com cuidado a ele que se retirasse e fosse para sua casa.

– Por favor, você está chamando atenção dos vizinhos. Por que não vai para casa e descansa? Amanhã será um dia importante para nós e...

Ele me interrompeu, muito irritado.

– Está me pedindo para ir embora? Pensas que manda em mim? Ficarei aqui o tempo que eu quiser.

Papai foi na direção de Thierry.

– Meu rapaz, por favor, acalme-se. Vamos entrar no empório e tomar um copo com água.

Enquanto meu pai tentava contê-lo, desnorteada com a situação, corri para dentro da botica e peguei o vidro com o elixir que havia preparado para Thierry. Queria que começasse a tomá-lo naquele dia para mais rápido se livrar da bebida. Confesso que não foi uma decisão acertada pelo que viria a seguir.

– Pegue isto aqui. Vai lhe fazer bem – disse e entreguei-lhe o elixir. – Beba dez gotas antes de dormir e...

Novamente ele me interrompeu:

– Está querendo que eu tome de suas poções? Veja o que farei com isso – falou e jogou longe o vidro, que se espatifou ao bater na parede do empório.

Algumas pessoas, espantadas, tiveram que desviar de sua direção para não serem atingidas pelo arremesso.

– Quer me envenenar com suas poções? – continuou aos berros. – Vives tentando me convencer a tomá-las, mas jamais conseguirás!

Não me contive e desabei a chorar. Corri para dentro de casa e não presenciei o desfecho daquela cena. Camile me contou depois que papai conseguiu acalmar Thierry e foi com ele até a casa do avô. Voltou horas mais tarde e me procurou.

– Ele está calmo agora, filha. Conversamos bastante e pude ver que de fato ele é uma boa pessoa, mas que se perde quando se curva à bebida.

– Sei que ele é um bom homem, papai – falei, ainda um tanto abalada pelo ocorrido horas atrás. – E tenho absoluta convicção de que mudará seus hábitos. Vou convencê-lo.

– Ele pediu que lhe dirigisse desculpas. – Papai fez uma pausa, olhando sem jeito para mim. – E disse também que a ama e que jamais queria magoá-la.

Aquele comentário muito me aliviou, pois já colocava em dúvida se Thierry ainda me queria como esposa.

– Agora vá se deitar – pediu meu pai. – Você precisa descansar. Amanhã será seu grande dia.

Papai deu-me um beijo carinhoso na testa e retirou-se para seus aposentos. Retirei-me em seguida, com grande expectativa para o dia seguinte.

※ ※ ※ ※

Fui acordada logo pela manhã por minha mãe e Camile, que vieram fazendo algazarra em minha cama, retirando os lençóis e travesseiros, arremessando-os contra mim.

– Acorde, tontinha! – gritava Camile. – O grande dia chegou!

– Vamos, vamos, levante-se! – ralhava mamãe. – Temos muito o que fazer ainda. Seu vestido demora horas para ser colocado e não queremos que chegue atrasada à cerimônia.

Sim, enfim o grande dia! A felicidade que eu tanto buscava se aproximava de mim. Era agora só questão de horas. Levantei-me em um pulo, animada.

– Está bem! Parem de me acertar com os travesseiros. Querem que eu chegue com hematomas ao meu casamento?

– Queremos que você chegue linda, sua tontinha – falou Camile. – E que Thierry suspire ao vê-la entrar na igreja.

Pensei em Thierry e se naquele momento estaria com a mesma animação e ansiedade para chegar logo nossa hora de dizer sim à felicidade. Fiz meu desjejum com o pensamento o tempo todo nele. Na hora do banho, o mesmo. Ele não saía de meus pensamentos. Queria muito poder vê-lo naquele momento para saber como estaria se sentindo. Ao mesmo tempo orava para que tivesse consciência e não ingerisse bebida alcoólica antes da cerimônia. Sabia que se estivesse sóbrio tudo correria bem. E que diria um sim para mim com todo seu amor.

Após meu banho, mamãe bateu à porta do quarto. Eu me vestia apenas com corpete e anágua, já que dali a minutos iria trajar-me com o vestido de noiva.

– Com licença, minha filha.

Trazia com ela uma caixa de presente e me pediu para me sentar à cama, sentando-se junto.

– Trago-lhe uma surpresa – disse-me, mostrando a caixa. – É algo para compor seu enxoval.

– Mais uma peça, mamãe? A senhora montou sozinha quase todo o meu enxoval. Não preciso de nada mais.

Mamãe sorriu.

– Para mim foi muito prazeroso fazer isso por você, minha querida. E esta peça decerto lhe será de grande valia.

Ela então me entregou a caixa e, com curiosidade, iniciei sua abertura desfazendo os grandes laços. Mamãe ainda sorria enquanto eu tirava a tampa da embalagem. Ao abri-la, pude ver uma peça de tecido brilhante. Peguei-a e senti o pano maleável e sedoso. Era uma delicada camisola de seda na cor rosa-claro, adornada em rendas e bordados.

– Mamãe, ela é linda!

– Pedi para a melhor bordadeira da cidade fazer esses adornos.

O tecido era tão macio que não resisti à vontade de passá-lo no rosto e assim o fiz, delicadamente, fechando os olhos para sentir melhor sua textura.

– Esta é a camisola do dia, minha filha – falou mamãe, agora um tanto embaraçada. – Para você usá-la nesta noite. Sua noite de núpcias, um dos momentos mais importantes para o casal, quando finalmente farão sua união conjugal de fato.

Naquele instante senti meu coração disparar. Mamãe estava ali a falar sobre o ato das núpcias, sendo que eu já o havia consumado. Enrubesci de forma absurda e ela deve ter deduzido que seria por pudor, pois se apressou a falar:

– Sei que deves estar amedrontada, querida, mas é perfeitamente normal para quem nunca viveu essa experiência. Vou lhe dar alguns conselhos que irão ajudar, mas o principal é manter-se calma e deixar que seu marido tome todas as iniciativas.

Ela iniciou uma série de conselhos em um assunto que nunca havíamos conversado, mas eu já havia experimentado. Só pude me pôr a ouvi-la com atenção para que não suspeitasse de meu comportamento. Ela havia me dado de presente a camisola do dia para ser usada em um momento especial. Evidente que eu a usaria, mas não da forma pura que mamãe imaginaria que fosse. De todo modo fiquei muito feliz com seu lindo presente, mas sentia-me mal por esconder dela a verdade. Ao mesmo tempo, aliviava-me a aproximação do casamento para que oficialmente me tornasse uma mulher casada, livrando-me do peso que carregava na consciência.

A conversa prosseguiu por alguns minutos até que, para meu alívio, mamãe observou ser a hora de vestir-me para a cerimônia. Foi preciso que Lorraine, a costureira viesse também para ajudar mamãe e Camile na tarefa de me colocar dentro das vestes de noiva. Assim que me vi pronta com o deslumbrante vestido branco, quase entrei em pânico. Já o havia provado inúmeras vezes, mas aquele seria o momento oficial. O momento em que todos os convidados e Thierry me veriam nele diante do reverendo para nos unirmos em matrimônio. Meu coração estava aos pulos e um tremor tomava conta de todo o meu corpo. Era chegada a hora.

Papai havia contratado uma linda carruagem que nos levaria até a igreja e nela fomos conduzidos. As pessoas nas ruas nos olhavam com admiração. Percebi que algumas cochichavam nos ouvidos umas das outras, mas procurei não dar importância. A cerimônia fora marcada para o meio-dia e faltavam poucos minutos. Ao chegarmos à igreja vimos pela grande porta de entrada que os convidados já se acomodavam em seus lugares. Fiquei com papai na carruagem aguardando o momento em que deveríamos entrar e que seria dali a poucos instantes. Mamãe e Camile entraram na igreja. Alguns segundos se passaram e os sinos começaram a badalar, anunciando o horário de meio-dia. Naquele momento meu coração batia de uma forma quase descompassada, como se quisesse saltar para fora de meu corpo. Preparei-me para descer da carruagem.

– Espere, minha filha – falou papai tocando carinhosamente em meu braço. – Combinamos que Camile viria aqui fora nos avisar quando for o momento de você entrar.

– Mas já está na hora marcada – falei apreensiva, querendo saltar logo da carruagem e caminhar em direção a Thierry.

– Podem ocorrer alguns atrasos – comentou. – Vamos manter o combinado e aguardar Camile.

Eu olhava repetidas vezes para a porta da igreja desejando que minha irmã surgisse e acenasse para entrarmos. Os minutos foram passando e ela não surgia.

– Papai, tem certeza de que Camile virá nos avisar? – questionei ainda mais apreensiva. – Está demorando muito.

Ele tirou calmamente seu relógio do bolso e o consultou.

– Se passaram apenas cinco minutos – declarou ele. – Como eu disse, atrasos podem ocorrer. Vamos aguardar.

Aqueles minutos pareciam horas para mim. Eu suava frio dentro daquele vestido, mexendo em minha grinalda a todo instante, tentando me acalmar. Mais alguns minutos se passaram e senti a respiração acelerar, assim como meu coração. Nenhum sinal de minha irmã saindo da igreja.

– Acho que Camile esqueceu-se do combinado e todos lá dentro devem estar apreensivos nos aguardando – falei.

Papai sorriu.

– Quem está muito apreensiva é você, filha. Acalme-se. Logo ela sairá para nos avisar.

Assim que papai terminou de falar Camile saiu. Respirei aliviada, mas ainda muito nervosa. Já me posicionava para sair da carruagem quando vi mamãe vindo logo atrás de minha irmã. E ambas com o semblante mostrando preocupação. Recuei.

– Thierry ainda não chegou – falou Camile olhando séria para mim.

– Aliás, os avós e os pais dele também não – completou mamãe. – Todos lá dentro estão se perguntando o que pode ter acontecido.

Não sabia o que pensar naquele momento. Papai tentou amenizar a situação:

– A carruagem deles deve ter se atrasado – sugeriu. – Logo chegarão. Não será o primeiro nem o último casamento que ocorrerá com atraso.

Mas o tempo passava e nem sinal de Thierry e sua família. Os convidados já deixavam a igreja e ocupavam a parte externa, nas calçadas, todos conversando entre eles com ar de questionamento, sem saber o que poderia estar acontecendo. Eu tentava me esconder no interior da carruagem, pois não queria ser vista por eles antes da cerimônia.

Papai novamente consultou seu relógio e já haviam passado quarenta minutos. Notei que agora apresentava preocupação, embora tentasse disfarçar.

De repente, ao longe, vimos uma carruagem se aproximando. Um novo alívio para mim. A cerimônia, mesmo com atraso, teria início. Aquele alívio, porém, foi apenas momentâneo. Com a aproximação da carruagem, vimos que não eram Thierry e sua família, mas sim monsieur Frontin, funcionário da Gendarme e responsável pelo serviço policial de Sault. Era um senhor de baixa estatura, um tanto obeso e que exibia um farto bigode e cavanhaque, que lhe imprimiam um ar soturno. Ele apeou de sua condução e se dirigiu primeiro ao reverendo, falando algo em seu ouvido. Pude notar ter sido uma informação terrível, tamanha expressão de perplexidade na face do clérigo. Em seguida, ele se dirigiu até o prefeito, que teve a mesma reação de espanto, com a diferença de que, ao monsieur Frontin se virar, o político iniciou a espalhar o que acabara de ouvir, causando expressão de assombro em todos.

Meu coração, que já pulava em demasia, acelerou como nunca.

– O que está acontecendo, papai? – quis saber, atônita com todo o burburinho entre as pessoas, mas papai não me respondeu, também perdido em meio aos acontecimentos.

O policial veio na direção de minha carruagem, parou há alguns passos e fez sinal para que meu pai fosse até ele. E papai assim o fez. Ao receber ao pé do ouvido a mesma informação dada ao revendo e ao prefeito, cerrou seus olhos. Pude ver até que teve certa vertigem. Papai esperou alguns segundos para se recompor, respirou fundo e caminhou em minha direção:

– Querida, vamos voltar para casa. Temos que conversar.

Não consegui raciocinar naquele momento.

– Como voltar para casa, papai? E meu casamento?

Ele novamente cerrou seus olhos.

– Vamos embora, querida. Em casa nós conversamos e...

Eu o interrompi:

– Não posso sair daqui sem uma explicação. Poderia, por favor, me dizer o que está acontecendo?

Ele respirou fundo.

– Não haverá mais casamento, minha filha.

Não consegui absorver o que acabara de ouvir:

– Como não? O que houve? Você pode me explicar?

– Depois lhe explicarei melhor – insistiu papai.

– Não! Quero saber agora o que houve. Por que estão todos em polvorosa? – falei, estarrecida, olhando ao redor. – E onde está Thierry e sua família?

– Melhor conversarmos mais tarde...

Pela segunda vez interrompi papai:

– Quero saber agora por que não vou mais me casar. Eu preciso saber – falei com os olhos cheios de lágrimas.

Papai encarou-me com pesar.

– Preferia lhe dar essa notícia em nosso lar, mas... – ele encheu seu peito de ar – Thierry foi... – fez uma pausa – foi encontrado morto esta manhã no quarto dele.

Capítulo 26

Lara e Adrien, em um sobressalto, naquele mesmo instante pararam a leitura do diário, encarando um ao outro, falando juntos, em sintonia: – *Morto?*

– Thierry morto? – repetiu Lara assombrada e inconsolável. – Minha nossa! Como isso pôde ter acontecido?

Adrien, ainda perplexo, olhou para o outro lado da rua.

– Vamos até aquela cafeteria – sugeriu, já se levantando do banco da praça e fechando o diário. – Preciso de um café. E lá podemos nos acomodar melhor para continuarmos a leitura.

– Como está seu horário? Não tem que ajudar sua equipe no hotel?

– Vou telefonar para eles pedindo que se virem sozinhos hoje, sem minha presença. Temos que saber o que aconteceu.

Enquanto caminhavam velozmente para a cafeteria, ele sacou seu celular e ligou para o hotel. Instantes depois já se acomodavam a uma mesa na calçada. Sentaram-se lado a lado. Com pressa, Adrien colocou o pequeno caderno sobre a mesa e o abriu.

Capítulo 27
VALENTINE

Aquela notícia fez meu mundo girar. Tudo ficou escuro, nebuloso e então perdi os sentidos. Acordei não sei quanto tempo depois já em minha cama, com o doutor Vincent ao meu lado, me examinando. Em pé, meus pais e Camile me olhavam com expressão de sofrimento. Mamãe e minha irmã tinham os olhos muito vermelhos, denunciando que haviam chorado demais. Eu não conseguia entender o que ali se passava. Tudo ainda se fazia muito confuso. Aquele que deveria ser o dia mais feliz de minha vida transformou-se em algo sombrio, tenebroso. Eu só queria saber o que tinha acontecido com Thierry. Tentei me levantar, sendo contida pelo médico.

– Não pode se levantar agora, Valentine – disse ele. – Você teve uma síncope e precisa repousar.

– O que está acontecendo? – perguntei, ainda às tontas. – Onde está Thierry?

Não queria acreditar que havia recebido aquela notícia funesta. Papai aproximou-se de mim e disse:

– Tente descansar agora, minha filha. Mais tarde conversaremos.

– Não quero descansar, papai – bradei. – Quero saber o que aconteceu.

Todos os presentes no quarto se entreolharam. O doutor Vincent tomou minha cabeça com uma das mãos e, com a outra, tapou vigorosamente meu nariz e minha boca com um pano embebido em alguma solução com cheiro muito forte. Tentei me desvencilhar, mas sem sucesso. Mais uma vez senti o mundo girar e adormeci.

※ ※ ※ ※ ※

Não tive noção de quanto tempo dormi. Ao abrir os olhos tudo estava escuro ao meu redor. Deduzi ter despertado de madrugada. Ainda não raciocinava corretamente. Forcei minha visão e vi que tinha mais alguém no quarto. Era papai que dormia sentado em uma cadeira bem ao lado de minha cama. Senti ter que despertá-lo, mas eu ansiava por notícias e respostas.

Precisava descobrir o que se passara nas últimas horas, quando me desliguei de tudo por completo.

– Papai, papai! – chamei-o apreensiva.

Ele despertou, assustado.

– Hein? Oh, minha filha, você acordou?

Mais que depressa o interpelei:

– Preciso que me explique o que está acontecendo. Até agora tudo está sem sentido para mim.

Ele esfregou seus olhos, levantando-se da cadeira e indo até a mesa acender um pequeno lampião. A claridade se fez presente no quarto e ele retornou, sentando-se desta vez na cama ao meu lado.

– Tem certeza de que quer saber de tudo agora, querida? Não é melhor descansar mais um pouco e conversarmos pela manhã?

– Não. Preciso saber de tudo agora. Já descansei o suficiente e sei que sem a solução que o doutor Vincent me fez inalar não conseguirei dormir. Por favor, papai, me explique o que está acontecendo – supliquei.

Convencido de que eu não desistiria de lhe tirar uma explicação, papai se pôs a falar.

– Bem, você sabe. Thierry...

Ele parou alguns segundos, receoso.

– Sim, ele faleceu – concordei, com meu coração destruído. – Foi o que me disse em frente à igreja. Mas quero saber o motivo. Aconteceu um acidente? Me explique papai, por favor!

Papai me olhava de uma forma entristecida, com pesar em me dar aquela notícia.

– Eu estive na casa do avô dele enquanto você dormia – continuou. – Me disseram que assim que acordaram, todos se arrumavam para a cerimônia e acreditavam que Thierry fazia o mesmo em seu quarto. Quando estavam prontos, estranharam por ele não descer até a sala. Foram ao seu quarto e bateram à porta várias vezes. Como ele não respondia, então entraram e... – papai parou de falar por alguns instantes – e o encontraram caído no chão. Correram até ele e viram que não respirava. Chamaram o doutor Vincent, mas não havia mais o que fazer. Ele... – nova pausa, me olhando entristecido – ele já havia falecido.

Era uma notícia que eu já tinha recebido, mas novamente senti seu impacto que me torturou profundamente. Caí em prantos. Meu pai me abraçou.

– Por quê? – gritei, chorando. – O que foi que aconteceu? Por que ele se foi assim?

Papai, agora frente a frente comigo, continuou:

– Não sabemos o que houve. O avô dele autorizou que fizessem uma necropsia em Thierry e... – ele hesitava em falar – e seu corpo será levado para Paris.

– Querem dissecar o corpo de Thierry? – questionei, tentando controlar meu choro.

– Sim, pretendem com isso saber qual a causa de sua morte, já que era tão jovem.

Lembrei-me de que na faculdade tivemos algumas aulas que citavam as necropsias, ainda incipientes, mas que traziam bons resultados. Fiquei feliz por terem tomado aquela decisão, já que queria muito saber o que havia acontecido com meu amor. Suas mudanças físicas não poderiam se dar somente devido ao álcool. Eu ainda suspeitava do distúrbio dos nervos periféricos, já que apresentava alguns de seus sintomas e gostaria de ter certeza disso.

– Os resultados devem demorar algumas semanas – informou meu pai, algo que já era de meu conhecimento.

– Eu gostaria de vê-lo, papai. Para me despedir dele.

E mais uma vez chorei. Um choro de saudade e desolação. Procurei conforto no abraço de meu pai. Ele que até então permanecia forte, também chorou junto.

– Eu não queria que isso acontecesse com você, minha querida. Não queria mesmo.

Insisti em ver Thierry.

– Leve-me até lá, papai. Quero vê-lo pela última vez.

Pensei que ele tentaria me fazer mudar de ideia, mas papai foi compreensivo.

– Você tem esse direito, filha. Assim que amanhecer irei com você até lá. Tente dormir mais um pouco. É muito cedo ainda. Estamos na madrugada.

– Não vou conseguir dormir. Thierry não sai de minha cabeça. É difícil acreditar que tudo tenha terminado assim.

– Seja forte, querida. Você terá que superar essa fatalidade.

– Apesar dos constantes rompantes de Thierry quando bebia, estávamos felizes. Tínhamos muitos planos pela frente.

Ficamos conversando por horas até que os primeiros raios de sol se mostraram presentes através das janelas. Papai levantou-se para abrir as cortinas.

– Se achas que estás forte para vê-lo – ele falou – e que deve ir agora, eu a aguardarei lá embaixo.

Ele saiu do quarto. Levantei-me e iniciei a troca de roupas de forma mais veloz do que normalmente fazia. E só então me dei conta de que era praticamente uma viúva. Tinha perdido aquele que seria meu marido. Parei de me trocar por alguns instantes e me pus a pensar em minha nova condição. Fui até o guarda-roupa e o vasculhei à procura das vestes que representariam meu estado de espírito. E vesti-me de luto. Roupas pretas que lembravam a noite, a ausência de luz e que refletiam meu sentimento de perda. A perda do amor de minha vida.

Ao descer para me encontrar com papai, notei sua expressão de pesar quando me viu vestida daquela forma. Mamãe, que se punha ao seu lado, segurando um lenço todo molhado por não parar de chorar, veio ao meu encontro.

– Oh, minha filha! Você não merecia isso.

Nos abraçamos e choramos juntas. Me vieram à mente os pensamentos de infância, meu medo de que coisas ruins pudessem me acontecer. E agora elas estavam acontecendo de fato. Eu vivia um momento muito ruim e me questionei se merecia aquilo.

Papai esperou alguns minutos e veio carinhosamente me pegar pelo braço. Fomos assim, de braços dados, caminhando até a casa do avô de Thierry. As pessoas nos viam pela rua e paravam para nos oferecer condolências. Ao chegarmos ao nosso destino, entramos na casa. Os familiares de Thierry, pais e avós, também se vestiam de preto. Ao me verem, sequer me cumprimentaram e se retiraram para o interior da casa. Estranhei aquele comportamento, mas não fiz comentários. Monsieur Frontin os acompanhava e foi o único a permanecer na sala. Também achei estranho o policial ali presente naquela hora da manhã. Ele veio em nossa direção.

– Monsieur Guillaume, mademoiselle Valentine, eu sinto muito pelo que aconteceu – falou. – Ofereço-lhes meu sentimento de compaixão.

– Onde está Thierry? – perguntei logo.

Monsieur Frontin observou-me por alguns segundos. Senti seus olhos astutos vasculharem minha alma, tamanha foi a profundidade de seu olhar.

– Acompanhem-me, por favor – pediu o policial.

Nós o seguimos e entramos em uma antessala. Lá estava o corpo de Thierry inerte, exposto sobre uma grande mesa. Papai e monsieur Frontin pararam logo na entrada. Eu continuei avançando em sua direção. Enquanto caminhava o olhava fixamente e me vieram as lembranças de nós dois juntos. Lembrei-me de nossos passeios, nossas cavalgadas, as conversas que trocávamos, os planos que fazíamos e sobretudo o amor que sentíamos um pelo outro. Um amor que não conseguiu esperar nosso enlace para nos entregarmos. E como foram bons aqueles momentos. Agora seria um segredo só meu. Aproximei-me dele e me pus ao seu lado. Tive ímpeto de tocá-lo, acariciá-lo, mas me contive. Apenas o observava com o olhar. Pude ver seu rosto em uma expressão serena. Claro, não havia ali seu sorriso torto e senti falta dele. Queria muito que seus olhos cor de âmbar estivessem abertos agora, me encarando e dizendo me amar. E me lembrei dele achando graça quando me referi aos seus olhos daquela forma. Nunca mais os teria direcionados para mim, assim como jamais teríamos de volta nossos momentos. Permaneci ali lhe pedindo perdão em pensamento. Perdão por nossas brigas, por ter me afastado dele pelos quatro anos em que estive estudando em Paris e que podíamos ter aproveitado juntos; por não ter conseguido evitar sua partida, apesar de tentar convencê-lo a procurar ajuda médica. Mas acima de tudo também o agradeci por ter me dado seu amor, se fazer meu companheiro em todos os momentos e ter me feito tão feliz desde o dia em que nos conhecemos.

Fiquei em um choro contido ao seu lado, ainda sem acreditar que tudo aquilo estivesse acontecendo. Eu estava prestes a me casar, então isso era algo inimaginável para mim. Agora teria que continuar seguindo sozinha minha vida e não mais com meu amor para partilhá-la.

Longos minutos se passaram, quando monsieur Frontin aproximou-se de mim.

– Mademoiselle Valentine, sinto interromper este momento, mas podemos conversar lá fora?

Pedi só mais um instante, ele fez que sim com a cabeça, compreensivo, e voltou para junto de meu pai. Debrucei-me sobre o corpo de Thierry.

– Adeus, meu amor – sussurrei entre lágrimas. – Jamais o esquecerei.

Algumas lágrimas caíram sobre ele e molharam suas mãos. E então me lembrei do dia em que ele, empolgado, as mostrou para mim, combinando nosso pacto de cultivarmos juntos os primeiros campos de lavanda de Sault. Ele agora não estaria mais comigo para cumprirmos nosso acordo. E naquele momento tomei uma decisão.

— Não se preocupe, querido. Farei isso sozinha por nós. Sault ficará repleta de lavandas, como prova do meu amor por você.

Retirei-me com os olhos vermelhos e molhados. Pela última vez me distanciava de Thierry, para sempre. Deixava para trás o grande amor da minha vida.

Fui ter com papai e o policial e, juntos, fomos para fora da casa. Ao chegarmos à parte externa, monsieur Frontin parou, pedindo nossa atenção.

— Como sabem – ele iniciou –, seu corpo será levado ainda hoje para Paris. Desejam que seja necropsiado para descobrirem a causa de seu óbito.

Ele pigarreou antes de continuar:

— Monsieur Guillaume, mademoiselle Valentine, tenho uma importante comunicação a lhes fazer.

O policial se expressava de forma pausada, como se tomasse cuidado com as palavras. Ele continuou, virando-se para mim:

— Há uma denúncia contra a mademoiselle.

Por alguns instantes, atônita, fiquei a encarar o oficial sem entender o que ele havia acabado de pronunciar. Não consegui avaliar o motivo daquela informação e quis de imediato saber mais detalhes.

— Peço, por favor, que me explique que tipo de denúncia há contra mim.

Monsieur Frontin falava com mais cuidado ainda:

— Entenda, é somente uma suspeita que foi levantada pela família de monsieur Thierry.

— Mas que espécie de suspeita? – insisti, ansiosa, sentindo um ligeiro pavor a me tomar conta.

O policial se pôs a explicar:

— Segundo a família, ele vinha apresentando alguns sintomas estranhos ultimamente. Sua coordenação motora estava sendo afetada, sua fala comprometida e sua musculatura facial tornou-se flácida.

— Todos esses sintomas eram de meu conhecimento. – Fiz questão de frisar. – Eu insistia para que Thierry procurasse o doutor Vincent, mas ele era avesso a médicos. Recusava-se a atender meus pedidos todas as vezes que tocávamos nesse assunto.

Mais uma vez monsieur Frontin me avaliou com seu olhar investigativo.

– Não era bem isso que os parentes de monsieur Thierry alegavam.

– Não estou entendendo.

– Os avós disseram que o neto reclamava e não apoiava seu trabalho como farmacêutica e que a mademoiselle insistia para que ele fizesse uso de suas fórmulas.

– Sim, justamente para o bem dele – esclareci. – Mas eram tentativas inúteis de minha parte. Ele jamais aceitou meus conselhos nesse sentido.

Meu pai interveio:

– Monsieur Frontin, minha filha é uma conceituada farmacêutica formada em uma das melhores escolas do ramo. Ela avia receitas com maestria e é profunda conhecedora dos benefícios de suas fórmulas. Sou testemunha de que, por diversas vezes, ela sugeriu a Thierry que fizesse uso de seus elixires para cuidar de sua saúde, porém ele nunca aceitou e tampouco procurava por um médico, apesar de ela também o aconselhar insistentemente.

Aquele oficial de baixa estatura parecia avaliar cada palavra e gesto de minha parte e de papai.

– Pois bem – o policial se pronunciou –, o fato é que será feita uma necropsia para dirimir as suspeitas da família e em breve teremos o resultado.

– Poderia ser mais claro, por favor, e informar que suspeitas são essas? – pedi.

Mais um pigarro da parte do policial e ele declarou:

– Mademoiselle Valentine, devo dizer-lhe que é considerada suspeita de provocar a morte de Monsieur Thierry Dousseau por envenenamento.

Capítulo 28

– Como assim? – espantou-se Lara, encarando Adrien. – Estão suspeitando de Valentine pela morte de Thierry?

Adrien, também aturdido, não sabia o que dizer.

– Está claro que ele jamais tomou suas fórmulas, por mais que ela insistisse. – Lara prosseguiu. – Além disso, Valentine só queria o seu bem.

Adrien ainda tentava absorver o que havia acabado de ler.

– Sim, isso nós estamos deduzindo – ele observou – porque temos seu diário e nos baseamos no que ela escreveu, mas os familiares de Thierry e nem o policial tiveram acesso a ele.

– Você acha que seria possível Valentine ter algum envolvimento em sua morte? – preocupou-se Lara.

– Creio que não. Sinto muitas verdades em suas palavras. Pelo que podemos observar ela é, ou melhor, era uma boa pessoa. Não teria coragem nem motivos para cometer esse tipo de atrocidade.

Lara quase implorou para Adrien:

– Sei que deve estar querendo voltar para Sault, mas será que não podemos ler só mais um trecho do diário?

– Podemos, sim. O pessoal do hotel consegue se virar sem minha presença durante mais um dia. Só não posso fazer isso sempre, senão descobrirão que podem ficar sem patrão e vão querer me demitir – brincou.

Esboçaram um sorriso e em seguida voltaram os olhos para o pequeno caderno sobre a mesa.

Capítulo 29
VALENTINE

Não conseguia acreditar que a família de Thierry me dirigia a absurda acusação informada pelo monsieur Frontin. Tive que me segurar em papai, pois uma vertigem tomou conta de mim assim que o oficial pronunciou tamanha calúnia. Aquela desconfiança me doeu fundo. Se eles tivessem consciência de quanto eu amava Thierry e de como eu somente queria o seu bem, jamais teriam pensamentos maldosos sobre mim. Papai não se conteve:

– Como eles podem pensar isso de minha filha? – falou indignado. – Ela seria incapaz de tamanha barbárie. Não conhecem Valentine como eu conheço, por isso a acusam.

– Peço-lhes que mantenham a calma – sugeriu monsieur Frontin. – É apenas uma suposição – disse e virou-se para mim: – Se a mademoiselle estiver com a consciência tranquila, a necropsia provará sua inocência.

Sim, eu estava muito em paz com minha consciência. Sabia que não havia feito nada que atentasse contra a vida do meu amor e seria agora questão de semanas para que tudo fosse esclarecido. A família de Thierry teria que se retratar comigo por aquela grave ofensa. Tratei de tranquilizar meu pai.

– Monsieur Frontin está com a razão, papai. Bastará o resultado da dissecação ser anunciado para que minha inocência seja provada. Podemos ficar tranquilos quanto a isso.

Papai, como era de se esperar, não demonstrou tranquilidade. Um pai sofre as dores dos filhos e naquele momento ele se preocupava comigo e com minha reputação. Sabia que aquela notícia correria por toda a cidade e, até que tudo fosse esclarecido, eu seria o assunto predileto das más línguas nas rodas de madames pelas calçadas e de monsieurs pelas tabernas. Decidi que não faria conta disso e esperaria tranquila o tempo passar.

Caminhamos de volta para casa no mais absoluto silêncio. Somente quando chegamos na frente do armazém e da botica papai decidiu falar, entristecido:

– Filha, tenho certeza de sua inocência. Não será preciso qualquer exame para me comprovar isso, mas temo que essa acusação descabida afete o negócio que você construiu com tanto esforço e dedicação. Você sabe como são as pessoas. Gostam de espalhar maldades.

– Eu sei, papai. Terei que conviver com isso por algumas semanas. Mas quando a verdade chegar todos reconhecerão que erraram ao me julgar. – Beijei o rosto de meu pai. – Por falar em negócios, vou até a botica para acertar algumas coisas. Ela ficou fechada alguns dias por conta do meu... – titubeei – por conta do que acabou não acontecendo.

Papai se dirigiu ao empório e entrei pela parte interna na botica. A entrada de clientes continuava fechada. Ao chegar em seu interior passei meus olhos por todo o ambiente. Tanto estudo e trabalho envolvido na realização de meu sonho e agora ele estava prestes a sofrer um impacto com a diminuição na frequência de clientes. Sim, deduzi que alguns não usariam meus serviços enquanto tudo não fosse esclarecido. Tentei ficar confiante que dali a algumas semanas voltaria quase à normalidade e o movimento da botica retomaria sua frequência habitual. Citei "quase" ao normal, pois restaria a ausência de Thierry e para que a superasse seria preciso muito, muito tempo.

Abri a primeira gaveta do balcão e retirei de lá o relógio que fora de papai. Apertei-o, levei a mão sobre meu peito, fechei os olhos e, mais uma vez, pedi em pensamento: *Tempo, por favor, passe depressa!*

✿✿✿✿

No dia seguinte, reabri a botica consciente de que o movimento diminuiria, mas não esperava aquele cenário desolador: nenhum cliente compareceu. E nos dias subsequentes também. Mesmo aqueles que já tinham fórmulas encomendadas antes do fatídico dia não vieram retirar seus pedidos. Os medicamentos prontos ficaram empoeirando nas prateleiras. Senti-me apreensiva, já que tinha dívidas com papai pela reforma da loja e com a compra dos equipamentos, mas o dinheiro não estava entrando. Evidente que ele não me cobraria esses valores, porém eu havia combinado que só aceitaria sua ajuda em forma de empréstimo, para que não afetasse suas economias. E eu me sentiria muito mal se não pudesse honrar aquele compromisso.

Uma semana se passou e eu ia para a botica apenas para abri-la e fechá-la, passando o dia inteiro organizando gavetas e mudando as disposições dos produtos nas prateleiras para ter o que fazer. Queria preencher meu tempo com alguma atividade para não pensar muito em Thierry, mas sem sucesso, pois ele invariavelmente estava em meu pensamento. Um dia, impaciente com aquela situação, tomei uma decisão: resolvi visitar os doutores para saber se continuavam indicando a Botica Bertrand para seus pacientes. O primeiro que fiz contato foi o doutor Vincent. Ele foi muito ameno em suas palavras.

– Continuo indicando seus serviços, Valentine, pois são de confiança e de muita qualidade, mas... – olhou para mim com incômodo – os clientes dizem que preferem aviar suas receitas em outro lugar, mesmo que tenham que esperar muitos dias para ficarem prontas.

O que papai imaginou estava acontecendo. Todos me viam como uma bruxa que, como Thierry zombava, fabricava poções e que quem as comprasse poderia se envenenar a qualquer momento. Desisti de visitar os demais doutores. Já sabia suas respostas.

Ainda insisti em ficar mais um dia com as portas da farmácia abertas. Eram as primeiras horas da manhã e não havia o que fazer em meu comércio para poder ocupar o tempo. Sentia-me entediada e triste, debruçada sobre o balcão, sempre com Thierry em minha mente. Posso dizer que muitas vezes agradeci por não ter nenhum cliente na farmácia, pois me pegava chorando a todo momento. E assim me via naquele instante, sozinha, com lágrimas nos olhos. A vida já não era a mesma sem ele ao meu lado. De repente, ao olhar sobre o balcão avistei um pequeno vaso com alguns ramos de lavandas frescas que mamãe tinha acabado de colher de nosso quintal e levado para mim, na tentativa de me alegrar. De imediato me lembrei do pacto que havíamos feito, eu e Thierry, de semearmos as planícies de Sault com as sementes daquelas pequeninas flores para transformá-las em lindos campos de lavanda. E da promessa que fiz a ele já sem vida, quando fui me despedir pela última vez de meu amor. Em um ímpeto, agitei-me, levantei-me, fechei as portas da farmácia e corri para os fundos de casa procurando mamãe. Ela continuava no quintal cuidando de suas plantas. Até a assustei ao chegar repentina e veloz ao seu lado.

– Mamãe, onde estão as sementes de lavandas que pedi para a senhora guardar tempos atrás? – perguntei ansiosa.

— Minha filha, isso foi há quatro anos.

Um desânimo me abateu. Mamãe não havia atendido ao pedido que fiz a ela. Tentei recordar e de fato o havia feito antes de ir estudar em Paris. Já ia me retirar, desiludida, sem a possibilidade de dar sequência aos planos feitos anos atrás com meu amor, quando mamãe tocou em meu braço, sorrindo.

— Devo dizer que achei estranho o que me pediu, minha querida, mas que mãe não atende ao pedido de uma filha?

E ela dirigiu-se até a porta da despensa, abriu-a e de lá tirou um grande pote de vidro escuro, colocando-o sobre uma mesa.

— Aqui está o que me pediu.

Fui até o vidro, retirei sua tampa e nele havia milhares de sementinhas secas de lavanda. Não contive a emoção e corri para abraçar minha mãe.

— Obrigada, mamãe! Você não imagina o quanto isso representa para mim. Acho que essa quantidade será um bom começo.

— Não sei o que pretende fazer, mas não foram só essas que recolhi. Venha até aqui.

Ela me levou até a entrada da despensa.

— Olhe você mesma.

Não pude acreditar no que via ali: cerca de trinta grandes potes de vidro estocados um sobre o outro.

— Mamãe, como conseguiu tantas assim? – espantei-me.

— Essas florezinhas dão sementes como uma praga. E quatro anos é tempo suficiente para recolher muitas delas – disse e sorriu. – Comecei recolhendo um pouquinho todos os dias. E cada vez que o fazia me lembrava de você e isso me deixava feliz. Como você estava distante, era uma forma de tê-la ao meu lado, em pensamento. Passou a ser uma de minhas tarefas diárias e, quando dei por mim, tinha toda essa quantidade que estás vendo.

Não sabia como agradecê-la. Só quis abraçá-la mais uma vez. Emocionada, puxei-a para o lado e nos sentamos em um banco de madeira.

— Quero lhe contar uma coisa, mamãe.

E falei sobre o dia em que eu e Thierry fizemos aquele pacto. Contei como estávamos felizes naquele momento, fazendo planos juntos.

— Mesmo ele não estando mais aqui – disse com tristeza – quero levar adiante o que tínhamos combinado.

— Mas, minha filha, é loucura tentar fazer tudo sozinha.

— Terei tempo, mamãe. Algumas semanas. É o tempo que deverá demorar para sair o resultado que vai me inocentar. Enquanto isso decidi que deixarei a farmácia fechada. Não há clientes mesmo e só tenho me entediado enquanto lá estou. Plantar essas flores, além de me fazer cumprir o que combinamos, ocupará minha mente.

— Vamos pensar em alguém que possa ajudá-la nessa tarefa, minha querida.

— Não será preciso, mamãe. É algo que quero e devo fazer sozinha. E começarei de imediato.

Empolgada como não havia estado há dias, fui até a caixa de ferramentas de papai e dela peguei alguns instrumentos e outros apetrechos que me ajudariam nas plantações. Coloquei tudo em um grande saco de pano. Transferi as sementes do pote de vidro para uma caixa de bronze, pois não queria quebrá-lo caso sofresse uma queda. Mamãe acompanhava tudo com um olhar triste, balançando a cabeça em negativo por algumas vezes, como por lamento. Talvez quisesse reprovar minha ação, mas não tinha coragem.

— Avise papai que peguei emprestado suas ferramentas.

Peguei o pesado saco de pano e saí andando com dificuldade carregando-o com uma das mãos e com a outra segurando a caixa de bronze onde estavam as sementes. Antes de sair vesti meu chapéu para cavalgada, amarrando-o pelo queixo. Fui apressada em direção à coudelaria. Uma vez lá, pedi que selassem meu cavalo. Com a ajuda de um dos funcionários amarramos o saco de pano ao lado do animal, montei nele e iniciei a cavalgada. Fui longe. Voltei à planície em que havia estado com Thierry no dia de nosso pacto. Dei voltas com meu cavalo para encontrar um local adequado para iniciar as plantações. Galopei por muitos minutos até que avistei uma pequena construção ao lado de um poço. Fui até lá. Apeei do animal, amarrei-o em uma cerca à sombra de uma grande árvore e caminhei para examinar a construção. Era uma pequena casinha de madeira construída de forma rústica. Pelo aspecto ninguém a visitava há tempos e parecia estar abandonada. Vazia, seria o lugar ideal para deixar as ferramentas que peguei emprestadas de papai, para não ter que transportá-las diariamente. Fui até o poço e tentei enxergar seu fundo para ver se tinha água. Não era possível saber, pois estava escuro lá embaixo. Vi que havia um balde de madeira amarrado a uma corda e o lancei abaixo, no interior do poço. Logo ouvi o barulho dele batendo na água e fiquei feliz. Seria essencial para fazer as primeiras regas das sementes que ali seriam plantadas. Restava saber se seria boa para consumo. Com esforço girei a manivela ao lado. Pelo peso, o balde devia estar cheio. Quando ele surgiu na superfície, meus olhos brilharam. Era uma água límpida e fresca. Tomei alguns goles e lavei meu rosto, refrescando-me. Desamarrei o saco de pano que estava preso ao meu cavalo e de lá retirei uma bacia, enchi-a com água e levei-a ao animal, que a bebeu com muita sede. Transferi as ferramentas para dentro da casinha de madeira e sentei-me à sombra da árvore para planejar como faria a plantação. De lá avistava toda a planície e, mentalmente, calculei a área que usaria e por onde deveria começar.

– Então mãos à obra, Valentine! – falei para mim, com determinação. – Há muito trabalho pela frente.

Ajeitei meu chapéu, calcei minhas luvas, fui até a casinha, peguei um arado de mão e passei a fazer pequenos sulcos na terra. Fiz isso em uma extensa área, por um longo tempo e, em seguida, busquei a caixinha de bronze com as sementes. Aos punhados jogava as sementinhas naqueles pequenos buracos. Com os pés empurrava a terra sobre elas, até cobri-las. Preenchi todos os sulcos que havia feito naquele dia. Tomei mais alguns goles de água, lavei novamente meu rosto e fui sentar-me, ofegante, à sombra da árvore. Recostei-me em seu tronco e de lá observava feliz a grande área de terra revolvida e plantada. Começava ali minha promessa feita ao meu amor de levar adiante, sozinha, nosso plano.

Capítulo 30

Era fim de tarde quando Adrien pediu licença para fechar o diário.

– Agora precisamos ir – alertou. – Temos uma viagem de uma hora e meia pela frente.

Lara ainda se mantinha pensativa na leitura que havia acabado de fazer.

– Puxa vida, como Valentine era determinada – observou Lara. – Fazer tudo aquilo sozinha não é para qualquer pessoa.

– Fiquei triste por ela – comentou Adrien enquanto se levantava. – Não merecia passar por tudo aquilo.

– Agora fico curiosa para saber o resultado da necropsia. – Ela olhou com cara de pidona para Adrien. – Será que podemos avançar algumas páginas do diário?

– Nada disso, mocinha. – Ele riu – Controle sua ansiedade. Vamos ler na sequência certa.

– Só algumas páginas, vai? Depois voltamos de onde paramos.

– Mas como é ansiosa essa garota! – zombou. – Sem chance. Quero conhecer toda a história na ordem que Valentine escreveu.

Lara revirou os olhos.

– Já vi que com você não tem acordo mesmo.

Foram rindo em direção ao carro.

– Mas para você não ficar tão tristinha – Adrien continuou –, vou lhe fazer um convite. Hoje à noite, assim que minha equipe terminar de servir o jantar para os hóspedes e fechar a cozinha, eu gostaria de preparar um prato especial para você.

– Jura? – empolgou-se Lara. – Vou conhecer então sua versão chef de cozinha?

– Sim, já que as de dono de hotel, carregador de malas, barman e guia turístico você já conhece.

– Hum... deixa eu ver. – Ela pensou. – Falta mais alguma?

– Acho que não. Completei o meu rol de atividades.

– Vou adorar experimentar um prato feito por você.

– E depois podemos continuar a leitura do diário.

– Só se você prometer que não vamos parar até chegar a parte do resultado do exame.

Ele gargalhou.

– E se isso estiver lá no final? Faltam muitas páginas ainda.

– Não interessa. Nem que tenhamos que ficar a madrugada toda lendo. Quero saber o que aconteceu.

Ainda rindo Adrien comentou:

– Sabe o que me ocorreu agora? Se fosse você no lugar da Valentine, acho que morreria de angústia por ter que esperar todo aquele tempo por uma resposta.

– Verdade. Ainda bem que não nasci naquela época – refletiu Lara. – E ainda bem que não era eu no lugar de Valentine. Acho que não teria estrutura para suportar o que ela passou.

Capítulo 31

Conforme combinado, no fim da noite, Adrien e Lara estavam sozinhos na cozinha do hotel. Ele fez questão de vestir seu dólmã preto, a tradicional vestimenta dos chefs de cozinha, com uma bandana da mesma cor na cabeça e um grande avental branco amarrado à cintura. No fogão, ele mexia habilmente as panelas. Lara tomava uma taça de vinho sentada em uma banqueta alta. Usava um leve vestido longo de malha na cor verde com estampas florais. Observava Adrien em seus afazeres culinários.

– Você está um charme com esse uniforme – comentou enquanto bebia um gole de sua taça.

– Obrigado! – disse e virou-se para Lara: – E você está linda nesse vestido. Aliás, linda como sempre. – Sorriu.

Ela agradeceu com um sorriso.

– Dá para ver que você cozinha com paixão. E como é bom a gente fazer o que ama, não é?

– Muito! Sem amor nada fica bom. Adoro esse ambiente. – Olhou à sua volta e em seguida foi até Lara completar sua taça com vinho, fazendo o mesmo na dele. – Mas hoje prefiro cozinhar assim: com calma, sem correria e para pessoas especiais.

Ela se sentiu lisonjeada.

– Obrigada por me colocar na lista de suas pessoas especiais.

– Muito especial, por sinal. – Ele piscou, fazendo uma pausa. – Sabe o que estive pensando? Era para você ser apenas mais uma das muitas hóspedes que já passaram pelo meu hotel. Alguém que chegaria, ficaria alguns dias na cidade, encerraria sua conta e partiria, como todas as outras que já passaram por aqui. Mas desta vez está sendo diferente. Você me permitiu conhecer uma história incrível e estamos descobrindo juntos o que se passou com uma mulher há mais de cento e setenta anos.

Lara tomou mais um pouco de seu vinho.

— Talvez se eu não tivesse encontrado o diário seria mesmo como você falou. Apenas mais uma turista. E não teríamos tido a oportunidade de nos conhecer melhor.

Adrien concordou.

— E eu devo agradecer por você tê-lo encontrado e termos essa convivência. Me fez muito bem falar sobre minha vida. Era algo que nunca tinha partilhado com alguém. — Ele olhou com ternura para Lara. — Por isso você me é muito especial.

Eles sorriram.

— Agora vou expulsar a senhorita daqui. Quero que me espere lá no salão. Escolha uma mesa, sente-se e me aguarde que já levarei nosso jantar. E você deve estar faminta, pelo jeito.

— Com esse cheirinho bom quem não fica com fome?

— Tome, leve o vinho — falou e lhe entregou a garrafa, ainda pela metade. — Já, já estarei lá com você.

Lara fez o que ele pediu e se dirigiu ao salão. Todas as mesas estavam à sua disposição, vazias. Escolheu uma que ficava próxima da lareira, que, embora apagada, conferia certo charme ao ambiente. Sentou-se, serviu-se de mais vinho e esperou por Adrien, que continuava com seus preparos na cozinha. Observou que havia uma vela decorativa sobre a mesa. Foi até a lareira onde viu uma caixa de fósforos, pegou-a e acendeu a vela, sentando-se novamente. Sorriu ao ver como a chama da vela proporcionava um ar romântico ao lugar. Em seguida, Adrien surgiu, sem a bandana na cabeça, equilibrando magistralmente duas cloches. Ele apoiou uma delas à frente de Lara e a outra onde se sentaria. Olhou para a vela e sorriu.

— Vejo que você deu seu toque à mesa. Muito bem!

Sentou-se e pediu que ela levantasse sua cloche, fazendo o mesmo com a dele. Ao retirarem as grandes tampas, viram pratos finamente montados. Lara, fechando seus olhos, aproximou-se do prato para sentir o delicioso aroma.

— Lagosta gratinada, arroz com ervas e batatas ao creme — apresentou Adrien.

— Parece estar uma delícia. E a apresentação está linda — admirou-se Lara. — Você caprichou de verdade!

— Então, bom apetite!

Iniciaram o jantar regado a conversas e vinho. Foram momentos divertidos, com muitas risadas. A convivência entre eles, embora de poucos dias, tornava-se cada vez mais agradável, fazendo parecer que já se conheciam de longa data. E havia um motivo para isso: o diário de Valentine. Aquele pequeno caderno os uniu de tal forma que os tornou inseparáveis desde o momento em que se viram pela primeira vez. E agora estavam ali, desfrutando daquela relação com um jantar preparado com muito carinho e de forma especial.

– Estava tudo maravilhoso – elogiou Lara, ao terminar. – Você é um excelente cozinheiro, Adrien. Ou melhor: mocinho.

Ele levantou-se agradecendo com um sorriso e recolhendo os pratos e talheres.

– Mas ainda não terminou – falou. – Tem a sobremesa.

Lara, arregalando os olhos, abriu um grande sorriso.

– Uau! Sobremesa? Vou esperar ansiosa.

Adrien se retirou para a cozinha e instantes depois retornou com uma bandeja contendo duas pequenas vasilhas de porcelana.

– É *crème brûlée*? – Lara esticou-se para ver.

– Sim. Feito por mim.

– Que maravilha! Amo esse creme!

Serviram-se e Lara deliciava-se a cada bocado que colocava na boca. Adrien a observava, admirado com seu comportamento sempre animado e feliz. Lara lhe transmitia energias positivas e ele precisava daquilo. Há tempos não se sentia tão empolgado por estar ao lado de uma mulher, desde a morte de Sofie. Isso lhe trouxe pensamentos confusos, já que não sabia se Lara também partilhava da mesma sensação em sua companhia.

– Agora que terminamos o jantar – disse Adrien –, vem a parte que mais estamos na expectativa.

– O diário de Valentine! – animou-se Lara, sorridente.

– Exatamente. E já que a senhorita pretende ficar lendo até altas horas, que tal abrirmos mais uma garrafa de vinho para nos acompanhar?

– Acho uma ótima ideia.

Ele levantou-se, foi até a adega, escolheu um dos vinhos e voltou, abrindo-o e servindo as duas taças. Sentou-se ao lado de Lara.

– Podemos começar – declarou, já abrindo o caderno.

Capítulo 32
VALENTINE

Nos dias seguintes eu cumpria a mesma rotina: passava na coudelaria, pegava meu cavalo e ia até as planícies plantar as sementes de lavanda. Em dez dias já havia coberto uma área enorme e mal acreditava estar fazendo tudo sozinha. Esses momentos me traziam felicidade, pois lá sentia a presença de Thierry e isso me confortava e fortalecia. Era como se ele estivesse ali, ao meu lado me ajudando a realizar nosso projeto. Enquanto cumpria todas as tarefas conversava com ele em pensamento e, muitas vezes, confesso, em voz alta. Não me importava, afinal ninguém poderia me tomar por louca, uma vez que apenas eu e meu cavalo testemunhávamos as conversas. E falava de tudo com ele: sobre a botica que passava por um período sem clientes; sobre o armazém de papai; da quantidade de sementes que mamãe guardou; da forma como eu as plantava, mas, principalmente falava da grande injustiça que cometeram comigo e que eu contava os minutos para ter em mãos o resultado da necropsia que calaria a boca de todos.

Sonhava com esse resultado e queria que ficasse pronto logo para que as pessoas parassem de dirigir a mim olhares acusadores. A promessa, segundo monsieur Frontin, seria que dentro de mais uma semana teríamos o resultado oficial. Antes disso, transmitiriam por telégrafo uma mensagem com o veredito.

Enquanto as notícias não chegavam, tratei de dar mais velocidade à tarefa de cultivar toda aquela imensa área com as lavandas. Sabia que, assim que o processo de dissecação do corpo de Adrien acabasse, eu voltaria para a botica, atenderia meus clientes habituais e sobraria pouco tempo para as plantações. Por isso precisava agilizar. Pretendia terminar em mais cinco dias para então apenas observar o terreno. Dentro de um ou dois meses toda aquela planície estaria coberta de plantinhas germinando para depois dar lugar às maravilhosas flores de cor roxa que se espalhariam a perder de vista. Como Thierry ficaria orgulhoso de mim! Nosso pacto estava prestes a ser cumprido.

Em casa sentia meus pais e Camile apreensivos. Apesar de todos os esforços de minha parte em tranquilizá-los, continuavam temendo pelo pior. Percebia papai e mamãe muito tristes e minha irmã, sempre muito faladora, agora se trancava no quarto com a desculpa de ter que estudar. Na casa imperava um silêncio soturno. Nossos jantares não eram mais os mesmos, nos quais conversávamos animados sobre os mais variados assuntos.

– Já lhes disse para não ficarem aflitos – falei certa vez durante o jantar, com a intenção de animá-los. – Minha consciência está muito tranquila e vocês sabem que não tive nenhuma participação no que ocorreu com Thierry.

– Sabemos disso, minha querida – falou papai, taciturno. – Mas enquanto não tivermos esse papel com a confirmação não iremos nos tranquilizar.

– Não sei como consegues ficar assim a relaxar, sua tontinha – comentou Camile. – Em seu lugar estaria agora a comer todas as minhas unhas.

– Pois fico assim justamente por ter a consciência limpa. Sei que não fiz o que muitos pensam e isso me deixa serena.

– Gostaria de ter sua serenidade, filha – comentou mamãe com ar de cansada. – Há dias que não durmo direito por conta dessa situação.

– Não deveriam estar tão abatidos – bradei. – Por acaso tomam-me por leviana? Jamais estaria neste estado de tranquilidade se tivesse alguma dúvida sobre minha conduta em relação a Thierry. Sempre o tratei com retidão e respeito, pois era o homem que eu amava e que seria meu marido.

A convicção que eu tinha parecia não fazer efeito sobre a apatia de minha família. Sei que acreditavam em mim, mas a única medida capaz de devolver-lhes o ânimo seria a tão esperada notícia da necropsia, e ela estava por chegar.

Meus dias eram preenchidos pela lida no campo a plantar lavandas. Era o que me restava fazer. Espalhar e espalhar sementes, todas as horas, diariamente. Certa vez, enquanto me concentrava nas tarefas, vi ao longe alguém a cavalo vindo em velocidade na minha direção. Isso nunca havia ocorrido. Sempre estive ali sozinha por todo o tempo. Cessei meus afazeres e fiquei à sua espera, na expectativa de saber qual seria sua intenção. À distância parecia ser um homem fardado. Alguns segundos depois se aproximou e vi se tratar do assistente do monsieur Frontin. Ele freou seu cavalo e, sem apeá-lo, anunciou:

– Mademoiselle Valentine, venho comunicá-la que está sendo aguardada na chefatura de polícia. Peço que tome sua montaria e me acompanhe, por favor.

Naquele momento um ar de felicidade tomou conta de mim. Finalmente haviam recebido o resultado por telégrafo. Enfim eu poderia ficar livre de toda desconfiança em mim depositada.

Mais que depressa montei em meu cavalo e tratei de seguir o policial. Queria terminar logo aquela angústia que se apoderava de mim e de minha família. Procurei imprimir velocidade ao cavalgar, com o intuito de chegarmos logo ao nosso destino. Conseguimos fazer o percurso em poucos minutos e, ao entrarmos na chefatura, meus pais e Camile lá estavam também, em pé, abraçados. Em um canto, sentados, os pais e avós de Thierry, que sequer olhavam em minha direção. Fui ter com minha família e me juntei em seu abraço.

Monsieur Frontin adentrou à sala trazendo consigo um papel. Cumprimentou os presentes com um aceno formal de cabeça. Pôs-se a falar:

– Todos sabemos o motivo pelos quais aqui estamos. Recebi a mensagem por telégrafo sobre o laudo da necropsia feita em monsieur Thierry Dousseau. É chegada a hora de revelarmos o que o levou tão prematuramente a óbito.

Ele colocou seus pequenos óculos pincenê e desdobrou o papel que trazia consigo.

– Lerei agora a mensagem enviada a esta chefatura pela Faculdade de Montpellier, responsável pelo procedimento de necropsia. Não a lerei na íntegra, pois há muitos termos técnicos e médicos. Basta-nos a conclusão do laudo que é a seguinte: – pigarreou – "Após minuciosa análise utilizando-se do método conhecido como Teste de Marsh, supramencionado e indicado para tal finalidade, detectamos a falência de diversos órgãos internos em decorrência da presença de trióxido de arsênio em seu organismo, onde identificamos dois miligramas dessa substância altamente nociva e letal, popularmente conhecida como arsênico, concluindo assim que seu óbito se deu por envenenamento".

Assim que monsieur Frontin terminou de ler a mensagem sobre o laudo, uma ligeira confusão mental se apoderou de mim. Não conseguia processar suas palavras. Na sala houve duas reações: enquanto meus pais e Camile se mostravam absortos e pasmos no mais absoluto silêncio, os familiares de Thierry murmuravam nervosamente entre eles. Em seguida, o choro tomou conta das duas famílias. Eu ainda permanecia perplexa, sem saber como reagir, até que monsieur Frontin me conduziu à realidade com sua próxima declaração:

– Mademoiselle Valentine – bramou ele encarando-me colérico e agitando no ar o papel que tinha em mãos –, este aqui é apenas um memorando extraoficial. O laudo oficial nos será enviado e deverá chegar nos próximos dias. A mademoiselle irá a julgamento e, se condenada, deverás receber a pena de prisão perpétua pelo assassinato de monsieur Thierry Dousseau por envenenamento por arsênico.

Capítulo 33

– O quê? – Lara arregalou os olhos. – Envenenamento?

Adrien levantou-se em um rompante da cadeira, fazendo com que ela se arrastasse para longe.

– Não é possível! – indignou-se ele, andando de um lado para o outro. – Como isso pôde ter acontecido?

Sem reação por alguns segundos, apenas tentavam absorver o que acabaram de ler.

– Confesso que não estou entendendo mais nada. – Lara lamentou-se. – Valentine estava segura de que Thierry não usava suas fórmulas.

Adrien parou em pé ao lado da mesa.

– Será que secretamente ela o envenenava aos poucos? – questionou Adrien, ainda sem saber o que pensar.

– Não acredito nisso. Ela não teria motivos. Thierry era seu grande amor e as discussões entre eles não foram suficientemente fortes a ponto de justificar um envenenamento. Além do mais, ainda não eram casados. Bastava ela desistir do compromisso.

– Isso é verdade – concordou, ainda pensativo.

Ambos se intrigavam com aquela informação, que, para eles, era absurda.

– Adrien, por favor, sente-se e vamos continuar a leitura. Preciso saber o que vem depois.

Ele mais que depressa puxou sua cadeira, colocou-se ao lado de Lara e voltaram os olhos para o pequeno caderno.

Capítulo 34
VALENTINE

Meu mundo mais uma vez girou à minha volta assim que monsieur Frontin fez aquela declaração. Agora o choro de todos se intensificava e a família de Thierry proferia a mim palavras ofensivas carregadas de ódio:

– Assassina! Assassina! – gritava seu pai. – Irás pagar pelo que fez ao meu filho ficando eternamente na prisão!

Os policiais presentes tiveram que agir para conter sua ira, já que tentava avançar em mim para me agredir. Mamãe teve um mal súbito e precisou ser retirada às pressas de lá, sendo acompanhada por Camile.

– Mademoiselle Valentine – continuou monsieur Frontin –, devo lhe informar que estás proibida de deixar a cidade sob qualquer circunstância. Deverás ficar em Sault até seu julgamento, que ocorrerá muito em breve.

Ainda assombrada com tudo que acontecia, tentei me defender:

– Vocês estão cometendo um grande erro. É um engano. Não fiz nada que atentasse contra a vida de Thierry.

– Este laudo é a prova, mademoiselle – bradou um raivoso chefe de polícia, agitando o papel. – Nele sua ação está muito clara. Agistes de forma fria, intencional e odiosa e serás castigada por seus atos.

Os familiares de Thierry deixavam a sala, não sem antes sua mãe gritar ao passar por mim:

– Como tivestes coragem de fazer isso com meu filho? Maldita seja!

Minha cabeça doía e eu não conseguia raciocinar. O que estava acontecendo? Eu decididamente nada tinha feito que pudesse causar mal ao homem que amava. Por que me acusavam? Por que o laudo apresentou aquele resultado? Seria, meu Deus, enfim, a infelicidade que eu tanto temia me atingindo de forma tão impiedosa?

Papai veio até mim com os olhos vermelhos e, sem dizer palavras, colocou seu braço sobre meu ombro e me conduziu com ele. Fomos caminhando para casa. Pensei que seria um caminhar em silêncio, mas assim que deixamos a chefatura ele me questionou, cabisbaixo e triste:

– Por que fizestes isso, filha?

Aquela pergunta me doeu até o mais profundo de minha alma. Meu próprio pai não acreditava em mim. Só pude chorar e, entre lágrimas, tentar proferir algumas palavras:

– Papai, eu juro que não matei Thierry. O senhor tem que acreditar em mim, por favor.

Ele nada falou de imediato. Pensava e pensava, tentando entender.

– Mas e o...

O interrompi:

– Eu sei, o laudo – gritei. – Ele está errado. Só pode estar errado.

Novamente silêncio da parte dele. Aquilo me corroía por dentro. Ser acusada por outras pessoas doía, mas a dor era maior quando alguém de nosso próprio sangue a quem amamos incondicionalmente passa a duvidar de nosso caráter. Aquilo me machucava, me feria por demais.

Chegamos em casa e mamãe encontrava-se deitada na cama, abatida, tentando se recuperar, tendo uma xícara de chá nas mãos. Camile sentava-se na cama junto a ela. As duas me olharam com dúvidas, parecendo também quererem me inquirir como fui capaz de tal ato impiedoso.

– Vocês também não acreditam em mim, não é? – perguntei com os olhos molhados.

Diante do silêncio, concluí que não. Estava condenada também pela minha própria família. Aquela era a maior penitência. Me dirigi aos três:

– Sei que existe um laudo indicando que Thierry foi envenenado e é algo que contesto, mas, por mais que essa conclusão seja verdade, por que me julgam culpada? Apenas pelo simples fato de eu manipular medicamentos? Por eu ter escolhido essa profissão? Que motivos eu teria para fazer tamanha crueldade?

– Valentine, vocês discutiam muito ultimamente – expôs Camile.

– Mas acredita ser essa uma razão para que eu desse fim à vida dele? Discutíamos sim, porém eu o amava e tencionava que ele mudasse suas atitudes quando nos casássemos. – Enxuguei minhas lágrimas. – Vocês estão me julgando do mesmo modo que todos lá fora. Já fui sentenciada sem ao menos me darem chances de me defender.

Papai veio ao meu encontro:

– Filha, este é um momento muito doloroso para todos nós. Foi a pior notícia que poderia se abater em nossa família. Saber que em poucos dias a levarão para nunca mais ter liberdade, para nunca mais nos vermos, é pior que a morte. Aliás, hoje todos morremos um pouco – concluiu, cabisbaixo. – Para mim, e sei que para sua mãe e sua irmã, a vida passa a não ter mais sentido.

Caí em mim, pois em qualquer julgamento jamais deixariam de acatar o laudo apresentado por uma instituição de tamanho renome como a Faculdade de Montpellier.

– Sei que minha prisão é iminente, papai. Disso não haverei como escapar. Será uma sina que terei que cumprir e, acreditem, não consigo entender o motivo de tamanha injustiça e perversidade contra mim. Me pergunto o que fiz para merecer essa crueldade. Mas, se pela sociedade estou sendo condenada, não esperava que tal condenação partisse também de minha família. Muito me entristece pensar que vocês, a quem tanto amo, fazem mau julgamento de mim.

Sem dizer mais nada fui para meu quarto. Joguei-me na cama e entrei em prantos. Ainda não conseguia avaliar o caminho que minha vida havia tomado. Não fazia sentido ter que pagar por um crime que não cometi. Mas como provar que sou inocente? Como já havia presumido, quem se oporia a um laudo oficial de uma conceituada instituição? Todos faziam meras subjeções: a *causa mortis* de Thierry fora por envenenamento; ele mantinha um relacionamento um tanto conturbado com uma farmacêutica; foi encontrado arsênico em seu organismo. Apenas ligavam os fatos e meu acesso profissional às drogas para concluírem que eu seria a responsável por ministrar-lhe o veneno. Avaliando de forma racional, não estariam agindo erroneamente. Afinal, como aquele elemento tóxico foi parar nas vísceras de Thierry? E isso eu me perguntava agora. Ele não tinha acesso às minhas fórmulas nem aos insumos químicos da farmácia. Aliás, sequer entrou nela para visitá-la. Aquilo muito me intrigava, fazendo-me pensar em duas possibilidades: que o laudo estivesse totalmente equivocado ou que meu amor vinha administrando por conta própria aquela substância. A segunda opção seria quase impossível, pois ele não teria meios para obter esse veneno e tampouco razões para tomá-lo. Restava-me a primeira, mas como provar que haviam emitido um laudo enganoso? Esses pensamentos martelavam minha cabeça e então decidi espairecer a mente. Levantei-me da cama, peguei um pequeno caderno sobre a escrivaninha, uma pena de escrever, um vidro de tinta e minha caixinha de bronze com as sementes de lavanda, companheira de todas as últimas cavalgadas.

❋❋❋❋❋

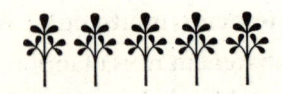

Fiz meu cavalo subir as planícies com velocidade. Tinha pressa. Segurava a caixa de bronze com dificuldade apenas com uma das mãos, enquanto a outra conduzia as rédeas. Assim que apeei e prendi o animal, iniciei as tarefas habituais de plantio das sementes. Agora de fato me restava muito pouco tempo para finalizar nosso projeto. Cerca de uma hora depois, cansada, tomei alguns goles de água e a servi ao meu cavalo. Peguei a caixa de bronze e dela retirei o meu caderno, a pena e a tinta. Queria escrever. Precisava contar minha história. Recostei-me ao tronco da árvore e, sob sua sombra, fechei os olhos, puxando uma revigorante golfada de ar, que encheu meus pulmões de forma agradável e reconfortante. Após alguns minutos de reflexão, abri meu caderninho e comecei a escrever.

Alguém, algum dia, precisa conhecer minha história e acreditar em mim, pensei angustiada. *Preciso que façam justiça e provem que sou inocente. Nem que leve anos e anos para isso.*

Escrevi por horas a fio, sem perceber o tempo passar. Olhei para o céu e vi algumas nuvens se formando para chuva. Dei uma rápida olhada para a planície onde havia acabado de plantar inúmeras sementes. Falei para mim:

– Em breve, muitas pessoas serão felizes aqui.

Levei mais uma vez o olhar até a planície.

– Logo tudo isso estará coberto por campos de flores. Uma das mais belas que pode existir. A flor da minha vida. – Fiz uma pausa. – Lindos campos de lavanda!

Puxei uma longa respiração, cerrando os olhos.

– Posso até sentir o perfume que em breve tomará conta deste lugar!

Um sorriso estampou-se em meu rosto.

– Tudo aqui ficará coberto pela cor roxa, até onde a vista puder alcançar. Imensos campos de lavanda, com suas florezinhas balançando ao vento e perfumando o ar com sua deliciosa fragrância.

Havia em mim um misto de alegria e preocupação.

– Que essas flores sejam minha herança para esta cidade que tanto amo, já que deverei passar o resto dos meus dias na prisão.

Ao dizer isso, suspirei entristecida. Peguei um pequeno saco de pano preso ao meu vestido e dele retirei o relógio de ouro. Por alguns segundos olhei seus ponteiros correndo e, em seguida, apertei-o em minha mão, levando-a na direção do coração. Fechei os olhos e novamente pedi em pensamento: *Tempo, por favor passe depressa!*

Guardei o relógio, peguei meu caderno de anotações e o fitei por alguns instantes. Levei-o até os lábios e, mais uma vez de olhos fechados, com muito sentimento, beijei-o com ternura. Uma lágrima escorreu em meu rosto.

– Quem sabe um dia alguém possa encontrar este diário e descobrir meu segredo? Descobrir que sou inocente, mas que pagarei injustamente por um crime que não cometi.

E se alguém um dia estiver de posse deste diário e o leu até aqui, tenho uma revelação a lhe fazer: a casa onde você encontrou este caderno é a residência de minha família e onde funciona o Empório e a Botica Bertrand. Não sei em que ano você está agora, enquanto lê meus escritos e nem sei ao certo se a casa e os negócios nela mantidos ainda existem, mas, se o imóvel se encontrar intacto, nele há um quarto secreto cuja localização vou lhe orientar mais adiante. Lá encontrará novas anotações e outros objetos que quero que vejas. E, por favor, me prometa: não importa o tempo que tenha passado, ajude-me a provar que sou inocente. É muito importante para mim e minha reputação. Não desejo que fiquem para sempre com mau julgamento sobre minha pessoa.

Quanto ao quarto secreto que me referi, ele fica no andar superior da casa. Ao terminar de subir as escadas, siga pelo corredor até o fim. Pare onde está a parede. Se ainda não modificaram, haverá um grande móvel de madeira embutido, o qual usávamos como estante de livros. Você verá aos lados dois outros corredores, à direita e à esquerda. Não vá por eles. Pare exatamente no ponto onde está esse móvel. Ele parece estar embutido, mas é ilusão. Leve sua mão na lateral esquerda dessa estante e procure um ponto onde haja uma saliência. Introduza sua mão nela, encontre um pino de metal e o empurre para baixo. A porta se abrirá e você então poderá conhecer o que deixei dentro desse aposento.

Se puderes me ajudar, ficarei eternamente grata.

Com carinho,

Valentine Delancy Bertrand – ano de 1850

Capítulo 35

– Vamos procurar agora onde fica esse quarto secreto – sugeriu Lara já se levantando.

– Mas já é quase meia-noite – lembrou Adrien. – Podemos acordar os hóspedes.

– Não vamos fazer barulho. Você não vai querer que eu espere até amanhã, vai?

– Quer saber? Também estou curioso. Vamos lá.

Adrien levantou-se e seguiram apressadamente para as escadas.

– Puxa vida, o móvel que ela citou ainda é usado como estante para livros – comentou Adrien enquanto caminhavam. – Os hóspedes a adoram.

– É aquela estante enorme no corredor que vai para o meu quarto, não é?

– Sim. Fizemos várias reformas no prédio, mas nunca quisemos mexer nela. É uma linda peça decorativa que é tradição do imóvel.

Subiram com pressa as escadas, avançando velozmente os degraus e, assim que chegaram ao último, olharam para a estante no final do corredor.

– Lá está ela. – Apontou Adrien.

– Ai, meu coração! Está aos pulos. Que emoção!

Foram a passos largos até o móvel. Queriam logo descobrir o que ele guardava por trás. Assim que se posicionaram diante dele, Adrien passou a tatear a lateral esquerda, e Lara fez o mesmo na parte direita. Ele a olhou, intrigado.

– O que está fazendo, Lara?

– Procurando o pino de metal.

– Valentine escreveu no diário que é na lateral esquerda.

Ela parou de tatear, afastou-se alguns passos, olhando para as duas mãos e depois para a estante.

– Ah, é verdade. É do seu lado – concluiu, sem jeito.

Adrien fez gracinha:

– Mulheres...

– Não vem, não! Foi só um minuto de bobeira.

– Acontece...

– Sim!

– Com as mulheres – completou rindo.

– Pronto, agora vou virar motivo de piada.

De repente ele para de deslizar sua mão pela lateral do móvel:

– Achei!

Adrien conseguiu localizar o pino de metal e empurrou-o para baixo, destravando-o. A grande estante que até então parecia fixada e embutida na parede, movimentou-se levemente. Ele então a puxou com esforço e ela foi se abrindo como uma grande e pesada porta.

– Jamais imaginaria existir uma porta aqui – surpreendeu-se Adrien.

Continuou puxando com vigor para si a estante, que se abria aos poucos, com dificuldade. Lara prendia a respiração. Por fim, com a porta totalmente aberta tiveram acesso à entrada e por ela avançaram, tendo à frente deles um ambiente muito escuro. Adrien sacou seu celular e o ligou no modo lanterna, iluminando todo o local.

– Minha nossa! – Lara se espantou. – Olha só isso!

Estavam diante de um amplo quarto todo empoeirado e com teias de aranha pelos cantos. Havia poucos móveis. Puderam avistar um enorme guarda-roupa, uma elegante cômoda e uma cama de casal. Sobre ela alguns objetos. Uma grossa camada de poeira cobria o chão e a superfície dos móveis.

Os dois olhavam para todos os lados procurando averiguar em detalhes o lugar, chocados com a descoberta.

– Não consigo acreditar que este cômodo estivesse aqui o tempo todo e em nenhum momento o descobrimos – comentou Adrien, ainda surpreso.

– Este imóvel é muito grande, com muitos quartos. Acho que ninguém iria imaginar que tivesse um cômodo secreto por trás de uma estante de livros.

Andavam lado a lado, com o facho da lanterna do celular clareando tudo.

– Ainda bem que decidimos vir agora – observou Adrien. – A esta hora da noite não corremos o risco de nenhum hóspede nos ver aqui.

Caminharam até a cama e nela, entre os objetos, uma grande caixa de madeira se destacava. Lara olhou para Adrien como se pedisse autorização para pegá-la; ele fez que sim com a cabeça. Lara somente tirou a tampa da caixa e viu em seu interior uma peça de roupa. Pegou-a cuidadosamente com as duas mãos, e a vestimenta, um tanto puída de um tecido maleável e sedoso, se abriu.

Adrien direcionou para ela a iluminação do celular. As rendas e os bordados perfeitos chamavam a atenção, apesar do desgaste do tecido.

– A camisola do dia! – impressionou-se Lara. – O presente que Valentine ganhou de sua mãe horas antes da cerimônia.

– Está quase intacta depois de tantos anos – comentou Adrien.

Lara, contemplando aquela linda peça de roupa, emocionou-se.

– A mãe dela a deu com tanto amor e ela sequer teve a oportunidade de usá-la.

Lara pensou em como Valentine na ocasião estaria animada com seu casamento e, mesmo já tendo realizado as núpcias com Thierry, como deveria ter ficado feliz por receber aquele presente da mãe. Admirou por mais algum tempo a camisola e, com carinho, colocou-a de volta na caixa.

Adrien virou-se iluminando desta vez a cômoda. Nela viu um objeto.

– Veja, uma caixa de bronze. – Ele apontou.

Lara foi até lá e a pegou. Antes de abrí-la analisou-a em detalhes, deslizando suas mãos cuidadosamente sobre ela, como se a acariciasse.

– Devia ser com esta que ela ia todos os dias para a planície. É um pouco maior que a primeira que achei – avaliou Lara. – Era sua companheira naqueles dias difíceis.

Girou seu pequeno fecho e a abriu. Dentro dela um pequeno caderno e um envelope lacrado. Ao fundo, vestígios de pó, que concluíram ser das sementes de lavanda já desintegradas. Lara retirou o conteúdo da caixa e um pequeno pedaço de papel caiu de seu interior. Adrien abaixou-se para pegá-lo. Ao aproximá-lo deles, viram que nele havia algo escrito e reconheceram a letra de Valentine. Leram juntos:

"Leiam primeiramente o caderno e depois a carta que está no envelope lacrado. É muito importante que seja nessa ordem."

Entreolharam-se. Lara passou a mão sobre a capa do caderno onde puderam ver os seguintes dizeres:

"A história sobre meu julgamento e o destino que me aguardava."

Ela voltou a olhar para Adrien.

– Você tinha planos de dormir esta noite?

Ele só pôde sorrir e balançar a cabeça em negativo.

– Bem, agora, em vez de vinho, creio que vamos precisar de uma boa garrafa de café.

Trataram de ajeitar as coisas naquele cômodo, levando consigo apenas o caderno e o envelope. Ao saírem bateram as mãos sobre as roupas para se livrarem do pó. Adrien voltou a pesada estante para o lugar, fechando-a e travando seu trinco. Deu alguns passos para trás e a observou atentamente para verificar se a entrada voltava a ficar camuflada.

– Bem, tudo que está aí dentro continuará seguro e em segredo – frisou ele. – Outro dia faremos uma nova visita com mais tempo para avaliarmos todos os objetos com calma.

– Sim. Precisamos mesmo ver em detalhes o que tem nesse cômodo secreto.

– Agora vamos até a cozinha – Adrien sugeriu. – Vou preparar um café para a gente.

Lara sorriu com a ideia de tomar um cafezinho àquela hora enquanto iniciariam a leitura do segundo caderno deixado por Valentine. Apesar de passar da meia-noite, sua adrenalina estava elevada e o sono longe de chegar.

Os dois desceram para a cozinha e Adrien pôs uma chaleira com água para esquentar. Foi ajeitando os apetrechos para o café enquanto Lara trazia duas xícaras que tinha ido buscar no restaurante.

– Farei um pouco mais forte este café – disse Adrien. – Vamos precisar de muita cafeína para avançarmos a leitura madrugada adentro.

– Que bom que você topa as coisas – comemorou Lara. – Pensei que ia propor deixarmos a leitura para amanhã.

– Sem chances de adiarmos a leitura. Preciso saber logo o que aconteceu com Valentine, ainda mais agora que soube ser ela moradora desta casa – disse e fez uma careta. – Só quero ver como vou trabalhar amanhã, já que não vamos dormir quase nada.

– Nós somos jovens. Uma noite maldormida não vai nos derrubar.

– Então vamos nos sentar – pediu Adrien já pegando a garrafa térmica com o café. – Ficaremos aqui na cozinha mesmo.

Sentaram-se em duas banquetas altas, serviram-se de café, apoiaram o recém-descoberto caderno no balcão e o abriram.

Capítulo 36

VALENTINE

Evidente que se você chegou a este segundo caderno foi porque leu meu diário na íntegra. Espero que após sua leitura não lhe tenha restado dúvidas sobre minha inocência. Se restou, gostaria de reforçar dando minha palavra de que não cometi esse ato brutal do qual me acusam. Creia, apesar das brigas, eu amava Thierry e seria incapaz de lhe fazer qualquer mal.

Embora exista um laudo indicando a presença de arsênico em seu organismo, não consigo conceber de que forma tal fato tenha acontecido. Meu amor não fazia uso de nenhum medicamento já que era avesso a médicos. Seu único vício foi a bebida, mas esta não seria responsável por esse tipo de intoxicação. Confesso que esses fatores me deixam na mais absoluta confusão mental. Não consigo chegar a nenhuma conclusão sobre a evidência encontrada em seu corpo. A única convicção que me acompanha é de que não tive uma ínfima responsabilidade ou participação nessa ocorrência.

Nesta segunda parte do diário relatarei o que se passou após ter recebido essa vil acusação. Nem seria necessário informar como os moradores de Sault passaram a me tratar. Fui covardemente prejulgada pela população, que via em mim uma ameaça à cidade. Não pude mais sair às ruas, passei a ser hostilizada e agredida verbalmente por todos. Por questões óbvias, minha farmácia teve que permanecer fechada, mas o pior aconteceu com o empório de meus pais. Ele ficou à míngua, uma vez que os clientes se recusavam a colocar os pés em um negócio da família de, segundo eles, uma "assassina". Foi o que mais doeu em mim: ver minha família pagar por algo que tanto eu como eles não tínhamos culpa. Uma gigantesca injustiça estava em curso e arruinaria a todos nós. Meu destino seria a prisão e o de minha família o fracasso em seu negócio, algo que meus pais lutaram tanto para construir. O desânimo se abateu em meu lar. Mamãe ficou acamada, sem ânimo para se levantar e realizar as tarefas de casa. Estas ficaram ao meu encargo e de Camile, que também se sentia abatida. Papai ainda tentava resistir bravamente abrindo o empório todos os dias, mas era inútil, pois não havia clientes. Até aqueles que se diziam seus melhores amigos deixaram de frequentar nossa venda. Muitas mercadorias estragavam nas prateleiras e tinham que ser jogadas no lixo. À noite, quando meu pai subia para casa, vivia taciturno, invariavelmente sentado à sua poltrona, pensativo, fumando seu cachimbo. A tristeza dominava nossa casa e fez minha família refém. Eu não sabia até quando poderiam resistir.

Fui informada pelo monsieur Frontin que meu julgamento havia sido marcado para 20 de agosto de 1850, portanto dois meses depois da fatídica ocorrência e um mês após o anúncio do laudo. Sinceramente, eu desejava que fosse antes, para que visse logo o fim daquele período que tinha se transformado em drama para mim. De certa forma, eu já estava conformada com minha sentença. Seria quase impossível tentar provar que o laudo do exame estivesse incorreto, mas essa era minha intenção e única escapatória. Constituí um advogado para me defender, monsieur Mathiau Lannes, que me sugeriu não seguirmos por essa linha de defesa, a de desqualificar a Faculdade de Montpellier, pois, segundo ele, seria causa perdida.

– Mademoiselle Valentine – ele dizia –, com efeito, não podemos ir contra o laudo elaborado por uma instituição reconhecidamente sólida e conceituada em exames de necropsia. Seria entregar ao juiz sua confissão de culpa. Devemos ir por outro caminho. Vamos alegar que o fato de mademoiselle ser farmacêutica não lhe imputa a culpa pelo envenenamento do monsieur Thierry Dousseau, uma vez que não há como comprovar sua participação. Ninguém a viu administrando medicamentos ou qualquer outra fórmula em seu pretendente a esposo. Ele muito bem poderia ter sido vítima de outra pessoa, como um desafeto em sua atividade laboral, por exemplo. Devemos induzir o juiz à dúvida.

Não me via em condições de raciocinar com clareza e, portanto, confiei na argumentação do advogado, que prepararia minha defesa com aquela tese.

Suportar mais um mês sem poder sair de casa seria um imenso sofrimento, devido ao clima de tristeza que se abatia em meu lar. Ao mesmo tempo, aterrorizava-me pensar na possibilidade de sair e ter a ira dos moradores em minha direção. Um dia decidi recorrer a um subterfúgio para poder caminhar pelas ruas sem ser incomodada: vesti diversos corpetes e crinolinas por baixo de meu vestido preto, causando a sensação de ser obesa. Usei um chapéu, também preto, de mamãe, que trazia costurado à sua frente um longo véu da mesma cor e que impossibilitava de verem meu rosto. Paramentada nesses trajes, fui às ruas e, para que não me vissem saindo de casa, tomei o cuidado de usar a saída dos fundos. Andei a esmo e pude comprovar que as vestes fizeram efeito, já que as pessoas, ao passarem por mim, cumprimentavam-me acenando a cabeça, mas sem me reconhecer. Ao contrário, pude ver que lhes causava curiosidade, afinal não reconheciam minha figura como uma moradora da cidade e ficavam de fuxicos entre eles cada vez que me viam. Trajada daquela forma pude caminhar sem ser importunada e passei a fazer uso da artimanha cada vez que sentia necessidade de sair de casa. Certa vez, ao passar pela igreja onde eu e Thierry nos casaríamos, parei à frente dela. As lembranças daquele trágico dia me vieram à mente como uma lança. Uma profunda tristeza invadiu meu coração. Recordei de estar ali, há poucas semanas, vestida de branco vivendo aquele que seria um dos dias mais felizes de minha vida. Lembrei-me de meu pai ao meu lado na carruagem tentando me tranquilizar enquanto eu queria entrar correndo por aquela porta e dizer sim a Thierry. Me perdi em devaneios e, quando dei por mim, vi que havia uma grande movimentação no interior da igreja. Aproximei-me e, quando reparei na cena que ocorria lá dentro, meu coração se partiu. Realizavam um casamento. Pensei em sair correndo dali, mas algo me segurava. Decidi entrar. E, de forma discreta, enquanto todos tinham suas atenções voltadas para o altar, atravessei aquela imensa porta que um dia sonhei adentrar para ir ao encontro do meu amor. Por um curto espaço de tempo me vi novamente vestida de noiva. Revivi meu sonho, como se Thierry estivesse lá na frente a me esperar. Em pensamento pude vê-lo, lindo em trajes de gala, sorrindo para mim, encorajando-me a prosseguir. Aquele sorriso meio torto que me encantava. Vislumbrei-o esticando sua mão, dizendo: "Venha, meu amor, estou aqui". E então me vi de braços dados com papai, feliz e emocionada, indo em direção ao meu futuro marido. Dei os primeiros passos iludida em sonhos, até que a realidade se fez presente ao avistar o casal, ajoelhado, diante do reverendo. Procurei me recompor e me sentei solitária no banco da última fileira, a princípio, sem ser notada. E chorei. Lágrimas incógnitas molhavam meu rosto, coberto pelo negro véu. Estava diante de uma cerimônia que me fora roubada pelo destino, testemunhando momentos que seriam meus se o acaso não interferisse.

Percebi que, instantes depois, algumas pessoas se viravam para trás tentando reconhecer quem seria aquela figura vestida de negro sentada sozinha na última fileira de bancos. Não me importei. Que eles ficassem curiosos e fizessem as abstrações que bem entendessem. Eu estava incógnita, protegida pelo meu disfarce e não me reconheceriam. Todavia, para não correr riscos, tratei de sair antes de findar a cerimônia. Retornei segura ao meu lar, entrando às escondidas pelos fundos da casa.

Acompanhei mais casamentos outras vezes, sempre me sentando no último banco. E, em todas as ocasiões, notava que as pessoas se perguntavam quem seria aquela mulher vestida de preto presente em várias cerimônias. Jamais souberam a resposta.

Um mês se passou e então chegou o grande dia de meu julgamento. Meu destino dependeria agora da decisão de um juiz, cuja sentença poderia significar a liberdade ou a desgraça para sempre. De minha família somente papai estava presente. Camile ficou cuidando de mamãe.

A sala de justiça estava lotada, com muitos curiosos até de outras cidades, uma vez que a notícia sobre o caso do "envenenamento de Sault" havia ganhado repercussão em toda a França, sendo publicada em diversos jornais. Sentei-me em uma cadeira colocada no meio do plenário, entre a mesa do Ministério Público que fazia a acusação e a de meu defensor, monsieur Mathiau Lannes. O juiz se posicionava bem à minha frente. Era um senhor com feições de irritadiço. Senti que me encarava com desprezo, como se já formasse opinião sobre minha pessoa. Naquele momento reconheci quão árdua seria a tarefa de meu advogado.

A sessão começou com o advogado de acusação expondo os acontecimentos, esmerando-se em destacar o fato de que eu, na condição de farmacêutica, tinha acesso livre e irrestrito às drogas e aos produtos similares, inclusive os de alta toxicidade. Agredia-me com suas palavras.

– Aquela mulher que está diante de nós – dizia ele apontando seu dedo acusador em minha direção – mantinha uma relação conturbada com monsieur Thierry Dousseau. Recusava-se a aceitar o pedido do futuro marido para que não trabalhasse em ofícios que não fossem os domésticos. Ele apenas rogava que ela fosse uma dedicada esposa, que cuidasse do lar prestes a construírem e da futura família que de sua união poderia vir a se estabelecer. Transgressora e insurgente às solicitações do agora falecido, à revelia ela montou seu próprio negócio, uma botica na qual manipulava soluções líquidas e compostos sólidos para a produção de elixires, tônicos e cataplasmas. Conhecedora que era das misturas de fórmulas, tinha exata noção de seus benefícios para a saúde, bem como para os malefícios. Sabia com precisão formulá-los e ministrá-los para ambos os objetivos. Para o bem e para o mal. E foi com essa ciência que ela passou a fazer com que monsieur Dousseau ingerisse, sem seu conhecimento, pequenas doses de trióxido de arsênio, um poderoso e letal elemento químico que leva a óbito dependendo da quantidade administrada. E temos aqui em mãos o laudo da confiável e conceituada Faculdade de Montpellier, notória especialista na atividade de necropsia, afirmando categoricamente que foram encontrados dois miligramas de arsênico nos órgãos internos de monsieur Dousseau, quantidade essa acumulada pelo tempo de consumo ao longo dos meses e que lhe provocou a morte. Sim, monsieurs e madames aqui presentes, essa mulher foi capaz de agir friamente, fazendo com que seu futuro marido ingerisse de forma gradativa tal elemento tóxico. Eram nítidas as transformações físicas ocorridas com monsieur Dousseau desde o retorno de mademoiselle Valentine Bertrand de seu curso em Paris, onde aprendeu por quatro anos o ofício de farmacêutica, ou seja, manipular fórmulas com maestria. Segundo relatos da família do jovem, ele passou a demonstrar problemas musculares, de coordenação motora e de fala, fraqueza e desequilíbrios, típicos sinais de envenenamento gradual, que não se dão de modo rápido ou súbito, mas aos poucos. Reforço, essa mulher foi capaz de agir com frieza, matando seu futuro esposo lenta e dolorosamente. Assim, com base nas provas oferecidas pelo laudo de especialistas médicos e em minhas arguições aqui apresentadas, peço a condenação da ré mademoiselle Valentine Delancy Bertrand pelo homicídio doloso de monsieur Thierry Dousseau.

A sala se pôs em polvorosa após a explanação do promotor, com sonoros murmúrios entre os presentes, obrigando o juiz a bater repetidas vezes seu martelo de madeira na pequena tábua sobre sua mesa.

– Silêncio! Peço silêncio de todos!

Após diversos pedidos do magistrado, o público o atendeu, aquietando-se, e ele passou a palavra para meu advogado. Monsieur Mathiau Lannes levantou-se calmamente, caminhou para um dos cantos da sala de audiência e, postando-se ao lado da maior parte dos presentes, se pôs a falar.

– Peço a devida vênia de todos para discordar em partes de meu antecessor que aqui vos dirigiu suas argumentações. É notório e incontestável o fato de que o laudo apresentado pela digníssima instituição responsável pela sua elaboração apontou como *causa mortis* de monsieur Thierry Dousseau a ingestão de um elemento tóxico. Todavia, cumpre-me destacar que, o fato de haverem identificado a presença dessa substância em seu organismo, não obrigatoriamente dirige a culpabilidade para mademoiselle Valentine Bertrand. Em que pese seus conhecimentos profissionais, não há como provar que tenha sido a autora de vil acusação. Sua condição de conhecer os procedimentos de fórmulas químicas não lhe confere a vertente de criminosa. É preciso considerar seu caráter, sua boa formação familiar e cristã e, principalmente, sua índole, cujos traços jamais lhe permitiriam cometer o crime de que vem sendo acusada. Outras pessoas de convivência de monsieur Thierry Dousseau poderiam ser responsáveis por esse ato brutal, por exemplo, um desafeto em seu local de trabalho. – Fez uma breve pausa. – Pergunto aos familiares se já presenciaram atos suspeitos de minha cliente junto ao então futuro marido. E destaco essa condição citada de futuro esposo, pois ainda não haviam oficializado a situação de casados. Nessa posição, caso a mademoiselle Valentine se considerasse descontente com o comportamento de seu então noivo, bastaria desistir da corte e cancelar a cerimônia de casamento. Nada justifica, portanto, essa acusação que a ela está sendo dirigida, razão pela qual rogo por um julgamento justo que culmine com sua absolvição.

Novos murmúrios na sala. O promotor pediu novamente a palavra e o juiz concedeu. Foi irônico em suas colocações.

– Meu nobre colega de profissão alegou que outras pessoas poderiam ter cometido tal crime, por exemplo, um empregado das minas de ocre onde monsieur Dousseau trabalhava. Ora, não tinha me atentado a tal fato. Bastaria que essa pessoa fosse até uma taberna qualquer e comprasse um pacote de trióxido de arsênio. – Alguns presentes riram e o promotor foi mais enfático: – Reforço, madames e monsieurs, trata-se de um produto altamente tóxico e letal com comércio rigorosamente controlado e restrito. Apenas aqueles de posse de receita médica poderiam adquiri-lo – disse e olhou para mim. – Ou profissionais que trabalham com manipulação de medicamentos, que possuem licença para comprar livremente esses tipos de produtos químicos.

A audiência continuou por várias horas. Fui arguida por diversas vezes pelo promotor e respondia a todas as questões com firmeza e sinceridade. Os familiares de Thierry testemunharam contra mim. A meu favor não havia ninguém, uma vez que o testemunho de papai não foi aceito por questões óbvias. Apenas eu mesma. Roguei permissão ao juiz para dar minha declaração final. Uma vez autorizada, me pus em pé e me dirigi a todos.

– Creio que estou na condição de ré por ser uma mulher que tentou levar adiante seu sonho. Desde mocinha decidi que me tornaria uma profissional de farmácia, pois me encantava a possibilidade de fazer o bem às pessoas, oferecendo-lhes possibilidade de cura, saúde e bem-estar. Foi com base nesses princípios que prestei meu juramento na Faculdade de Paris ao me formar, prometendo ser fiel aos preceitos da honestidade, da caridade e da ciência, nunca me servindo da profissão para corromper os costumes ou favorecer a prática criminosa. Jamais descumpriria tal juramento, como jamais atentaria contra a vida de qualquer pessoa, sobretudo do homem que estava prestes a se tornar meu marido. Havia amor entre nós. Discussões, não negarei, havia também, porém, nenhuma que justificasse qualquer ato de barbárie de minha parte. Nosso amor permitia que contornássemos as adversidades e continuássemos firmes no propósito de concretizar nossa união. Eu vivia o sonho de tornar-me a esposa de Thierry. Fazíamos planos juntos, tínhamos um lindo futuro. E esse sonho foi tirado de mim. Sinto-me triste, pois muitos aqui duvidam de meu caráter ilibado. Sempre agi dentro de doutrinas morais e religiosas que me conduzem para uma vida honrada e honesta. – Fiz uma pausa, sentindo meus olhos se encherem de lágrimas. – Estou perdendo duas vezes. A primeira quando meu amor se foi para sempre e provocou em mim o maior vazio que jamais havia sentido em toda minha existência. E agora por estar prestes a perder a liberdade. Me pergunto o que fiz para merecer tamanha injustiça. Será, meu Deus, que vim a este mundo apenas para sofrer? E não encontro as respostas. Apenas fica a convicção de que estou sendo castigada de maneira implacável por algo que não cometi. Estou pagando por sonhar e amar. Pagando por tentar ser feliz, e desde criança eu tinha a impressão de que isso não me seria permitido. E agora tenho a certeza. – Procurei olhar para todos. – Espero que quem me acusa esteja plenamente convicto de minha culpa, pois caso contrário terá que conviver pelo resto da vida com a amarga dúvida por ter levado uma inocente à prisão. E eu afirmo com toda força e clamor de minha alma e de meu coração que sou inocente.

Ao terminar de falar, sentei-me e chorei. Percebi que algumas mulheres enxugavam seus olhos com um lenço. A fisionomia do juiz permanecia impassível. Ele se retirou solicitando alguns minutos para reflexão. O som das muitas vozes juntas mais uma vez tomou conta da sala de audiência. Fechei meus olhos, abaixei a cabeça e, em silêncio, iniciei uma oração.

Após um período, que para mim pareceu interminável, o juiz retornou. No exato momento em que adentrou a sala um silêncio absoluto se fez. Todos se calaram na expectativa de ouvir o que aquele homem teria a dizer. Ele se acomodou em sua imponente cadeira, mexeu em sua pena de escrita, rabiscando algo em um papel, encarou-me rapidamente, voltando seus olhos para um imenso caderno que tinha à sua frente, abrindo-o e iniciando a leitura da sentença.

– Na condição de autoridade judicial deste tribunal formado para julgar a ocorrência de óbito de forma não natural de monsieur Thierry Dousseau, tendo como ré mademoiselle Valentine Delancy Bertrand, acusada de ministrar-lhe substância letal provocando seu falecimento, venho expressar minha decisão – disse e pigarreou. – Ouvidos os representantes de defesa e acusação, as testemunhas, bem como fundamentado em provas oficiais aqui apresentadas, cujos elementos trouxeram-me a convicção de ato criminoso, vil e premeditado, sentencio a denunciada à pena de clausura perpétua, a ser cumprida na Prisão de Montpellier. – Bateu forte seu martelo sobre a tábua. – Cumpra-se de imediato esta sentença.

Capítulo 37

Adrien e Lara fecharam seus olhos, com pesar.

– Não acredito! – Adrien expressou, aturdido. – Prisão perpétua? Lara ainda se recuperava daquela informação.

Adrien continuou:

– Valentine se mostrava tão segura ao afirmar que era inocente, mas o laudo confirmando o arsênico e o fato dela trabalhar com medicamentos a incriminaram.

– E se o laudo estivesse errado? – disparou Lara. – Se tiverem se enganado na conclusão?

Agora ambos se encaravam.

– Muito difícil – concluiu Adrien. – Como citaram, foi feito em uma instituição com credibilidade. – Fez uma pausa. – Mas, se isso tiver acontecido, teria sido um dos maiores erros judiciais da história. Teriam condenado uma inocente à prisão perpétua.

– Estamos falando de 1850. Será que naquela época as necropsias eram feitas de forma confiável? – Ela pensou por instantes. – Vou fazer algumas pesquisas na internet para me informar melhor. Estou com um pressentimento que cometeram um terrível e gigantesco engano.

– O que quer dizer com isso?

Lara encarou Adrien.

– Lembra-se das descrições que Valentine fez das condições físicas de Thierry? Que sua boca entortava cada vez mais com o passar do tempo, que ele teve fraqueza muscular, confusão mental?

– Sim, me lembro.

– Uma das matérias que tive na faculdade era de neurofisiologia.

– Em biologia se estuda o sistema nervoso? – Adrien questionou.

– Faz parte da grade do curso. Uma das áreas da biologia estuda os seres vivos. – Lara parou alguns segundos, recordando-se: – No último ano tivemos um trabalho sobre doenças que acometem os animais e que são similares às de humanos. Uma delas é a Síndrome de Guillain-Barré, uma doença autoimune, muito rara, que pode levar à morte. Os sintomas apresentados por Thierry são típicos dessa síndrome.

– Você está querendo dizer que ele pode ter morrido por causa dessa doença?

– Possivelmente.

– Mas e o que explica a presença de arsênico em seu organismo?

– É isso que está me deixando intrigada, mas tenho uma hipótese também para o fato desse veneno estar em seus órgãos.

– E qual é essa hipótese?

Lara balançou a cabeça em negativo, pensativa.

– Primeiro quero me certificar de minhas suspeitas para não cometer um erro – comentou ela. – Farei algumas pesquisas e amanhã lhe falarei sobre as conclusões a que cheguei.

– Melhor mesmo continuarmos essa conversa amanhã. – Adrien sugeriu, olhando para o relógio de parede. – Veja, já são quase duas horas da madrugada. Temos que tentar dormir pelo menos um pouco.

– Disse a palavra certa: tentar. Quero ver conseguir dormir depois de toda essa adrenalina.

Os dois deixaram a cozinha e se desejaram boa noite. Adrien ficou no andar de baixo, indo para seu quarto. Lara subiu as escadas. Ao caminhar pelo corredor, chegou até a grande estante que servia como entrada para o cômodo secreto de Valentine. Parou por alguns segundos, contemplando-a.

Quantas histórias se escondem nesse quarto, não é? – refletiu.

Continuou a andar, pensativa. Ao chegar em frente à porta de seu quarto viu que no chão, encostado na parede, havia o que parecia ser um quadro embrulhado com papéis coloridos e fitas. Abaixou-se, pegou-o e retirou dele um bilhete no qual estava escrito: "Com os cumprimentos do fotógrafo Adrien".

Ela sorriu e entrou para seus aposentos. Curiosa, já foi rasgando o papel. Ao terminar de abri-lo, estampou agora um enorme sorriso: era a foto que Adrien tirara dela em Valensole. Ele a mandou ampliar e colocá-la em uma elegante moldura. Lara estava linda ao lado de um grande girassol tendo ao fundo os campos de lavanda. Sentou-se na cama admirando a fotografia. Lembrou-se do passeio feito naquele dia e de todos os outros, tendo como companhia alguém que havia se tornado muito especial para ela. Feliz, colocou com cuidado a moldura sobre a mesinha de cabeceira, olhando-a com ternura por mais uma vez. Depois foi até a mesa onde estava seu notebook, ligou-o e sentou-se, passando a teclar nele freneticamente.

Capítulo 38

Eram sete horas da manhã quando Adrien acordou assustado, com fortes batidas na porta de seu quarto. Levantou-se ainda meio atordoado de sono e se adiantou em direção à porta, já que as batidas não cessavam. Ao abri-la deu de cara com Lara, que tinha seu notebook nas mãos. Ela o olhou de cima a baixo. Ele, vestindo somente o short de seu pijama, reparou nela ter ficado sem graça.

– Achei que o hotel estava pegando fogo pelo jeito que batiam na porta – disse ele, passando as mãos no rosto, ainda sonolento, em seguida ajeitando seus cabelos. – Me desculpe, mas não deu tempo de colocar um roupão.

– Eu que peço desculpas por acordar você a esta hora. Sei que é cedo, mas preciso falar com você urgente.

Adrien ainda tentava entender o que estava acontecendo.

– Pelo jeito você nem dormiu – falou para Lara.

– Não! – Lara confirmou com uma carinha embaraçada. – Mas dou um jeito de dormir um pouco na parte da tarde. Agora precisamos conversar.

– Me espere na sala de café. Vou me vestir e daqui a pouco irei até lá.

– Mas não demore, tá? – ela suplicou. – Tenho boas e importantes notícias.

Cerca de quinze minutos depois, Adrien foi ter com Lara, que o aguardava sentada a uma mesa com seu notebook aberto e ligado. Ela tomava uma xícara de café enquanto teclava em seu equipamento. Assim que o viu levantou-se agitada, quase entornando sua xícara.

– Sente-se aqui – ela foi falando. – Já deixei um pratinho com o queijo branco que você gosta, dois croissants, manteiga e um pedaço de bolo de laranja. Do jeito que você faz todos os dias. Ah! O café está quentinho no bule. A Amelie acabou de trazer.

Adrien achou graça. Lara preparou seu prato exatamente da forma como ele fazia todos os dias. Nem imaginava que ela reparasse naqueles detalhes corriqueiros. Mas, sim, ela reparava e isso o deixou envaidecido. Sorriu e sentou-se de frente para Lara.

– Não! – ela se apressou em falar. – Venha aqui do meu lado. Preciso que veja algumas coisas no notebook.

Ainda rindo ele sentou-se ao lado dela.

– Obrigado por preparar meu café.

– Eu que tenho que agradecê-lo pelo presente. – Lara sorriu com ternura. – A foto ficou linda. Além de ótimo gerente, guia, chef de cozinha e carregador de malas, é um excelente fotógrafo.

– A modelo e o cenário ajudaram muito.

Eles riram.

– Vou pendurá-la em meu quarto no Brasil. Será uma bela recordação de Sault.

De repente Adrien se deu conta de que em breve Lara voltaria para seu país. E isso o entristeceu. Nem teve tempo de permanecer pensando na falta que ela faria, já que Lara continuou a falar:

– Passei a noite fazendo pesquisas. Acabei nem dormindo, mas valeu a pena. Confirmei exatamente o que eu desconfiava. Veja isso aqui.

Ela virou a tela de seu notebook para Adrien, continuando:

– Esses são os sintomas da Síndrome de Guillain-Barré, como eu lhe falei na madrugada. Pode ver que batem com os que Thierry apresentava.

Adrien leu uma série de sintomas e todos realmente eram condizentes aos que Valentine descrevia de seu futuro marido, como fraqueza muscular, reflexos lentos, flacidez nos músculos faciais, dificuldade para falar.

– Então pode ser que Thierry tivesse esse problema? – perguntou ele enquanto mastigava um de seus croissants. – Não foi o arsênico que causou sua morte?

Lara o encarou.

– Foi o arsênico, sim, que o matou. Mas não foi Valentine quem o envenenou – declarou enfática.

Adrien parou de mastigar.

– Não estou conseguindo entender – admitiu.

– Vamos chegar lá. Vou lhe mostrar outra informação – acrescentou já digitando novamente em seu notebook. – Olhe esta pesquisa de uma famosa revista de neurologia. Diz aqui que a exposição ao arsênico pode causar uma polineuropatia que é facilmente confundida com a Síndrome de Guillain-Barré.

– Espere! Terá que explicar melhor para mim, sem esses termos médicos.

– Vou lhe explicar... – ela continuou – polineuropatia é um distúrbio neurológico que atinge os nervos periféricos e provoca todos esses sintomas que acabei de lhe mostrar. Essa doença é provocada pela contaminação por toxinas, entre elas o arsênico. – Fez uma pequena pausa. – Quando eu relacionei todas as reações que Thierry apresentava logo liguei à síndrome, pois eu já a havia estudado. Agora, tentando estabelecer uma relação desses sintomas com o arsênico, vi que se trata da tal de polineuropatia. Essa era a doença de Thierry.

Adrien ainda continuava com dúvidas.

– Então – ele tentou entender – é mais uma prova de que Thierry realmente tinha esse veneno no organismo e foi isso que o matou.

– Exato! – Lara confirmou. – E sabe o que é mais interessante? Você lembra que no diário Valentine disse que assim que conheceu Thierry a boca torta dele chamou sua atenção? E que com o passar do tempo a boca dele entortava cada vez mais?

– Sim, ela comentou por várias vezes.

Lara abriu um largo sorriso.

– Isso significa que Thierry já estava doente antes mesmo de conhecer Valentine. Ele já tinha polineuropatia, portanto trazia consigo o arsênico em seu organismo.

– Mas como pode ser possível? – espantou-se Adrien. – Como o veneno foi parar no organismo dele?

Lara voltava a mexer em seu computador, empolgada.

– Eu tinha uma suspeita sobre isso, mas não lhe falei ontem, lembra-se? Fui atrás de pesquisas e confirmei minha suposição. Antes vamos relembrar onde Thierry trabalhava há vários anos.

– Nas minas de ocre de seu avô em Roussillon – confirmou Adrien.

– Isso mesmo! Agora veja isto aqui. – Ela mais uma vez virou seu notebook para Adrien. – É um artigo de uma conceituada revista científica. Vamos ler juntos:

"O auripigmento é um minério perigosíssimo que mistura enxofre e arsênico. Trata-se de um produto extraído de minas e muito utilizado no século XIX como pigmentação no preparo de tintas da cor ocre. O processo de extração, fundição e refinamento desse minério libera gás tóxico, que, por ser incolor, inodoro e não irritante, é absorvido sem se perceber pelos seres humanos e animais causando a *concentração de arsênico* em seus organismos.

A forma gasosa do arsênico é extremamente *tóxica e letal*. A exposição prolongada de trabalhadores em ambientes de mineração nessas condições pode lhes causar sérios danos à saúde, levando-os inclusive a óbito."

Adrien se mostrava agitado:

– Deixa eu ver se entendi direito. – Puxou uma longa respiração. – Quer dizer que a atividade de mineração de ocre libera arsênico em forma de gás e pode contaminar os trabalhadores?

Lara assentiu com a cabeça.

– Se ficarem expostos durante muito tempo a esses gases, sim. E Thierry trabalhou por vários anos nas minas do avô.

Adrien assombrou-se:

– Minha nossa! Thierry estava se contaminando com arsênico em seu trabalho sem perceber?

– Exatamente! – Lara confirmou, exultante. – Como eu disse, ele já estava doente antes de conhecer Valentine e sua doença foi agravando com o tempo, em todos os anos que ficou exposto aos gases tóxicos nas minas. Na época do julgamento mal sabiam que isso poderia acontecer.

Adrien balançava a cabeça em negativo, perplexo.

– E tem mais! – Lara continuou: – Olha só esta matéria aqui. Você não vai acreditar. Pesquisei em uma enciclopédia médica.

Novamente leram juntos uma informação no notebook:

"O corpo humano produz naturalmente certa quantidade de arsênio, o elemento químico 'As', número atômico 33 na Tabela Periódica. Trata-se de um semimetal, ótimo condutor de calor, mas que *não conduz* eletricidade. Em quantidades bem pequenas no organismo e combinado com determinados compostos orgânicos, o arsênio pode ser um elemento essencial para a vida, tanto como o fósforo, mas é extremamente *tóxico e letal* na sua forma iônica e na de seus principais compostos."

– Espere aí! – pediu Adrien, ainda confuso. – Você está me dizendo que nosso organismo produz arsênico?

– Em quantidades muito pequenas, claro – confirmou Lara. – Esta é uma descoberta feita no século XX, portanto também não tinham essa informação na data do julgamento.

– Não posso acreditar!

Lara se ajeitou na cadeira, olhando nos olhos de Adrien.

– Você sabe o que tudo isso significa? Que Thierry tinha os dois fatores juntos: o que todos nós temos, uma pequena quantidade de arsênico fabricada pelo organismo e uma intoxicação gradual causada por trabalhar por anos nas minas, esta última condição sendo responsável pela sua morte, pois aumentou, e muito, os níveis desse veneno em seu corpo.

– Então Valentine era inocente! – bradou Adrien, revoltado, levantando-se de forma abrupta, assustando alguns hóspedes que tomavam café nas mesas próximas.

Ele não conseguia se conformar.

– Vamos lá fora, Lara? Preciso respirar melhor.

Saíram e, já na calçada do hotel, Adrien apoiou as mãos na parede, abaixando a cabeça.

– Você está bem? – preocupou-se Lara, tocando-o nos ombros.

Ele se recompôs, inspirando longamente.

– Foi só uma pequena vertigem. Já passou.

– Também me senti assim quando terminei de fazer as pesquisas na madrugada.

Adrien ainda se mostrava inconformado.

– Não posso acreditar que isso tenha acontecido, Lara. Ela era de fato inocente e foi condenada à prisão perpétua! Tinha só 25 anos! Sabe-se lá quanto tempo ficou presa injustamente.

– Por isso não consegui dormir. Não parava de pensar em Valentine.

– Vou lá dentro buscar o diário. – Adrien falou. – Temos que continuar a leitura.

Enquanto Adrien se retirava, Lara andava de um lado para o outro pela calçada, angustiada. Há horas não saía de sua mente o sofrimento de Valentine por ter de, pelo resto da vida, cumprir uma pena injustamente. Seu amor por Thierry foi sua condenação. Ela queria tê-lo ao seu lado para sempre e, no entanto, ele se foi precocemente levando consigo sua liberdade. Lara imaginava o desespero de Valentine ao ter de pagar por algo que não cometeu, por ter de enfrentar toda a sociedade a incriminando, e seus pais e sua irmã sofrendo juntos. Uma jovem teve sua vida interrompida de forma brutal e injusta. Valentine não merecia aquilo.

Adrien retornou com o diário e o notebook de Lara.

– Agora falta pouco para terminarmos a leitura – inferiu ele, apontando para o outro lado da rua. – Vamos nos sentar naquele banco. – Olhou sério para Lara. – Também preciso falar para você algo importante que está me intrigando.

Atravessaram a rua.

– O que o está deixando intrigado? – Quis saber Lara.

– Depois eu falo. Agora vamos ler as últimas páginas que faltam do diário. Quero muito saber qual foi a reação de Valentine à sentença. – Fez uma pausa, triste. – Ainda mais agora que você descobriu que ela de fato foi injustiçada.

Chegaram ao banco, sentaram-se e abriram o caderno.

Capítulo 39

VALENTINE

Desabei assim que o juiz proferiu a sentença. Tinha a esperança, mesmo remota, de que pudesse me absolver em questão da dúvida deixada por meu advogado. Não existiam provas de que eu tivesse ministrado o veneno em Thierry, embora a substância estivesse presente em seu organismo. De que forma ele a teria ingerido eu não sabia. A única certeza que tinha era de que eu não havia sido a responsável. Como podem sentenciar uma inocente? Papai também se desesperou, caindo em prantos de uma forma que eu nunca havia presenciado. A cena dele em desespero me abalou. Não foi só a mim quem o juiz sentenciou, mas também minha família. Sofreriam juntos comigo a dor excruciante de uma prisão pelo resto da vida. Destruíram-me e à minha família.

Deixei a sala de audiência sob fortes protestos dos presentes. Dirigiam-me ofensas, calúnias, como se a sentença proferida se transformasse em verdade: viam-me como uma assassina fria e cruel, adjetivos que não me cabiam. Suportei tudo calada, em prantos. Papai também se manteve nessa condição, cabisbaixo e arruinado. A justiça permitiu que eu ficasse em casa naquela noite, para me despedir de minha família. Me recolheriam no dia seguinte rumo à Prisão de Montpellier, ironicamente a mesma cidade da faculdade que emitiu o laudo sobre a morte de Thierry.

Nos reunimos no quarto de mamãe, ela deitada e Camile sentada ao seu lado, papai em pé e eu em uma cadeira próxima da cama. Somente nós. Chorávamos todos. A angústia, tristeza e desolação tomavam conta dos quatro. A família Bertrand reunida pela última vez. Por muitos minutos, ouvia-se apenas o som de choro.

– Vocês têm que acreditar em mim – suplicava. – Por favor, ao menos vocês têm que acreditar.

Ninguém tinha ânimo para falar, mas papai se esforçou:

– Nós acreditamos em você, minha filha. Sabemos que não tens índole para ter cometido essa brutalidade da qual estão lhe acusando.

– Não quero que fiquem tristes – tentei confortá-los. – Um milagre há de acontecer, a verdade aparecerá e eu voltarei para casa. Vocês vão ver! Isso há de acontecer, tenham fé!

Camile se desesperava.

– Por que estão fazendo isso com você? – Seus olhos, ainda vermelhos, derramavam muitas lágrimas. – Diga-me que não é verdade! Diga que não é verdade que nunca mais nos veremos.

Mamãe apenas chorava, calada. Entregou-se à condição de sofrimento profundo e não tinha forças para dela sair.

Levantei-me e abracei-me à minha irmã.

– Terás um quarto só para ti agora – tentei consolá-la, mas em vão.

– Prefiro um milhão de vezes dormir apertada com você nem que seja em um cubículo a nunca mais tê-la do meu lado.

Papai veio ao nosso encontro e nos abraçou.

– O que posso lhe dizer em um momento como este, minha querida? – Suas lágrimas não paravam de cair. – Gostaria de ter um bom conselho de pai para lhe dar agora, mas nada do que eu diga irá nos confortar.

Camile se jogou na cama, em prantos. Papai me apertou mais forte.

– A única coisa que quero falar, minha filha, é que a amo muito. Nunca se esqueça disso. Estarei orando por ti todos os dias para que esse milagre que dissestes aconteça e você volte para nós.

Olhei fundo nos olhos dele. Nos separamos, peguei da cômoda um conhecido saco de pano e o coloquei em suas mãos, apertando as minhas sobre as dele.

– Papai, não poderei levar seu relógio comigo. Por favor, peça por mim que o tempo passe depressa. Vou precisar muito que passe o mais rápido possível.

Assim que ele pegou o relógio, me abraçou novamente, em prantos. Pude sentir seu corpo tremer junto ao meu e agora seu choro era sonoro. Ficamos ali grudados por um longo tempo. Queria ter seu abraço forte o máximo que pudesse. Sentir sua presença que tanto me faria falta.

Depois fui até minha mãe. Sentei-me ao seu lado na cama e também a abracei. Choramos juntas um choro abafado e sentido. Senti seu cheiro que me acompanhou por toda a vida. Cheiro maternal, de afeto, de amor. Puxa, como ela me faria falta! Afastei-me um pouco e com as duas mãos tomei seu rosto. Queria olhar para ela e levar sua imagem comigo. Vi seus olhinhos claros e pálidos a me fitarem com expressão de profunda tristeza; seu rosto com as rugas que o tempo imprimiu por tantos anos de trabalho na vida; seus cabelos já mesclados com muitos fios brancos. E as lágrimas a escorrerem por sua pele judiada.

– Tente ficar bem, mamãe. De onde eu estiver estarei pensando na senhora. E não queria pensar que estás mal.

Ela me puxou para si novamente. Não conseguia falar. Só queria me abraçar e chorar. Apertava-me como se eu ainda fosse sua bebê, sua criança que ela sempre protegia, mas que agora nada poderia fazer para me livrar do perigo, pois estaríamos longe uma da outra. Sentia-se inerte e aquilo a matava por dentro. Sua filhinha iria partir e ela estava partindo também, para um mundo de tristeza, amargura e desalento. Roubaram-lhe os sorrisos e a alegria de viver.

– Adeus, mamãe! – Aquelas palavras me doeram na alma e me fizeram chorar como nunca. – Eu amo a senhora. Obrigada por tudo que fizeste por mim e me perdoe se algum dia fiz algo que a magoasse.

Ela só pôde fechar os olhos e seu pranto transformou-se em lamentação. Papai sentou-se ao seu lado e tomou-a nos braços.

Camile pulou em minha direção, apertando-me forte em um abraço.

– Não vá! Por favor, não vá!

Abraçadas, acariciei seus cabelos e, em seguida, afaguei seu rosto com a parte de trás de meus dedos.

– Nunca deixe de me chamar de tontinha – pedi. – Mesmo em pensamento.

Ficamos naquele afeto de irmãs o maior tempo possível. Já não conseguia mais chorar. Como último esforço, pedi a atenção dos três.

– Escutem, sei que este é um momento que não gostaríamos de viver, mas infelizmente terá que ser assim. Eu tenho fé, muita fé de que algo muito bom acontecerá e de que eu não ficarei por muito tempo no lugar para onde irão me levar. Eu voltarei para vocês. Acreditem! Acreditem, por favor!

Fomos em direção à mamãe e nos juntamos todos, abraçados, em um choro silencioso. Pedi em oração que aquele não fosse nosso último abraço.

✥✥✥✥

Agora em meu quarto escrevo estas últimas linhas. Amanhã pela manhã virão me buscar e não sei o que me espera e tampouco o que acontecerá comigo. Parto mais uma vez para o desconhecido, mas agora não será Paris e por somente quatro anos. Será por toda a eternidade, a menos que algo surpreendente e milagroso aconteça.

Para você que está lendo tudo que escrevi, peço que leia a carta que está no envelope. Nela há o segredo que não pude contar nem às lavandas enquanto semeava, solitária, suas sementes pelos campos. Um segredo que até então se mantinha muito bem guardado em Provence.

Valentine Delancy Bertrand – agosto de 1850

Capítulo 40

Lara sentia seus olhos inchados, quase fechados pelo choro. Adrien, emocionado e com o rosto molhado, abraçou-a.

– Não fique assim – pediu ele. – Também sinto muito por Valentine.

Ela sentiu conforto em seu gesto e o agradeceu com um sorriso entre lágrimas.

– É difícil pensar no quanto ela deve ter sofrido – lamentou Lara, agora em um choro contido.

Adrien, cessando seu abraço, triste, balançava a cabeça em negativo.

– Fico imaginando como deve ter sido duro para ela quando chegou à prisão e avaliou que permaneceria nela pelo resto da vida. Me sinto muito mal só de imaginar.

Permaneceram em silêncio, pesarosos, por alguns instantes.

– Onde você deixou o envelope? – Lara quis saber.

– Em meu quarto. Vou buscar.

Adrien já ia se levantando quando ela tocou em seu braço.

– Espere. Antes me fale sobre o assunto que disse estar intrigando você.

Ele a atendeu:

– Nesta madrugada, quando estivemos no quarto secreto de Valentine, houve um momento que direcionei a lanterna do celular para um canto e lá vi algo estranho.

– O que foi que você viu? – Lara ficou interessada.

– Foi assim de relance, mas deu para ver que no canto ao lado da cama havia um pequeno berço de bebê.

– Um berço? – Ela se espantou.

– Sim. E parece que havia também algumas roupinhas de criança sobre ele. Não deu para ver direito porque logo em seguida você me chamou para olhar a caixa de bronze que tinha encontrado.

– Mas o que um berço estaria fazendo no quarto de Valentine?

– Também gostaria de saber.

– Vamos voltar ao quarto para ver melhor.

– Agora não. Durante o dia é complicado irmos até lá. Poderia atrair a atenção dos hóspedes e não quero que fiquem bisbilhotando aquele cômodo. Vamos deixar para voltarmos mais tarde.

– Tem razão. Então vamos ver o que tem no envelope.

Os dois se levantaram e atravessaram a rua na direção do hotel. Assim que entraram, Adrien caminhou na direção de seu quarto. Lara parou na recepção. Ele a chamou.

– Se importa se lermos a carta em meu quarto? Você sabe, se ficarmos pelo hotel não vão me deixar em paz. – Ele disse e piscou para ela. – Prometo que vou me comportar.

Lara sorriu.

– Claro! Podemos ir até lá.

Foram e, ao abrir a porta e entrarem, Lara reparou ser um quarto maior que o dela e com a decoração totalmente diferente. A cama grande e alta; as paredes com vários quadros de lindas fotografias em preto e branco mostrando cenas de cidades; uma estante repleta de livros e ao lado dela uma confortável poltrona e uma luminária de chão. Completavam a decoração uma escrivaninha antiga, uma pequena mesa e duas cadeiras.

– Você quem tirou essas fotos? – Lara perguntou apontando para os quadros.

– Sim. Cidades que visitei por aí.

– Deixa eu ver se reconheço algumas – observou quadro a quadro. – Paris, Barcelona, Londres, Amsterdã, São Petersburgo, Bali, Istambul e... estas duas não conheço.

– Praga e Bruges. São lindas.

– Já rodou por aí, hein, mocinho?

Ele riu.

– Não tanto quanto eu gostaria. Se dependesse de mim, viveria viajando.

– É muito bom, né? Adoro! Eu viajo muito pelo Brasil. Esta é a primeira vez que saio do país e estou amando. Cidades como essas – mostrou novamente os quadros – só conheço por fotos.

– O Brasil é um país lindo. Vejo muitas fotos e matérias sobre ele. Está no meu radar fazer turismo por lá.

– Não vai se arrepender. Tem lugares incríveis. Quando quiser posso lhe dar algumas dicas.

— Vou querer sim. – Sorriu. – Agora escolha onde quer se sentar, poltrona ou cadeira. Vamos ler a carta de Valentine.

Lara sentou-se na poltrona e Adrien, já com o envelope na mão, levou uma cadeira até perto dela.

— Vamos lá, então – Adrien falou.

Abriu o envelope ainda com vestígios de poeira, retirou a folha de papel amarelada e iniciaram a leitura.

Esta carta foi escrita oito meses após minha prisão. Sim, a escrevo em Montpellier, para onde fui levada. Quando aqui cheguei foi um dos piores dias de minha vida. Via somente muros altos e guardas por todos os lados caminhando armados. Me perguntei por que aquele destino estava reservado para mim. Por que passaria ali todos os meus dias? Não me considerava criminosa e aquele era o lugar destinado a quem cometia crimes.

Trancafiada em uma cela individual passo meus dias em completa solidão. A única companhia permitida é a Bíblia e eu a leio todos os dias orando por um milagre. E oro com muita, muita fé.

O tempo demora a passar. Tenho contato com as outras mulheres presas, tanto no trabalho diário que realizamos juntas como durante as refeições, mas não podemos trocar uma palavra sequer entre nós. Aqui impera a dura e enlouquecedora lei do silêncio.

No primeiro mês de prisão confirmei algo que já suspeitava. A comida me causava enjoos, a barriga começava a se mostrar saliente e minhas regras não vinham. Sim, eu estava grávida de Thierry. Nossas aventuras antes da hora deram fruto. Eu pagaria pelo pecado que cometemos. Mais um desgosto para minha família. Comecei a pensar que merecia o castigo de ser prisioneira, pois não tinha sido uma boa filha. Não possuía as virtudes que meus pais esperavam de mim.

Os meses se passavam e não pude mais acobertar a verdade. Avisei a direção da prisão sobre minha condição de gravidez e, depois de severamente repreendida, comunicaram-me que eu seria levada a um hospital por ocasião do parto, mas que retornaria de imediato à prisão. Avisariam meus pais para que se responsabilizassem pelo bebê, uma vez que no ambiente em que eu convivia não seria permitido ficar com ele.

Foi o que ocorreu. Tive o bebê e, mal me deram tempo de olhar para ele, já o tomaram de meus braços. Soube somente que se tratava de um menino. Avisaram-me que meus pais e minha irmã lá estavam para levá-lo. Supliquei para poder vê-los ao menos por alguns minutos, mas recusaram meu pedido. Como queria ver mamãe, papai e Camile e poder abraçá-los pelo menos por um segundo. Precisava muito de minha família naquele momento. Sentia-me insegura, com medo, como nunca havia estado. Concluí ser devido à maternidade. Uma maternidade diferente, pois não teria a presença de meu filho em minha vida.

Três dias depois do parto voltei para a prisão. Meus seios pingavam leite e não havia bebê para ser alimentado. Com o passar dos dias, eles empedraram, eu ardia em febre e sentia muitas dores. Até que por fim secaram. Murcharam sem ao menos alimentar meu filho com uma gota sequer. E me senti murcha também por dentro, sem vida.

Até hoje não tenho notícias de meu filho. Não sei como estão o alimentando, se está bem de saúde e nem ao menos que nome lhe deram. Mas oro por ele todos os dias.

Mesmo não sabendo como é seu rostinho, eu o fantasio em minha mente. Não consigo explicar, mas embora não o tenha comigo o amo com todas as forças. E peço em pensamento que seja uma criança feliz, que cresça saudável e se torne um homem honrado. Por mais que eu nunca possa vê-lo ou estar ao seu lado, que ele seja feliz. E que tenha uma vida diferente da minha.

Esse era o segredo que eu não pude dividir nem com as lavandas, já que, enquanto semeava os campos, ainda não sabia da minha gravidez. Um filho meu e de Thierry gerado por nosso amor. Agora meus pais, Camile e você que lê esta carta também sabem desse segredo. Carta, aliás, que me autorizaram a postar e a enviar à minha irmã, pedindo que a colocasse em meu quarto, junto com meu segundo diário.

Não sei quanto tempo passará até que alguém a leia, mas, independentemente, se ainda se fizer possível, peço que encontre meu filho e lhe conte toda a minha história. Diga-lhe que nunca fiz mal ao seu pai e jamais cometeria o crime do qual me acusaram. E, principalmente, por favor, diga-lhe que sempre o amei. Por mais que não tenha sido possível lhe dar meu carinho, meu amor sempre existiu e o acompanhou mesmo de longe.

Fico grata se puder fazer isso por mim.

Valentine Delancy Bertrand – ano de 1851

– Isso explica o berço no quarto de Valentine – lamentou uma entristecida Lara.

– Os pais dela criaram o bebê – concluiu Adrien. – Puxa vida, que história! Ser condenada por um crime que não cometeu e ainda por cima ficar longe do próprio filho.

Lara caiu em si.

– Adrien, precisamos fazer algo por Valentine – disse e pausou. – Ou melhor, pela memória dela – corrigiu-se.

– Pensei a mesma coisa, Lara.

– Temos que mostrar que ela não cometeu nenhum crime, que era inocente. Temos provas disso agora. A memória dela precisa ser resgatada. – Fez uma pausa, lamentando-se. – Por mais que não pague por toda a tristeza que sentiu na vida, ao menos podemos devolver sua dignidade.

– Vamos pensar em alguma forma de fazer isso. – Olhou para Lara. – O que vai fazer durante o dia?

– Para dizer a verdade, não estou com cabeça para nada, mas tenho que continuar minhas pesquisas.

– E eu preciso resolver alguns assuntos administrativos do hotel e no começo da noite quero reunir parte de minha equipe para algumas recomendações. Façamos o seguinte, podemos nos encontrar após o jantar e caminhar pela cidade? Até lá tentarei pensar em algo que possamos fazer.

– Claro!

– Depois podemos voltar ao quarto de Valentine. Quero tirar uma dúvida sobre algo estranho que vi dentro do berço.

Capítulo 41

A noite se apresentava agradável com o céu estrelado e a lua cheia iluminando as ruas. Lara e Adrien se encontraram em frente ao hotel como haviam combinado.

– Está uma noite linda – manifestou ele. – Ideal para uma caminhada. Vamos então explorar a cidade a pé?

– Já vim preparada para isso. Veja. – Apontou seus tênis.

Além dos tênis, Lara vestia uma justa bermuda branca, camiseta verde-clara e chapéu branco. Seus trajes acentuavam seu lindo bronzeado. Adrien, também com tênis, bermuda, mas de cor laranja, usava uma camiseta e um boné, ambos cinza. Estavam prontos para caminhar sob o céu estrelado de Sault e assim partiram avançando pelas ruas iluminadas não só pela lua mas também pelas charmosas arandelas perfiladas no alto, na fachada de algumas casas.

– Como foi seu dia? – Ele quis saber.

– Foi ótimo. Adiantei minhas pesquisas, mas confesso que não parei de pensar em Valentine um minuto sequer.

– Eu também pensei muito nela. E acho que encontrei uma forma de tentarmos devolver-lhe a honra e resgatar sua memória.

– E como pretende fazer isso? – Lara se interessou.

– Na verdade, eu já fiz. – Ele sorriu. – Cheguei à conclusão de que precisaríamos tomar alguma medida no âmbito jurídico, entrar com uma ação de reparação à sua memória. Então fui até o escritório de meu advogado para me orientar. Contei a ele toda a história de Valentine, principalmente as descobertas que você fez sobre a produção de arsênico pelo nosso organismo e a condição de Thierry ter contraído sua doença nas minas em que trabalhava. Ele analisou todos os fatos e concluiu que podemos sim entrar com uma ação junto ao Ministério da Justiça do governo francês.

– Que ótimo! – empolgou-se Lara. – E o que vai acontecer depois? Isto é, o que o governo francês fará em seguida?

– Se acolherem a ação e julgá-la procedente, farão uma cerimônia oficial, inclusive com a presença da mídia. Apresentarão os fatos e tornarão sem efeito a condenação de Valentine, decretando sua inocência.

Lara entristeceu-se.

– Podemos limpar sua memória e sua honra, mas jamais apagar seu sofrimento por tudo que aconteceu com ela.

– Tem um detalhe – continuou Adrien. – Segundo o advogado, não é um processo rápido, muito pelo contrário, poderá levar anos. Uma decisão dessas envolve muitas coisas, por exemplo, o judiciário francês terá que assumir um erro gravíssimo que levou uma inocente à prisão perpétua.

– Sim – avaliou Lara. – E creio que há também questões financeiras envolvidas, uma vez que o governo admitindo esse erro deixará espaço para os parentes vivos de Valentine pleitearem uma indenização.

– Eu também pensava assim, mas o advogado informou que nesse caso não há essa possibilidade. O judiciário tem o atenuante de que naquela época, há mais de cento e setenta anos, não havia meios técnicos para chegarem à conclusão dos dois fatores, de o ser humano já ter arsênico em seu organismo e de que as minas de ocre causavam aquele tipo de problema fatal. Assim, o julgamento de Valentine foi baseado nas informações e provas que tinham em mãos na ocasião e, portanto, considerado legítimo. A ação seria apenas para decretar que Valentine era inocente e o governo desculpar-se formalmente pela injustiça cometida. – Pausou, pesaroso. – Embora não a traga de volta e nem, como você disse, tampouco pagará por todo o sofrimento pelo qual ela passou.

– Não importa o tempo que leve – bradou Lara. – Temos que atender ao pedido feito por Valentine em seu diário e limpar sua memória, devolvendo sua honra – disse e então fez uma pausa. – Fico amargurada e acabada só de pensar que ela veio ao mundo para sofrer. Puxa vida, Valentine não merecia ter passado pelo que passou.

– Bem, o que está em nossas mãos agora é o resgate de sua dignidade. E isso nós faremos. E você, mocinha – olhou para Lara –, terá um árduo trabalho nos próximos dias, além de suas pesquisas com as lavandas.

– Como assim?

– Para que a ação seja aceita, temos que fundamentar muito bem nossos argumentos. Eu farei um resumo da história de Valentine e tirarei cópias de seu diário, autenticadas em cartório, para que sejam anexadas ao processo. De sua parte, precisamos que junte as pesquisas que fez na internet sobre contaminação por arsênico no trabalho de mineração, informando toda a bibliografia oficial possível.

– Claro, farei isso – confirmou Lara. – E penso até em obter laudos de especialistas que atestem essa forma de intoxicação.

– Ótimo! – animou-se Adrien. – Vai ficar um processo muito consistente e não terão como contestá-lo.

Ele parou e abraçou Lara, com carinho.

– Obrigado por me ajudar, Lara. Não suporto injustiça. O que fizeram com Valentine precisa ser esclarecido o mais rápido possível.

Ela sorriu, emocionada.

– Somos iguais nisso, Adrien. Também detesto injustiça e quando vejo que cometeram alguma não fico sossegada enquanto não puder ajudar a desfazê-la.

Eles se olharam com ternura.

– Agora – ele falou –, que tal uma taça de sorvete?

Estavam diante de uma encantadora sorveteria com várias mesinhas no lado externo.

– Eu topo! Está uma noite ótima para um sorvete.

Foram até uma das mesas e sentaram-se. Lara olhou à sua volta.

– Que gracinha de lugar! Dá vontade de ficar aqui por horas.

Adrien também passou os olhos pelo ambiente e, em seguida, voltou-se para Lara:

– Era nesta sorveteria que eu e Sofie vínhamos sempre.

Ela apenas sorriu, com pesar.

– O Pierre ainda é o dono aqui. Veja. – Apontou com a cabeça para um senhor que vinha na direção deles. – Desde a nossa adolescência.

O senhor se aproximou da mesa.

– Ora, ora, Adrien! – Pierre chegou animado. – Finalmente vejo você de volta. Há meses que não passa por aqui.

– Não tem me sobrado muito tempo ultimamente – disfarçou Adrien, e foi logo apresentando Lara.

– Muito prazer, mademoiselle! – cumprimentou Pierre. – Posso dizer que você conseguiu uma proeza: tirar esse sujeito de dentro do hotel para um passeio noturno. – Piscou para ela. – Há muito tempo que não via Adrien em uma companhia tão simpática e bonita.

Os dois sorriram, embaraçados. Lara agradeceu pelos elogios. Tratando de quebrar o clima, fez logo seu pedido:

– Vou querer um sabor que há dias estou com vontade de experimentar, de lavanda com mel.

– Você vai adorar, minha jovem – apoiou Pierre. – E o de Adrien já sei que é de chocolate amargo.

O dono da sorveteria sorriu e se retirou.

– Quer dizer que há tempos o mocinho não saía de casa à noite? – perguntou Lara de forma direta, esperando ter finalmente a resposta que tanto buscava.

Adrien ficou sério.

– Tenho saído algumas noites, mas sozinho ou com amigos. O que Pierre quis dizer é que faz tempo que não me vê em companhia feminina – explicou. – Para ser mais exato, há três anos que não saio com outra mulher. Desde que ela se foi.

– O que aconteceu é muito recente – concordou Lara. – Tudo deve ainda estar presente em sua mente, não é?

– Bem, três anos não é tão pouco tempo assim, mas, como já disse para você, penso nela todos os dias. – Fez uma pausa. – Para dizer a verdade, penso nela de uma forma afetuosa, por tudo que ela representou e ainda representa para mim. Sofie foi o meu amor, a companheira de todos os momentos, parceira nos negócios e, acima de tudo, aquela que salvou minha vida. As lembranças dela me bastavam e para mim não havia o menor sentido colocar outra mulher em seu lugar. Nunca procurei substituí-la e creio que esse foi o motivo de eu não ter, como o Pierre comentou, companhias femininas. Não surgiram oportunidades e então simplesmente não aconteceu de sair com alguém. – Ele sorriu. – Até que você chegou.

Lara sorriu também.

– O diário de Valentine foi o responsável por você ficar em minha companhia constantemente, Adrien. Como já falamos, se não fosse por ele nossos contatos fora do hotel teriam se resumido apenas em nossas idas aos campos de lavanda, com você trabalhando como guia.

Ele refletiu e disse:

— Concordo contigo, mas não posso deixar de admitir que agradeço por isso ter acontecido. Gosto muito de sua companhia. Fazia tempo que eu não me divertia tanto com alguém. Você é uma garota animada, divertida, superpositiva e isso me fez muito bem.

Lara também refletiu sobre o que havia acabado de ouvir.

— Sei como você está se sentindo — solidarizou-se ela. — Sabe, quando terminei meu namoro no Brasil, prometi para mim mesma que tão cedo não me envolveria com alguém. Ao contrário de você, eu tive uma relação tão conturbada, tão possessiva. Eu não merecia aquele tratamento de ciúme incontrolável, já que não dava motivos para tal atitude da parte dele. Mas ele não mudava e não confiava em mim, por mais que eu me esforçasse em mostrar que não tinha motivos para agir daquela forma. — Pausou e depois retomou: — Só que eu aprendi uma coisa: algumas pessoas enxergam as outras da maneira que elas querem enxergar. E, como cheguei à conclusão de que nada mudaria seu pensamento em relação a mim, decidi que não valia a pena investir em um relacionamento que não era sadio. — Nova pausa. — Para mim o amor tem que trazer paz, serenidade, parceria, envolvimento. Se a relação não traz isso, não é amor, é desalento. — Fez graça, sorrindo. — Ih, até rimou!

Adrien concordou, também com um sorriso.

— Penso exatamente assim.

Naquele instante a garçonete chegou com uma bandeja, depositando sobre a mesa duas enormes taças de sorvetes.

— Uau! — espantou-se Lara. — Será que vou conseguir dar conta de tudo?

— Ah, vai! O sorvete daqui é uma delícia.

Ela experimentou e fez uma carinha de que tinha adorado.

— Hummmm! Você não exagerou. Que delícia! — Sorriu para Adrien. — Ainda bem que não pedimos de gengibre e pimenta, como você e Sofie daquela vez.

Eles riram.

— Foi muito divertido aquele dia — ele recordou, feliz.

Adrien se pegou falando de Sofie de uma forma leve, sem tristezas, relembrando bons momentos, sem amargura. Percebeu que ela fazia parte de suas lembranças de maneira terna, carinhosa. Lara foi a primeira pessoa com quem ele conseguiu falar sobre a esposa e expressar seus sentimentos.

Sentiu-se bem por dividir com ela tudo que se passava em seu coração e, mais ainda, em sua mente. Com Lara, ele se abriu sem se sentir exposto. E aquilo era novo para Adrien. A confiança que se formou entre eles lhe permitia falar sobre tudo. Havia envolvimento e parceria entre os dois. E paz e serenidade.

Capítulo 42

Depois de horas de conversas e muitas risadas, os dois voltaram da sorveteria caminhando pelas calçadas silenciosas e vazias, ainda iluminadas pela lua cheia e arandelas das casas.

– Vamos mesmo voltar ao quarto de Valentine? – Quis saber Lara.

– Quero dar uma passada lá. Preciso tirar uma dúvida sobre algo estranho que vi ontem à noite.

– Além do berço, você viu mais alguma coisa diferente?

– Sim. Vou mostrar para você quando chegarmos lá. Mas se não quiser ir junto fique à vontade.

– Está brincando? Acho que ainda não me conhece direito. Pensou que eu perderia a oportunidade de voltar lá?

Adrien riu. Sim, ele já conhecia muito bem Lara, apesar dos poucos dias de convivência.

Ao chegarem ao hotel, foram de imediato até a entrada do quarto de Valentine, certificaram-se de que estavam sozinhos, sem hóspedes por perto, e abriram a porta secreta fazendo os mesmos procedimentos na pesada estante de livros. Entraram e novamente Adrien acendeu a lanterna de seu celular para iluminar o ambiente empoeirado. Por mais uma vez vasculharam com o olhar aquele espaço. Viram a cama de Valentine e sobre ela a caixa com a camisola do dia.

– Veja, Lara – falou Adrien direcionando o facho de luz para um canto do quarto. – Lá está o berço que lhe falei.

Ela o viu e ambos foram em sua direção. Era um berço pequeno e baixo, talvez por isso tenha passado despercebido na primeira visita ao quarto. Sobre ele, algumas peças de roupas de bebê, todas muito empoeiradas. Lara pegou uma delas e então uma grande quantidade de pó se desprendeu pelo ar. Ela tossiu. Adrien iluminou a peça.

– É uma roupinha de menino – Lara concluiu.

Colocou a peça de volta onde estava e passaram a olhar em todas as direções.

– O que você achou estranho além do berço, Adrien?

– Aquilo. – Ele apontou iluminando com o celular um pano estendido na grade do berço.

Era uma grossa fralda e nela havia um nome bordado em letras coloridas. Lara pegou-a, chacoalhando-a levemente para livrá-la do pó, que se desprendeu pelo ar em inúmeras partículas iluminadas pelo celular.

– Deve ser uma das fraldas de boca do bebê – deduziu Lara. – O que chamou sua atenção nela?

– O nome bordado nela – respondeu Adrien, com expressão de dúvida.

Lara aproximou a peça de tecido da iluminação da lanterna e leu a inscrição.

– Charles Grenier Bresson. – Olhou para Adrien. – Será o nome do bebê? Mas por que não levou o sobrenome da família?

Só então Lara percebeu o olhar de espanto de Adrien.

– O que foi? Parece que viu uma assombração.

Ele parecia em transe.

– Esse nome... – conseguiu articular com hesitação, virando-se para Lara – ...você não vai acreditar.

– Está me deixando assustada.

– O nome completo de Sofie era... – ainda hesitante – ... era Sofie Grenier Bresson.

Lara, que já ia levando a fralda de volta ao berço, parou, espantada.

– O que foi que disse? – questionou sem acreditar. – Esse era o sobrenome de sua esposa?

Adrien apenas confirmou com a cabeça, atônito. Lara, incrédula, olhava o nome bordado na peça que tinha em mãos e tentava ligar ao que havia acabado de ouvir de Adrien.

– O bebê de Valentine... – ela hesitou – ... tem o mesmo sobrenome de Sofie?

Ambos ficaram em silêncio tentando entender o que significava aquela descoberta, sem chegarem a uma conclusão.

– Juro que fiquei perdidinha agora! – declarou Lara, atordoada.

– E eu ainda mais! Não consigo compreender o que faz no quarto de Valentine um tecido bordado com o sobrenome da família de Sofie. E o mais misterioso: está guardado neste lugar durante todos esses anos!

– As duas famílias, é evidente, tinham alguma ligação – concluiu Lara. – E esta fralda pode ter sido deixada aqui por algum antepassado da parte de Sofie e que também tinha um bebê.

Adrien, ainda confuso, avaliou a possibilidade.

– Isso poderia ter acontecido sim, mas teria sido uma incrível coincidência.

– Por que não pergunta aos pais de Sofie se eles conhecem a família Bertrand? – sugeriu Lara.

Adrien balançou a cabeça em negativo.

– Perdi o contato com eles – explicou. – Assim que Sofie faleceu, eles se mudaram de Sault e nunca mais soube de seu paradeiro. – Fez uma pausa. – Era uma família um tanto estranha nesse sentido. Não gostavam de falar de seu passado. Aliás, nunca falavam. Os pais não eram de muitas palavras, conversavam só o necessário. Sofie que saiu diferente, mais faladeira, mas, mesmo assim, não me lembro de termos conversado sobre seus antepassados.

– Como faremos para descobrir essa ligação entre Valentine e Sofie?

– Vou tentar encontrar um jeito. Agora fiquei ainda mais curioso para desvendar toda essa história.

– Eu entendo você perfeitamente – falou Lara, dobrando com cuidado a peça de tecido. – Acha que devemos levar a fralda conosco?

– Sim. E vamos dar mais uma olhada em tudo aqui. Pode ser que encontremos mais coisas interessantes.

Lara sacou seu celular e também ligou a função lanterna. Cada um ficou em uma parte do quarto vasculhando. Em qualquer objeto que mexiam a poeira se espalhava em pequenas nuvens pelo ar.

– Ainda bem que não tenho rinite – disse aliviada. – Senão estaria em crise agora.

Adrien foi até uma cômoda com várias gavetas e passou a abri-las. Quase todas vazias, exceto a última, onde havia um grande álbum. Ele o pegou.

– Veja o que achei, Lara.

Mais que depressa ela foi ao seu lado.

– O que é?

Adrien sorriu, olhando para ela.

– Um álbum de fotografias – respondeu Adrien. – Pode ser que encontremos fotos de Valentine aqui.

– Que legal! – comemorou Lara. – Vamos levar lá para fora. Assim podemos vê-lo melhor.

Encerraram as buscas, saíram do quarto e, confirmando que não tinha algum hóspede os vendo, fecharam com cuidado a porta secreta, colocando a estante em seu lugar.

– Vamos para a cozinha – sugeriu Adrien. – Quero passar um pano úmido neste álbum para tirar toda a poeira.

Desceram as escadas apressados e chegaram à cozinha, vazia, pelo horário da noite.

– Enquanto você limpa o álbum – sugeriu Lara –, que tal eu fazer um cafezinho?

– Ótima ideia!

– Só me mostre onde estão os apetrechos.

Ambos, cada um em sua atividade, se mexiam pelo ambiente. Ao final, sentaram-se à mesa já com duas xícaras de café servidas. Adrien colocou o pesado álbum sobre uma toalha, passando suas mãos pela capa, como se o acariciasse.

– Isto aqui é uma relíquia – avaliou ele. – Deve guardar muitos registros daquela época.

– Então o que está esperando para abri-lo? – perguntou a curiosa Lara, enquanto bebericava seu café.

Ele riu e finalmente abriu a grande e grossa capa do álbum. Nele havia fotos amareladas, algumas quase impossíveis de enxergar, com partes das imagens apagadas pelo tempo. Outras com boa nitidez. Nas primeiras folhas as fotografias eram de um casal de senhores, que Lara e Adrien deduziram ser os pais de Valentine. Continuaram folheando, e a suspeita se confirmou, pois, abaixo de uma das fotos daquele casal, havia escrito à tinta: Aurélie e Guillaume. Lara e Adrien se entreolharam, sorridentes.

– Fotos bem típicas do século XIX, não é? – observou Lara. – Tiradas da cintura para cima, marido e mulher lado a lado e ambos sérios.

Mais algumas folhas viradas e então puderam ver uma foto em um cenário conhecido: o mesmo casal e duas jovens em frente a um imóvel onde havia duas placas, uma com os dizeres "Empório Bertrand" e a outra "Botica Bertrand". A fotografia tinha sido tirada ao longe para registrar toda a fachada do prédio.

– Olhe, é o seu hotel! – Apontou Lara. – E devem ser Valentine e Camile, mas não dá para ver direito. Estão longe.

– Que máximo! – expressou Adrien, encantado. – A frente do imóvel é quase a mesma daquela época. Mudou muito pouco.

– A farmácia com que Valentine tanto sonhou – comentou Lara emocionada.

Adrien acariciou seu braço, confortando-a. Assim que viraram a próxima folha, surpreenderam-se ainda mais. Surgiu uma foto de uma mulher sorridente, que aparentava ter pouco mais de 20 anos, usando um elegante chapéu que deixava cair pelos lados vários cachos de cabelos castanhos. Apesar da fotografia ser em preto e branco, dava para notar que seus olhos eram claros. Embaixo da imagem escrito em letra cursiva, lia-se: *Valentine*. Lara não conseguiu conter uma expressão de espanto. Ela e Adrien mais uma vez olharam um para o outro, emocionados.

– Puxa, como ela era linda! – admirou Lara com os olhos molhados.

– Muito linda – concordou Adrien. – E pode parecer loucura de minha parte, mas – ele hesitou – seu sorriso lembra muito o de Sofie.

– Sério? – espantou-se ainda mais Lara. – Será que tem algum parentesco entre elas?

– É isso que quero muito saber.

Passaram vários minutos admirando a fotografia. Conheciam tanto a história daquela jovem, mas ainda não sabiam como seria seu rosto. Agora tinham Valentine por completo diante deles. Na mente dos dois vinham trechos do diário, a narrativa sofrida de sua vida e não conseguiam aceitar que a dona daquele sorriso tão lindo estampado na foto passou quase toda sua existência encarcerada. Um calafrio tomou conta de Lara.

– Nossa, senti algo tão estranho agora – comentou ela. – Acho que fiquei tão impressionada com a história de Valentine que ao continuar olhando para sua foto pressenti que ela falava comigo.

– Você fez a observação certa: está impressionada com tudo que lemos dela nos últimos dias e essa avalanche de informações e sentimentos lhe deu essa impressão de ouvi-la falando. – Ele pausou por alguns instantes. – Para dizer a verdade, nós dois ouvimos sua voz por meio dos diários. Foi muito intenso tudo o que descobrimos e soubemos sobre ela.

Viraram mais algumas folhas do álbum e novas fotos da família. Agora também podiam ver Camile sozinha em uma fotografia, sorridente, muito diferente da forma como deve ter ficado quando se despediu de sua irmã pela última vez. No final do álbum, uma derradeira imagem tirou o fôlego de Lara e Adrien: a foto mostrava um casal de jovens elegantemente vestidos como se estivessem em uma ocasião importante. Abaixo dela a descrição: Valentine e Thierry, seguida por uma data: 20 de junho de 1844. Sem acreditar que estavam diante daquele retrato, permaneceram por alguns segundos admirando os rostos do casal, cuja história agora eles conheciam tão bem.

– Esta foto deve ter sido tirada – Adrien inferiu – na casa do avô de Thierry no dia em que se conheceram. Olhe a data. A mesma citada por Valentine no começo de seu diário quando citou a festa em que foram apresentados um ao outro.

Na imagem ambos sorriem, mas um detalhe chamou a atenção de Lara: o meio sorriso de Thierry.

– Veja! – Ela apontou. – A boca de Thierry era mesmo como Valentine descreveu, torta.

Adrien animou-se.

– Podemos anexar esta fotografia no processo, como prova de que ele já estava com os sintomas da intoxicação por arsênico no dia em que foram apresentados.

– Tem razão. Vamos tentar fazer uma cópia dela.

Fecharam o álbum e Adrien se mostrou feliz.

– Finalmente agora conhecemos Valentine por completo.

– Não só ela, mas sua família e Thierry – observou Lara. – Amei termos encontrado este álbum com todas essas fotografias tão lindas.

Adrien se pôs pensativo.

– Você reparou em uma coisa, Lara?

– Em quê?

– Não havia uma fotografia sequer de bebê ou de uma criança.

– É verdade. Por que será que não fotografaram o filho de Valentine?

– Será que pode haver outro álbum no quarto secreto? Um somente com fotos do bebê?

– É provável. Em uma próxima visita podemos procurar.

– Sim. – Ele olhou para Lara. – Agora o que temos que procurar é o sono, mocinha. Está ficando tarde.

Ela, olhando-o de lado, balançou a cabeça em negativo.

– Você que pensa que vou dormir agora, mocinho. Ficarei no meu quarto fazendo as pesquisas para o processo de Valentine – concluiu, empolgada.

Sorriram. Adrien pegou o pesado álbum, retiraram-se da cozinha e foram em direção aos seus quartos.

— Você que pensa que vou dormir agora, mocinho. Ficarei no meu quarto fazendo as pesquisas para o processo de Valentine — concluiu, empolgada.

Sorriram. Adrien pegou o pesado álbum, retiraram-se da cozinha e foram em direção aos seus quartos.

Capítulo 43

No dia seguinte, Lara acordou mais tarde que o habitual. Desceu para o café e não encontrou Adrien na recepção. Foi até o salão onde serviam o desjejum e ele também não estava lá. Sentou-se a uma mesa e assim que Amelie passou, ela a abordou:

– Amelie, bom dia! Você sabe se Adrien já tomou café?

– Bom dia, mademoiselle! Já, sim, e saiu logo em seguida. Pediu para avisá-la que tinha alguns compromissos e deverá ficar fora até próximo do horário de almoço.

Lara pensou em telefonar para ele, mas decidiu não o incomodar. Fez sozinha sua refeição matinal, em seguida pegou seu carro e partiu para os campos de lavanda. Naquele dia, ela pretendia conversar com os responsáveis pelas plantações e iniciou essa atividade na própria Sault. Reuniu-se com engenheiros agrônomos e com os proprietários das fazendas de lavanda. Passou horas trocando experiências e obtendo muitas informações importantes. Conseguiu um vasto material com técnicas inovadoras para aplicar nas plantações de seus pais, no Brasil. O dia estava sendo muito produtivo. Encerradas as conversas, Lara foi até uma árvore para refrescar-se em sua sombra e beber água da garrafinha que trazia consigo. Sentou-se no chão, encostada ao tronco. Sentiu falta de Adrien, sua companhia constante em todos aqueles dias e que animava suas pesquisas. Trabalhar sem ele não tinha a mesma graça. Então ela se deu conta de que gostava de tê-lo ao seu lado, assim como ele havia confidenciado que sentia o mesmo com a presença dela. Relembrou-se de vários momentos que passaram juntos e, a cada lembrança, um sorriso. Ela que prometeu a si mesma ficar um tempo sozinha depois de terminar seu namoro corrosivo, sentia falta de alguém. Sim, Adrien lhe fazia falta. Um longo suspiro encheu seu peito de ar e ela tentou distrair seus pensamentos. Dali onde se sentava podia avistar toda a planície com suas inúmeras florezinhas na cor roxa. E desta vez pensou em Valentine, que, sentada talvez naquele mesmo lugar, não teve a oportunidade de vislumbrar aqueles lindos cenários. Mas ela, há muitos anos, havia jogado as sementes para que tudo aquilo se tornasse possível. Não fosse por Valentine, as lindas plantações de lavanda poderiam nem ter existido. Agradeceu em pensamento. *Eu e Adrien vamos lutar por você, Valentine. Todos saberão que era inocente. Devolveremos sua dignidade. Mesmo que tenha pagado um preço muito alto, sua memória será honrada.*

O telefone celular de Lara tocou, despertando-a de seus devaneios. Era Adrien.

– Como vão indo suas pesquisas no campo?

– Devo admitir que senti falta de meu guia, mas consegui sobreviver.

– Tenho ótimas notícias – falou animado. – Acabei de chegar do escritório do meu advogado. Fiquei a manhã toda mostrando para ele os diários, as fotos e as pesquisas que você fez. Ele acredita que temos material suficiente para entrarmos com a ação junto ao governo francês e pedirmos sua retratação à condenação de Valentine.

– Que ótima notícia! – Lara comemorou.

– E tem mais. Ele fez alguns contatos com políticos e com uma organização não governamental de direitos humanos, relatou todos os acontecimentos e eles ficaram impressionados com a história. Querem reunir a mídia na semana que vem para anunciar essa ação. Pretendem fazer um evento grandioso no Palácio de Versalhes e convocarão as emissoras de televisão, imprensa e representantes da internet. Todos se sensibilizaram com o que aconteceu com Valentine e querem dar amplo conhecimento de sua história o mais rápido possível.

Lara, emocionada, não conseguia pronunciar uma palavra. Adrien continuou:

– Então prepare suas malas, mocinha. Iremos para Versalhes dentro de cinco dias.

Comovida, Lara ainda processava todas aquelas informações.

– Adrien? – Ela conseguiu pronunciar, entre lágrimas.

– Sim?

– Obrigada por me ajudar a reparar essa terrível injustiça.

Ele emocionou-se.

– Somos iguais nisso, lembra-se?

Lara viu em sua mente Adrien piscar naquele momento, como fazia com frequência. Desligaram o telefone e ela continuou a vislumbrar, enternecida, os campos de lavanda à sua frente. Chorava de emoção por saber que dentro de poucos dias sua querida Valentine teria a justiça que tanto queria e merecia. Embora tardia.

※ ※ ※ ※ ※

Adrien guardou seu telefone celular no bolso da calça. Enxugou com a mão uma lágrima que escorria em seu rosto. E pensou em Lara. Aquele dia sem a presença dela lhe fora estranho. Faltaram as risadas, as brincadeiras, os sorrisos, a alegria. Ele fechou os olhos e, em seu pensamento, veio o rosto da brasileira que nos últimos dias animava sua vida. Seu coração disparou e ele, assustado, levou a mão até ele. E então compreendeu que eram batidas de libertação. Batidas de um profundo sentimento. Algo ou alguém o avisando: *Vá em frente! A vida está aí para ser vivida. Arrisque-se!*

Capítulo 44
CINCO DIAS DEPOIS
VERSALHES

O Palácio de Versalhes estava tomado por milhares de pessoas. O evento promovido pela Organização não Governamental Verdade e Justiça tinha tomado proporções gigantescas, já que as emissoras de televisão e a internet noticiaram com ênfase, durante vários dias, a triste e comovente história de Valentine e informaram estar a um passo de corrigirem aquele que teria sido um dos maiores erros judiciais da história da França. Os franceses se comoveram com o fato de uma jovem inocente ter perdido sua liberdade para sempre e decidiram apoiar em peso a ação que lhe devolveria sua honra e dignidade. A cerimônia, prestes a começar, iria se realizar na ala central do palácio, reservada para grandes eventos, sendo conduzida pelo senador Jacques Dupont, reconhecido pelo seu trabalho de longa data em prol dos direitos humanos e justiça social. Adrien e Lara se postavam elegantemente vestidos à frente do público, em um palco, ao lado do político, aguardando o início da solenidade. Como idealizadores daquele ato, eram os convidados de honra do senador e tentavam esconder a ansiedade pelo que estaria por vir.

– Bem que poderia começar logo, não é? – sussurrou Lara no ouvido de Adrien. – Essa demora está me matando.

Ele sorriu, olhando para seu relógio de pulso.

– Só mais cinco minutos, mocinha ansiosa.

Lara voltou a cochichar.

– A propósito, você fica muito bem de terno, mocinho.

Adrien falou baixinho próximo do ouvido dela:

– E você ficou linda com esse tailleur.

Ambos sorriram e voltaram seus olhos para o público presente. Era uma multidão que conversava entre si, provocando um som acima do normal naquela ampla área aberta do palácio. Próximo do palco havia centenas de cadeiras perfiladas onde parte do público se acomodava, com a imensa maioria acompanhando o evento em pé. Lara e Adrien não perceberam, mas, ao fundo, na última fileira das cadeiras, uma senhora idosa, solitária, de cabelos totalmente brancos, olhava para eles emocionada, com profundo interesse e um ligeiro sorriso no rosto.

Uma campainha soou e as vozes foram diminuindo aos poucos, até que se fez completo silêncio. O mestre de cerimônias, um simpático e elegante senhor, subiu ao púlpito para oficializar a abertura do evento. Fez um breve discurso e chamou à tribuna o senador Dupont, recebido com muitos aplausos. Ele iniciou sua fala:

– Madames e monsieurs aqui presentes, gostaria de agradecer-lhes por prestigiarem este importante evento. Estamos prestes a entrar com uma ação visando reparar um dos maiores erros cometidos por nossa justiça há muitos anos, mais especificamente em 1850. Trata-se da injusta condenação impetrada contra a mademoiselle Valentine Delancy Bertrand, na ocasião, acusada pela morte de monsieur Thierry Dousseau.

O senador continuou seu discurso fazendo uma apresentação detalhada de todos os fatos ocorridos à época, cujos pormenores foram compilados por Lara e Adrien, com base nos diários de Valentine. Falou do amor incondicional de Valentine por Thierry; de seus sacrifícios para realizar seu sonho e se tornar uma profissional de farmácia em uma época em que as mulheres tinham pouquíssimo acesso ao mercado de trabalho; dos planos que havia feito junto com o então noivo; de sua alegria por estar vivendo um grande momento de sua vida. Em seguida, projetou em um telão as pesquisas realizadas com as provas muito bem fundamentadas sobre a produção de arsênico pelo corpo humano, bem como a ocorrência de intoxicação pelo mesmo elemento químico em trabalhadores no ramo de mineração, expostos aos gases lesivos liberados quando da exploração de rochas e minérios. Explicou que, à época, essas informações não eram de conhecimento da justiça, fazendo com que os responsáveis pelo julgamento incorressem ao fatídico erro que culminou com a condenação da jovem. À medida que falava, o público se compadecia por Valentine. Após muitos minutos de explanação, o senador finalizou sua fala.

– Mademoiselle Valentine com apenas 25 anos de idade teve sua liberdade tolhida de forma abrupta e injusta. E lhes faço uma pergunta: vocês aqui presentes podem imaginar o sofrimento e amargura vividos por aquela jovem por todos os anos que restavam de sua vida? – Fez uma pausa enquanto o público iniciava um breve murmúrio, incomodados e pesarosos. – Sem dúvida, foram anos agonizantes e dolorosos vividos por uma menina, sim, uma menina que só queria ser feliz, mas que no entanto lhe roubaram a felicidade. Impuseram-lhe o mais pesado e cruel dos castigos: passar sua vida na prisão por um crime que não cometeu. E por esse motivo, madames e monsieurs, estamos reunidos aqui hoje, graças a dois jovens, mademoiselle Lara Valverde e monsieur Adrien Deschamps – apontou para eles e muitos aplausos se ouviram –, que não mediram esforços para trazer à luz a justiça para Valentine. Dito tudo isso, é com muito orgulho que informo a todos que a ação de reparação terá início nos próximos dias e culminará com uma posição oficial do governo, mas temos a obrigação moral de atestar agora, neste exato momento, que mademoiselle Valentine Delancy Bertrand é inocente. Que sua honra seja reestabelecida e sua memória resgatada como uma pessoa de bem, que jamais cometeu o crime a que fora sentenciada. Esteja ela onde estiver, aceite nossos pedidos de desculpas e sinta-se em paz, pois a justiça se fez, embora tardiamente.

Todos se levantaram e os aplausos efusivos ecoaram pelo palácio. Não paravam de aplaudir. Muitos enxugavam suas lágrimas, disfarçando, mas a senhora de cabelos brancos, sentada na última fileira de cadeiras, chorava copiosamente enquanto aplaudia.

Lara e Adrien se abraçaram.

– Nós conseguimos! – ele comemorou emocionado. – A justiça foi feita.

– Espero que de alguma forma Valentine esteja sentindo toda essa energia – manifestou Lara, com seu rosto molhado. – Ela merecia ter sua dignidade passada a limpo.

Foi um abraço demorado entre eles, de gratidão, de carinho. Um abraço daqueles que somente pessoas que se amam podem se dar.

※ ※ ※ ※ ※

Depois de horas recebendo os cumprimentos do público e das autoridades, dando entrevistas para emissoras de televisão e canais da internet, Lara e Adrien enfim puderam deixar o Palácio de Versalhes. Passaram por seu portão principal e seguiam a pé até o local onde haviam deixado o carro que alugaram no aeroporto em Paris.

– Estou louca por um café – confessou Lara. – Será que podemos tomar um antes de seguirmos viagem?

– Claro! Temos bastante tempo. De carro daqui até a capital é menos de uma hora. E nosso voo de volta é só amanhã, lembra? Ainda temos uma noite em Paris, antes de pegarmos nosso avião.

– Sim! – concordou empolgada – Não vejo a hora de conhecer Paris e passear por suas ruas.

Adrien sorriu.

– Vamos então procurar um lugar onde possamos nos sentar, tomar um café e conversar. – Propôs.

Caminharam pelas calçadas à procura de uma cafeteria. Não notaram que estavam sendo seguidos pela senhorinha de cabelos brancos que se sentava na última fileira de cadeiras na cerimônia. Ela guardava certa distância entre eles, caminhando devagar se apoiando em uma bengala. Dois quarteirões depois, Lara e Adrien encontraram uma cafeteria que lhes agradou e nela decidiram ficar. As mesas ficavam espalhadas pelas calçadas e escolheram uma mais reservada, ao canto. Fizeram seus pedidos e aguardavam.

– Correu tudo bem no evento – comentou Adrien. – O público lotou o Palácio e todos se sensibilizaram com a história de Valentine.

– Foi emocionante. Agora é só aguardar a posição oficial do governo. – Ela virou-se para Adrien: – Sabe o que me ocorreu agora? Quando o governo francês se pronunciar sobre o caso estarei no Brasil. Queria tanto estar por aqui para acompanhar todo o processo.

Adrien sentiu aquelas palavras tocarem seu coração. A garota que ele admirava em poucos dias estaria viajando de volta ao seu país.

– Você tem duas opções – sugeriu. – Voltar para Provence assim que divulgarem o final do processo ou ficar uma longa temporada por aqui.

Lara sorriu.

– Bem que eu gostaria de ficar mais tempo por aqui, mas tenho negócios para administrar no Brasil.

Naquele momento a senhorinha de cabelos brancos aproximou-se deles. Vinha andando lentamente com sua bengala a lhe dar apoio.

– Com licença, Lara e Adrien – falou a senhora. – Será que poderíamos conversar por alguns minutos?

A princípio estranharam sua aproximação. Ela se apressou em explicar:

– Eu estava na cerimônia no Palácio agora há pouco e gostaria de falar com vocês sobre um assunto muito importante.

– Por favor, sente-se conosco – pediu Adrien gentilmente, levantando-se e ajeitando uma cadeira para ela.

A senhora agradeceu com um sorriso, apoiou sua bengala na mesa e sentou-se demonstrando estar embaraçada.

– Me desculpem por invadir assim a conversa de vocês, mas eu não poderia deixar passar essa oportunidade.

– Não precisa se desculpar – disse Lara sorrindo. – A senhora é bem-vinda. Aceita um café?

– Bem, acho que vou aceitar, sim. Um cafezinho puro, se possível fraco. Amo café, mas com meus 82 anos não posso abusar. Se tomar muito, atrapalha meu sono.

Adrien fez sinal para a garçonete, que veio atender ao pedido, retirando-se em seguida.

– Meu nome é Henriette – a senhorinha se apresentou. – E queria lhes dar os parabéns pelo que fizeram pela memória de Valentine.

Lara e Adrien se entreolharam.

– A senhora conhece a história de Valentine? – Adrien perguntou.

A velhinha sorriu docemente.

– Muito mais do que vocês imaginam. – Ela esperou alguns segundos para continuar. Suspirou. – Meu nome completo é Henriette Grenier Bresson.

Adrien e Lara, que até então sorriam, simpáticos, subitamente mudaram suas expressões, sérios. De imediato, veio no pensamento deles o sobrenome de Sofie e do bebê, bordado na fralda encontrada no quarto de Valentine.

Lara sentiu o coração disparar. Adrien engoliu em seco. Naquele momento a garçonete se aproximou para trazer os pedidos. Permaneceram em silêncio enquanto ela servia, tentando entender quem seria aquela mulher. Assim que a garçonete se retirou, Adrien não se conteve:

– Mas esse é o sobrenome de...

A senhora o interrompeu:

– De Sofie, sua doce esposa que se foi antes do tempo. – Fez uma pausa, entristecida. – Tínhamos parentesco.

Os pensamentos de Adrien foram longe. Tentou imaginar as oportunidades de contato que teve com a família de Sofie e concluiu que somente conhecia seus pais. Ninguém mais. Ela não lhe apresentou nenhum outro parente.

– Sei que devem estar se perguntando – continuou a senhorinha – o que estou fazendo aqui, mas vou explicar. É uma longa história. Primeiramente, quero reforçar meus agradecimentos em nome de toda a família Grenier Bresson, por terem se dedicado tanto em levar adiante o processo de reconhecimento da inocência de nossa querida Valentine. Vocês estão prestando uma imensa contribuição à memória dela.

– Espere, madame Henriette – interpelou Adrien, desorientado. – Eu e Lara agradecemos esse reconhecimento de sua parte, mas até agora não conseguimos entender qual a relação de Valentine com sua família. Confesso que estamos confusos em relação a isso.

A senhora sorriu, compreensiva.

– Sei que estão com muitas dúvidas e se algum dia pudermos nos encontrar novamente lhes contarei toda a história.

– Algum dia? – Lara interveio. – Está brincando? Por que não nos conta agora?

– Como lhes disse – a velhinha sempre sorridente e simpática explanou –, é algo que precisa de muito tempo para ser contado.

– Temos todo tempo do mundo – apressou-se em falar a ansiosa Lara. – Vamos de carro para Paris e podemos fazer isso dentro de algumas horas. Não temos pressa.

– Sim – confirmou Adrien. – No momento, o que mais nos interessa é saber o que aconteceu com Valentine e qual sua relação com a família Grenier Bresson.

A senhora os encarou, avaliando a possibilidade de iniciar uma conversa mais demorada com eles.

– É uma história que foi passada de geração em geração de minha família – explicou a senhorinha. – Ela tem tantos detalhes e é muito, muito longa.

– Não há problema quanto a ser longa – falou Adrien. – Queremos ouvi-la.

– Vocês estão certos disso? – Ela quis saber.

– No momento, não há mais nada que nos interesse tanto quanto a ouvir – confirmou Lara.

Henriette bebeu um gole de café, olhou séria na direção dos jovens, balançando a cabeça em positivo.

– Está bem. Se estão tão interessados assim, vou lhes contar tudo, mas já vou avisando que posso me demorar um pouco. Há muitas coisas para serem ditas.

E ela iniciou a falar.

Capítulo 45

Valentine chegou arrasada à Prisão de Montpellier. Sua despedida da família havia sido traumática. Deixou seus pais e sua irmã inconsoláveis, aos prantos. Muito abatida, observou o cenário cinza que esperava por ela entre os altos muros do presídio. Não lhe fazia sentido admitir que passaria ali o restante de sua vida. Estava com 25 anos e, portanto, se acompanhasse a média de idade com que seus antepassados faleceram seria em torno de 70 anos. Para ela era incabível ter que viver por mais cerca de quarenta e cinco anos em uma prisão, sufocada em uma cela. Assim que a carruagem da polícia que a conduzia passou pelo grande portão de entrada e ela se viu entre os muros, desesperou-se. Desceu de seu meio de transporte, olhou ao redor o cenário desolador e então entrou em pânico.

— Me tirem daqui! — gritava — Me tirem daqui! Sou inocente! Eu não fiz nada. Por favor, acreditem em mim.

Dois guardas a contiveram. Um deles zombou:

— Fique tranquila, mademoiselle. Esta é uma prisão especial. Aqui todas são inocentes.

Os dois riram enquanto puxavam Valentine pelos braços. Foi levada para uma cela individual onde a empurraram à força para dentro, sendo trancada em seguida.

— Aguarde para receber as instruções e suas novas roupas. Mais tarde será levada diante do diretor. Não tenha pressa para essa visita por dois motivos: ele não é das pessoas mais agradáveis de se lidar e você terá tempo de sobra para fazer suas coisas por aqui.

Saíram gargalhando. Valentine ouvia ambos se distanciando, falando e rindo alto entre eles, com os passos de suas pesadas botas ecoando pelo corredor. Depois o silêncio. E o estranhou. Sabia que havia outras mulheres presas ali, mas sem sinal delas. As celas tinham alguma distância umas das outras e não era possível ter contato visual entre elas. Valentine se sentia sozinha. Em seu compartimento uma cama, uma mesinha com uma bacia com água sobre ela e um buraco no chão que servia como sanitário. Nada mais. Sentou-se desolada no duro colchão de palha. E chorou. Sentiu o vazio a lhe tomar conta. Como seus dias seriam amargos a partir dali! Teria que se habituar a viver a rotina da solidão e da falta de liberdade.

Mais tarde, a conversa com o diretor da prisão não havia sido animadora. Um homem rude, de seus 50 anos, obeso e de baixa estatura, lhe destratou desde os primeiros momentos.

– Você está aqui, mademoiselle, por conta de um crime bárbaro que cometeu. – Ele falava enquanto soltava baforadas de seu charuto. – Tirou a vida de um jovem de futuro promissor. Foi fria em suas atitudes e, portanto, não terá qualquer espécie de privilégio. Terás que trabalhar duro pelo seu alimento diário. Se não trabalhar, não comerá.

Valentine só chorava. Havia aprendido que de nada adiantaria continuar alegando inocência, já que ninguém se mostrava disposto a acreditar em suas palavras.

– Devo lhe avisar – ele continuou – que nossa disciplina é rigorosa. Deverá vestir-se com o uniforme que lhe foi dado e não poderá dirigir qualquer palavra a nenhum dos funcionários. Terá que se manter no mais absoluto silêncio dentro de sua cela e fora dela. Em nenhum momento poderá haver qualquer tipo de comunicação com outras detentas. Aqui impera a lei do silêncio. Se quebrar uma dessas condutas, será severamente castigada à base de chicotadas.

Ela então entendeu o motivo de não haver sinal de outras mulheres ao seu redor.

O diretor continuou com as explicações da rotina da prisão:

– Você será acordada às seis horas, sairá para o desjejum junto com as outras detentas e em seguida levadas para as salas de trabalho. Lá a orientarão sobre qual será seu ofício. Por volta das dez horas terão um passeio ao sol por vinte minutos, quando assim as condições climáticas permitirem, e retornarão ao trabalho. O almoço será servido sempre ao meio-dia com retorno imediato às suas atividades laborais. Às dezessete horas todas se reunirão para a leitura e os estudos bíblicos, em seguida tomarão banho e às dezoito horas estarão de volta às suas celas onde, como já disse, deverão se manter no mais absoluto silêncio. As lamparinas dos corredores serão apagadas às vinte horas. Espero que tenha entendido tudo. – Ele olhou para os guardas. – Levem-na de volta.

Valentine foi conduzida ao seu isolamento. Era final de tarde e Valentine teria sua primeira noite como presidiária. A partir dali todos os seus dias seriam tristes, enfadonhos e iguais. Aquela deveria ser sua rotina pelos próximos anos de sua vida.

Ainda sem conseguir acreditar que seu destino havia sido traçado de forma tão injusta e impiedosa, ajoelhou-se ao lado da cama e orou. Foi uma oração demorada e sentida, entremeada com muito choro, na qual ela pedia com todas as suas forças que um milagre acontecesse e a livrasse de tamanho infortúnio e sofrimento. Perguntou-se o que havia feito de errado para receber tão pesado castigo. Passou horas naquela posição, a ponto de ferir seus joelhos. Ela queria e precisava ser ouvida. E agora só algo milagroso poderia salvá-la.

Passos ecoaram pelo corredor. Era um dos guardas que vinha apagando uma a uma as lamparinas, deixando o ambiente em total escuridão. Além do silêncio, havia agora o escuro da noite. Valentine mais uma vez desesperou-se. Aquele momento era de completo abandono. Longe de casa, da família, sozinha em um lugar hostil e amedrontador. Só lhe restava esperar. Deitou-se na cama com o olhar fixo no teto, o qual somente conseguia enxergar graças à fraca iluminação da lua que entrava por pequenas frestas de uma janela à frente de sua cela, no outro lado do corredor. Sua respiração acelerou, seus batimentos cardíacos se descontrolaram. Prestes a entrar em pânico, ela fechou os olhos e tentou puxar o ar de forma compassada. Inspirou e expirou lentamente, por diversas vezes, até se sentir mais aliviada. Aos poucos seu estado emocional foi voltando ao controle. Ela não podia fraquejar. Tinha que sobreviver e achar uma forma de sair daquele inferno. Decidiu que a partir de então viveria todos os dias com aquele objetivo: reconquistar sua liberdade custasse o que custasse. Não pagaria com sua vida por algo que não havia cometido. E, com aquele pensamento, tratou de avaliar as possibilidades de como poderia sair dali. Ela teria muitas horas para refletir, pois sabia que o sono demoraria a chegar.

※ ※ ※ ※ ※

Como avisado pelo diretor, às seis horas da manhã quatro guardas passaram pelo corredor estalando seus chicotes no chão, aos berros.

– Vamos, todas em fila. Não temos tempo a perder.

Dois deles abriam as celas com chaves gigantes, enquanto os outros se postavam mais atrás, na retaguarda, empunhando seus mosquetes. Valentine, já sentada à cama há vários minutos, aguardava o que fazer. Vestia seu uniforme, um pesado vestido de tecido grosso e barato de cor crua que ia até seus pés e uma boina do mesmo pano amarrada no queixo, que prendia e escondia totalmente seus cabelos. Calçava pesadas e grosseiras botas. Olhou para fora e viu então que as mulheres saíam de suas celas e se perfilavam em fila dupla no centro do corredor. Ela, receosa, fez o mesmo assim que o guarda abriu seu compartimento. Ao adentrar em uma das filas, fez contato visual com a mulher que estava ao seu lado e esboçou um sorriso. A detenta franziu a testa e abaixou a cabeça, sem devolver o cumprimento. Assim que todas as celas foram abertas com as prisioneiras nas filas, Valentine as contou em pensamento olhando para todas. Com ela eram quarenta e sete mulheres presas. Dois guardas à frente começaram a andar e as filas os seguiram. Os outros dois oficiais se mantinham atrás delas, armados. Andaram por todo o comprido e largo corredor. O som de seus pesados calçados sobre o piso chamou a atenção de Valentine. Era um ruído ritmado, mas sem vida, um arrastar de pés feito lamúrias. Várias mulheres juntas andando em silêncio uma atrás da outra, isoladas do mundo. Caminhavam sem ânimo como se estivessem inconscientes, sendo levadas pelos guardas que as guiavam a um destino diário conhecido pela maioria, menos para Valentine. Desceram muitos degraus de uma escada escura e úmida até chegarem a um grande refeitório, com várias mesas ladeadas com bancos. Nas mesas, algumas bandejas com pedaços de pães e canecas com café. Todas se sentaram e se serviram. Comeram em silêncio. Minutos depois refizeram as filas e retomaram a caminhada. Chegaram a um amplo salão de proporções e altura grandiosas, várias pequenas janelas cerradas com grossas grades de ferro. Nele havia grandes mesas de madeira e diversos teares. Era uma oficina de tecelagem. Ao adentrarem no salão, as filas de mulheres se desfizeram e cada uma foi para uma posição de trabalho, já sabedoras de seus ofícios. Valentine ficou parada. Instintivamente olhou para um dos guardas.

– O que devo fazer? – ela lhe perguntou.

O guarda, com olhar feroz, atirou-se em sua direção, erguendo o braço que empunhava um chicote, descendo-o com raiva, fazendo-o estalar nas pernas de

Valentine. Ela caiu, sentindo uma dor lancinante, colocando suas mãos sobre o grosso vestido na área em que havia sido atingida pela chicotada. Lágrimas molharam seu rosto.

– Não lhe foi dito para não nos dirigir a palavra? – urrou o oficial agressor. – Da próxima vez que desrespeitar as normas não será só uma chibatada. E agora se levante!

Valentine, ainda com dor, levantou-se insegura. Pensou em se explicar para o guarda e se desculpar, mas se calou. Em pensamento se perguntou por que vivia aquele terror. E sentiu muito medo. Medo de não poder sair dali e ter que se submeter a uma rotina de escravidão e dor para sempre.

– Vá até aquele tear. – Apontou, ainda raivoso, o guarda para um dos equipamentos onde já havia uma mulher. – Ela vai lhe ensinar seu ofício.

Valentine caminhou para onde foi ordenada, sendo seguida pelo oficial. Postou-se em pé ao lado da mulher.

– Não é necessário que conversem para entender o funcionamento da máquina – bradou. – Se pegar vocês com algum tipo de conversa, serão as duas castigadas.

O guarda afastou-se, deixando as mulheres juntas. Elas trocaram olhares tristes, sem dizer uma palavra. Valentine pôde perceber que quem estava ao seu lado era uma jovem mulher, ainda mais nova que ela, bem magrinha, com aparência frágil e traços de criança. Tentou imaginar que crime ela teria cometido em tão tenra idade para estar ali. Suspirou ao pensar que também poderia ser uma injustiçada inocente, presa por algo que não cometeu. A jovem, sem perder tempo, em total silêncio, pegou um enorme novelo de linha e o mostrou para Valentine. Apenas com gestos e olhares ela passava aquela linha nas muitas pinças do tear. Parou e olhou para Valentine como se perguntasse se ela havia entendido os movimentos. Esta fez que não com a cabeça, com expressão de lamento. A mulher retirou toda a linha do equipamento e reiniciou a tarefa, desta vez mais devagar. Ficaram vários minutos naquela etapa, até que Valentine por fim confirmou com a cabeça que havia aprendido. A jovem esboçou um leve sorriso e passou para outra atividade. Sentou-se em um banco de madeira e fez sinal para Valentine sentar-se ao seu lado. Apontou para baixo do tear onde havia alguns pedais. Colocou seus pés sobre eles e iniciou movimentos sincronizados, enquanto com suas mãos segurava uma enorme peça de madeira e a levava para a frente e para trás. Em seguida, pegou outra madeira, menor, em formato de régua com uma linha amarrada em uma de suas extremidades e a passava por cima e por baixo do tecido que se formava no tear. Largava a régua e voltava a levar a peça de madeira para a frente e para trás. Fez os movimentos repetidas vezes. Uma operação desconhecida e complexa para Valentine, que fechou seus olhos, sem ânimo, com vontade de chorar. A jovem parou os movimentos e, pacientemente, olhando para Valentine, fez sinal com uma das mãos pedindo calma. Valentine puxou uma forte respiração e, com a cabeça, fez sinal afirmativo. Os movimentos recomeçaram bem lentos. Algum tempo depois Valentine começava a entender todo o processo. A garota apontou para o tear e Valentine iniciou as tarefas a princípio de forma desajeitada, pegando jeito aos poucos. Cerca de uma hora se passou e ela já conseguia fazer sozinha a atividade. Agradecida sorriu para sua agora colega.

– Meu nome é Valentine – sussurrou. – Como se chama?

A jovem, assustada, olhou para trás, na direção dos guardas, em seguida para Valentine, balançando a cabeça em negativo.

Ficaram as duas mais algumas horas, sentadas juntas, trabalhando em completo silêncio. Um sino tocou e as mulheres começaram a se levantar e formar duas filas. Valentine as acompanhou. Novamente seguiram os guardas e desta vez foram para um pátio externo. O sol batia fraco e todas se dispersaram, andando a esmo pelo local. Após cerca de vinte minutos, mais uma vez o sino tocou e todas voltaram enfileiradas para a oficina, recomeçando as atividades. Valentine e a jovem continuaram juntas, sem trocar palavras, apenas tecendo a peça que se formava no tear. Algumas horas se passaram e, na metade do dia, um novo tocar do sino fez as filas de mulheres se formarem. Caminharam até uma bancada com várias bacias com água e lavaram as mãos. Seguiram de volta ao refeitório. Desta vez a comida era servida por dois funcionários, que despejavam de qualquer jeito os alimentos em pequenas bacias de latão nas mãos das detentas. As mulheres pegavam uma colher e se sentavam. Valentine procurou um lugar, isolada. Alguns segundos depois uma mulher sentou-se à sua frente. Era a jovem que a ensinou a lidar com o tear. Cumprimentaram-se apenas com o olhar e puseram-se a comer um almoço insosso e de aspecto feio. A fome era tanta que acabavam ignorando a aparência e a falta de sabor. De vez em quando Valentine erguia os olhos e mirava a garota à sua frente. Ela tinha um aspecto delicado, rosto fino, olhos claros e boca pequena. Parecia de fato uma criança. Tentava mais uma vez adivinhar o que ela havia feito para estar presa, mas não conseguia chegar à conclusão alguma. Notou que a jovem também a olhava por algumas vezes, talvez tentando imaginar o mesmo sobre ela.

Será que sabe quem sou e do que me acusam? – pensava Valentine. *Seria melhor que não.*

Como não sabia seu nome, Valentine a apelidou mentalmente de Dominique. Era o nome que pretendia dar à sua filha quando tivesse uma. E então se lembrou de que desde criança falava isso para seus pais, que se tivesse uma menina se chamaria Dominique e, se fosse menino, Charles.

Ela simpatizou com aquela garota. Apesar de não trocarem palavras, sentia que era uma boa pessoa.

O tempo para o almoço havia acabado e todas as detentas voltaram para o salão e para suas atividades na oficina de tear. Valentine deduziria depois, pela quantidade de tecidos que saía de lá todos os dias e pelas pessoas que vinham pegar os rolos de panos, vestindo uniformes com o nome de uma fábrica, que ela e as outras detentas trabalhavam para uma grande indústria têxtil do país. Faziam o trabalho em troca da comida, como lhe disse o diretor do presídio.

As horas se passaram e o sino bateu pela última vez naquele dia. Novas filas e mais uma caminhada para lavarem as mãos. Foram em seguida para a capela da prisão. Lá estavam duas freiras as aguardando. Acomodaram-se nos bancos perfilados onde havia vários exemplares da Bíblia espalhados pelos assentos. Cada mulher pegou um exemplar e, sob o comando das freiras, abriram-nos e iniciaram os estudos, que duraram uma hora. Somente as freiras falavam, lendo e explicando as passagens bíblicas. Ao término foram conduzidas para a sala de banho. E aquele momento se mostrou aterrador. Sob a vigilância de quatro guardas masculinos, todas as mulheres tiravam suas roupas, menos Valentine. Ela incomodou-se com a presença daqueles homens em uma ocasião que deveria ser de privacidade. Pensou em argumentar algo, mas a dor em suas pernas a lembrou de que deveria permanecer calada. Dominique, que a observava ao longe, aproximou-se. Com o olhar e gestos faciais tentou explicar que infelizmente aquela era mais uma regra da prisão: elas tinham que se banhar sob a vigilância dos guardas e não haveria o que fazer. Valentine percebeu que todas se despiam sem nenhum pudor, livrando-se de suas roupas e amontoando-as para serem lavadas. Habituadas com aquela rotina, banhavam-se com naturalidade, sem se incomodarem com as presenças masculinas. Dominique já estava nua e Valentine pôde perceber que ela de fato era quase uma menina, com um corpo franzino, os ossos saltando sob a pele e seus seios muito pequenos. Sentiu pena dela por sua fragilidade. Parecia ser incapaz de se defender em um ambiente tão hostil.

Admitindo para si que não haveria outra saída, Valentine, envergonhada como nunca na vida, começou a se despir lentamente. Tentou se esconder dos olhares dos guardas, virando-se de costas, mas sabia que seria observada em qualquer posição que ficasse. Estava desguarnecida de qualquer proteção. À medida que tirava as peças de roupas, notava que aqueles homens fardados riam, cutucando-se entre eles, sem tirar os olhos dela. E ela sabia o motivo: seria a novidade do momento para eles. A nova mulher que chegou naquele dia e que ainda não a tinham visto nua. E a cada peça de roupa que tirava, as lágrimas escorriam pelo seu rosto. Valentine tinha o corpo esguio e jovial, com quadris largos, seios firmes e fartos, ou seja, um espetáculo para aqueles guardas bisbilhoteiros. Quando se viu totalmente nua, colocou os dois pés na grande bacia com água fria e, com uma caneca, banhava-se. Os homens se agitaram ainda mais. Suas lágrimas se misturavam com a água que escorria em sua pele. Seu corpo tremia de frio e pelo choro. Valentine, que tanto primava pelo decoro e decência vestindo-se sempre de forma recatada, estava sendo a grande atração nua para quatro homens. Jamais se imaginou naquela situação degradante. Tratou de abreviar seu constrangimento e tristeza tomando o banho mais rápido de sua vida. Pegou o pedaço de pano sobre uma cadeira e com ele se cobriu tentando se enxugar sem mostrar as partes de seu corpo. Com rapidez começou a vestir seu uniforme limpo e novamente servia de espetáculo para os guardas, que não perdiam um só instante. Após se vestir por completo, sentou-se na cadeira e, cabisbaixa, esperou que todas terminassem seus banhos. Queria sair o mais rápido possível daquele lugar incômodo. Percebeu que algumas mulheres ainda se banhavam tranquilas em suas bacias. Os olhares dos homens agora se dirigiam para elas, que pareciam não se incomodar em serem observadas. Ela então se lembrou da frase dita por Thierry que certa vez lhe falou de seu trabalho nas minas: *Por sorte o ser humano é adaptável. As pessoas se adaptam a tudo.*

Muitos minutos depois, com todas as detentas vestidas, seguiram em filas com os oficiais conversando animados entre eles. Jantaram no refeitório e, exatamente às dezenove horas, foram levadas de volta às suas celas. Mais uma vez a solidão. Valentine deitou-se em sua cama e avaliou ser aquela sua rotina a partir de então. Todos os dias sempre iguais. Estremeceu. Fechou os olhos, pensou em seus pais e em Camile e não pôde conter seu choro. Como os queria ao seu lado! E como deveriam estar sofrendo sem sua presença. Pensou também em Thierry e suas lágrimas vieram em maior quantidade. De repente seu coração disparou, lembrando-se de algo que a incomodava nas últimas semanas: sua menstruação não viera por duas vezes. Mais de dois meses se passaram depois que teve a primeira das relações com Thierry e suas regras começaram a falhar. Logo ela que tinha seus ciclos tão certinhos e pontuais via-se agora com aquele atraso. A princípio relacionou a falta da primeira menstruação à tensão que vivia nos últimos tempos, mas, sendo a segunda vez, preocupou-se. Percebeu também que vinha sentindo enjoos. Passou a mão com delicadeza pela barriga sob suas vestes e sentiu uma pequena alteração, como um ligeiro inchaço. Novo disparo em seu coração. Estar grávida dentro da prisão seria o pior dos cenários. Não saberia como agir. Passaria a ser motivo de chacota para os guardas e outras detentas, que não poderiam falar, mas estariam todas a lhe zombar e criticar em pensamento. Nem sabia se teria condições de ter o bebê naquele ambiente. E o que era o pior, não a deixariam ficar com a criança. Eles a tomariam dela e lhe dariam um fim desconhecido. Com todas aquelas dúvidas e temores em mente ela se derramou em lágrimas, com o rosto virado para baixo, no colchão, tentando sufocar seu choro para não ser ouvida.

Viu que se passou uma hora desde que havia voltado para a cela, pois dois guardas começavam a apagar as lamparinas pelo corredor. Tudo ficou escuro. O ecoar das botas dos oficiais pisando firme ao chão cessou. Ela ainda chorava quando ouviu um barulho estranho vindo de fora. Assustou-se. Virou-se para olhar e, na escuridão, viu dois grandes vultos parados na porta de sua cela, tentando com dificuldade encaixar a chave no cadeado. Conseguiram e entraram. Valentine retraiu-se, apavorada, sentando-se na cama.

– Lembre-se da lei do silêncio, mademoiselle – bradou um dos homens. – Não nos obrigue a castigá-la novamente.

Um dos homens veio por trás dela e, em um movimento certeiro, prendeu seus braços com uma das mãos e com a outra lhe tapou a boca. Valentine se debatia, tentando gritar, mas em vão. Estava fortemente imobilizada. Com seus pés chutava o homem que se punha à sua frente, mas ele, ágil, se desvencilhava.

– Melhor colaborar, mademoiselle. Sabemos que no começo é assim, mas logo, logo vai se acostumar e não precisará dar esse espetáculo.

Os dois riram sem fazer questão de abafar seus ruídos ou vozes. O homem que estava à frente de Valentine abaixou sua própria calça, foi até ela, segurou firme suas pernas, levantou seu vestido e tirou sua roupa de baixo. Ela se debatia ainda mais.

– Que pena estar escuro – lamentou um dos guardas. – Queríamos ver esse corpo maravilhoso novamente.

– Não tem problema – disse o outro. – Amanhã e em todos os outros dias no banho poderemos ver.

Novas risadas sonoras e então aquele que segurava as pernas de Valentine as abriu com força. Aproximou-se o máximo possível dela, segurou-a pela cintura e, apesar das tentativas de Valentine de se desvencilhar, penetrou-a. Ela ainda tentava a todo custo se livrar dele, mas não tinha forças. Suas lágrimas molhavam a mão do homem que lhe tapava a boca. Uma forte vertigem lhe tomou conta.

Vários movimentos depois, e o brutamontes que lhe possuía se afastou dela, arfando. Assim que este recuperou o fôlego, os homens trocaram de posição e o segundo, agora sem a resistência de Valentine, esgotada pelos esforços inúteis de tentar escapar, lhe penetrou também. Foram minutos de desespero e dor. Satisfeitos, a jogaram na cama, desfalecida. Ajeitaram-se rapidamente e saíram da cela, trancando-a. Caminharam rindo pelo corredor, abotoando suas calças.

❋❋❋❋

Horas depois Valentine acordou assustada. Pensou ter sido um pesadelo, mas ao se ver seminua na cama teve consciência dos momentos de horror pelos quais havia passado. Ainda fraca, fez esforço para levantar-se. Andou cambaleante pelo cubículo, passou sua mão por entre as pernas e teve nojo do que sentiu escorrendo pela parte interna das coxas. Foi correndo até o buraco no solo, ajoelhou-se e vomitou. Ficou ali por alguns segundos e, em seguida, tirou toda sua roupa, agachou-se e lavou-se com a água da bacia. Não era o suficiente para o tanto que tinha necessidade de se esfregar. Sentiu-se suja. Secou-se e vestiu novamente seu uniforme. Jogou-se na cama e mais uma vez chorou. O choro, sua companhia constante. Queria tentar dormir para se esquecer de tudo aquilo, mas o sono não chegava. Perdeu a noção do tempo e não sabia quantas horas teria para descansar até que os guardas voltassem pela manhã para levá-las ao trabalho. Vivia o inferno logo nos primeiros dias de sua clausura. Duvidou se aguentaria por mais tempo tudo aquilo. E, em meio a tantos pensamentos, com os olhos inchados, ela parou de chorar e adormeceu.

※ ※ ※ ※ ※

Valentine foi acordada, assustada, pelos guardas estalando seus chicotes no chão e gritando:

– Vamos, acordem! Hora de começar a pagar a comida que vocês comem.

Colocou rapidamente sua boina, ajeitando seus cabelos por debaixo dela, amarrando pelo queixo. Correu para as filas que já se formavam. Um dos guardas passou por ela e sorriu malicioso.

Maldito seja! – ela pensou, cerrando os olhos.

As filas começaram a andar. Passaram pelo salão do café e seguiram para a oficina de tecelagem. Valentine sentou-se em seu tear com Dominique ao seu lado. Elas ainda ficariam juntas até que o aprendizado de operar o equipamento tivesse sido completado. Assim que iam começar a mexer no tear, Dominique olhou para trás e, vendo que nenhum dos guardas as vigiava naquele momento, tocou carinhosamente a mão de Valentine. Ambas se olharam. Dominique, com expressão de pesar e com os olhos molhados, encarou Valentine, como se quisesse dizer "eu sinto muito". Os olhos de Valentine se encheram de lágrimas e elas escorreram pelo seu rosto. Dominique também chorou. Ficaram alguns segundos olhando uma para a outra, entristecidas, com as lágrimas molhando suas faces. Então Valentine se deu conta do motivo pelo qual os guardas não estavam preocupados com o barulho e não se davam ao trabalho de falar baixo enquanto a dominavam. Eles faziam aquilo com todas. E todas sabiam que aquela tinha sido a vez de Valentine.

Capítulo 46
UM MÊS DEPOIS

Valentine recebeu visitas noturnas dos guardas em sua cela outras quatro vezes. Em todas lutava para tentar evitar que conseguissem dominá-la, mas em vão. Por várias noites via os guardas passando em frente à sua cela, indo na direção de outras. Naquelas noites não ouvia ruídos de animosidade das detentas, muito pelo contrário, ou era total silêncio ou ouviam-se gemidos de algumas delas. Concluiu que estavam habituadas às visitas e, como era em vão, não ofereciam mais resistência. Valentine, com dor na consciência, quando ouvia passos à noite pelo corredor, orava para que passassem direto e procurassem pelas outras mulheres. Em algumas vezes não era atendida em suas súplicas.

Passado aquele período na prisão ela ainda se sentia sufocada e chorava quase todas as noites. Agora sua barriga começava a ficar saliente e os enjoos aconteciam com mais frequência. Precisaria de cuidados e tomou a decisão de falar com o diretor da prisão. Já havia sido comunicada de que, caso precisasse de uma audiência com ele, deveria se colocar diante de um dos guardas e postar-se com as mãos para trás. Assim ela o fez durante seu horário de trabalho na oficina. Os guardas se olharam, desconfiados, mas não poderiam deixar de atender um pedido com a finalidade de uma detenta se dirigir ao diretor. Fizeram sinal com a cabeça e um deles acompanhou Valentine, para conduzi-la à sala do gestor da prisão. Quando chegaram no corredor, distantes das outras mulheres, o guarda falou, com rispidez:

– Não sei o que pretende com o diretor, mas se ousar falar sobre as visitas noturnas que fazemos às celas estará enrascada. Faremos de sua vida um inferno aqui dentro.

Valentine nada esboçou. Chegaram à sala e nela o diretor sentava-se à sua elegante poltrona, fumando seu charuto. O guarda se manteve imóvel ao lado de Valentine.

– Muito bem, mademoiselle – iniciou o administrador entre uma baforada e outra. – A que devo a honra de sua visita? Está autorizada a falar.

Valentine foi seca e direta:

– Estou grávida. Preciso de cuidados especiais.

O guarda que se postava a seu lado arregalou os olhos. Imediatamente o diretor olhou para ele, furioso, e em seguida passou a caminhar pela sala, dando fortes tragadas em seu charuto, tentando avaliar a situação.

– Ora, ora! – empertigou-se. – Seria muita invasão de privacidade perguntar para a mademoiselle se já entrou com essa condição em minha prisão?

Valentine sentiu o guarda prender a respiração, esperando pela resposta.

– Não me é nada honroso ter que admitir, mas confirmo que sim. Já estava grávida ao adentrar aqui.

Ela percebeu o alívio tomar conta do oficial, que soltou um forte suspiro.

– Muito bem – avaliou o diretor –, infelizmente não é a primeira vez que tal fato acontece em nossas dependências, muito embora as outras moças alegassem não terem entrado grávidas aqui. Vejo que com a mademoiselle está sendo diferente. Confirma sua declaração?

Mais uma vez o oficial preocupou-se.

– Confirmo, sim, monsieur – ratificou Valentine. – Já me apresentava nessa condição.

O diretor aproximou-se dela e, sem rodeios, disparou:

– O falecido é o pai da criança?

Valentine tentou avaliar a gravidade daquela informação e no que ela acarretaria para o bebê. Caso confirmasse a verdade, temia que os pais de Thierry fossem acionados para ficar com a criança e ela não queria que isso acontecesse. Se não soubessem a identidade do pai, o bebê poderia ficar com sua família, o que, de certa forma, para eles, amenizaria a dor que sentiam com sua falta.

– Não, monsieur – respondeu decidida. – Ele não é o pai.

O diretor e o guarda se entreolharam, espantados.

– Mas se não é ele, quem é então?

Ela teria que pensar rápido e assim o fez:

– Prefiro não identificar. É algo que me é muito caro e me traz muita dor. Minha situação é fruto de uma relação não consentida por mim.

Novamente os funcionários da prisão se entreolharam, com o guarda engolindo em seco. O diretor o fuzilou com o olhar.

– Perfeitamente, mademoiselle. Vamos respeitar sua decisão. – Puxou mais uma tragada em seu charuto. – Vou lhe explicar o que acontecerá agora. Terei que fazer um relatório ao Comitê Prisional do Estado informando o ocorrido. É muito importante que mantenha sua declaração de que já se encontrava nessa situação antes mesmo de adentrar em nossas dependências. Um médico virá visitá-la com frequência e, chegada a hora do parto, será levada a um hospital, uma vez que aqui não temos estrutura para tal procedimento.

O diretor fez uma pausa para reacender seu charuto, que não fazia mais fumaça. Valentine ouvia tudo com atenção.

– Seus pais serão acionados e, imediatamente após o nascimento da criança, eles a levarão para que passem a cuidar dela. E devo lhe dizer que, a partir de agora, a mademoiselle está dispensada dos trabalhos na oficina como forma de mantê-la em repouso. Voltará às atividades após o devido resguardo ao fim do parto. – Olhou para o guarda. – Pode levá-la de volta à cela.

Saíram e o oficial se mostrava intranquilo. No corredor ele interpelou Valentine:

– Sei que é deveras embaraçoso – ele falou –, mas quero lhe agradecer por não nos envolver nessa história.

Continuaram caminhando em silêncio.

※ ※ ※ ※

Com sua condição de ficar em repouso, sem trabalhar, o tempo parecia não passar para Valentine. Permanecia a maior parte do dia lendo a Bíblia e dormindo em sua cela. Saía apenas para fazer as refeições e tomar banho. Eram os únicos momentos em que podia ver as outras mulheres, incluindo Dominique. Embora não pudessem conversar entre elas, ao menos saía de sua solidão. Mas, se por um lado sua gestação com o impedimento de trabalhar fazia com que o tempo passasse mais lentamente, por outro lhe trouxera um grande benefício: com sua condição de gravidez, os guardas cessaram as visitas noturnas a ela. Todas as vezes que iam para suas visitas passavam diante de sua cela, indo em direção às outras. Valentine se sentia aliviada, porém preocupada com as demais detentas, que eram obrigadas a continuar se submetendo aos desejos daqueles brutamontes.

Capítulo 47
SEIS MESES DEPOIS

Sete meses se passaram desde que Valentine havia chegado à Prisão de Montpellier. Foram os mais lentos, sofridos e difíceis de sua vida. Sua gestação já atingia os nove meses e Valentine apresentava os sinais de que era chegada a hora do parto. Levaram-na ao hospital da cidade sob a escolta de dois guardas. Lá chegando foi recepcionada por uma irmã de caridade, uma senhorinha franzina que auxiliava o médico nos partos. Ficaram somente as duas na sala enquanto os guardas esperavam na parte externa do hospital.

– Bom dia, mademoiselle! – a irmã falou com simpatia. – Como está se sentindo?

Valentine demorou para responder e ainda assim o fez com insegurança:

– Bom... bom dia. Sinto-me bem. Apenas com algumas dores.

Após meses de mudez absoluta, ela estranhou o som da própria voz. Sorriu. Como era bom poder voltar a falar depois de tanto tempo.

– Essas dores são as contrações – continuou a freira. – Fique tranquila que cuidaremos muito bem de você.

– Muito obrigada! – agradeceu. – Estou com tanto medo e espero que tudo corra bem.

– Correrá, sim, não se preocupe.

Valentine foi levada para outra sala onde seria realizado o parto. O médico, sem trocar uma palavra com ela, iniciou os procedimentos auxiliado pela irmã de caridade. Foram momentos de sofrimento e dores. Um tempo depois, ouviu-se um choro estridente. Ela finalmente deu à luz um bebê. O doutor deixou a sala por alguns instantes enquanto a irmã fazia a assepsia do recém-nascido, que continuava a chorar forte. Uma lágrima escorreu pelo rosto de Valentine.

– Posso vê-lo, irmã? – ela pediu.

A freira esperou alguns segundos para responder.

– Não poderia, mas vou deixar vê-lo só por instantes.

Ela levou a criança até Valentine e a aproximou de seu rosto. Assim que o bebê encostou-se à mãe, parou de chorar.

– É um menino – declarou a irmã. – Um lindo e saudável menino.

Valentine pegou em sua mãozinha e a acariciou. Viu seu dedo mindinho minúsculo, seus bracinhos delicados, o rostinho ainda inchado com os olhinhos fechados. Ela o beijou na testa e chorou. Em pensamento pediu perdão por não poder acompanhá-lo em seu crescimento, por não ter como cuidar dele. E orou por sua proteção.

O médico retornou à sala e imediatamente a irmã afastou-se de Valentine.

– O bebê está pronto? – Ele quis saber.

– Sim, doutor – respondeu a freira.

– Ótimo! – bradou secamente o médico. – Deixe-o comigo.

Esticou seus braços e tomou o bebê das mãos da irmã. Preparava-se para se retirar quando Valentine interveio, preocupada:

– Para onde vão levá-lo?

O doutor sequer parou para lhe dar explicações. Saiu da sala com a criança em seus braços. A irmã foi até Valentine.

– Fique calma – pediu. – Seus pais estão aqui e levarão o bebê com eles. Ele ficará bem.

– Meus pais estão aqui? – perguntou Valentine ansiosa, quase se levantando da maca. – Onde? Eles podem vir aqui para que eu possa vê-los?

A senhorinha olhou para Valentine com piedade.

– Isso não será possível, mademoiselle. Sinto muito. Temos ordens explícitas do presídio para que não tenham o menor contato.

Valentine afundou-se na cama, chorando sentida. A irmã, assistindo àquela cena, arrastou a maca em que ela estava levando-a próxima da janela. Abriu as cortinas e Valentine olhou para fora. Ao longe viu seus pais e Camile andando em direção a uma carruagem. Sua mãe carregava o bebê. Os três choravam. Lágrimas molharam todo o rosto de Valentine. Ela presenciava seu filho indo embora junto com a família que tanto amava. Os veria pela última vez. Entraram na carruagem e partiram. Seu coração partiu junto.

⁂

Valentine ficou no hospital por mais três dias até se recuperar completamente do parto. Naqueles dias seus seios inchavam e pingavam leite sem cessar. E o tempo todo ela pensava no bebê, em como estaria sendo alimentado e cuidado. Sabia que seus pais lhe dariam o melhor tratamento, mas era ela quem deveria estar com ele nos braços, amamentando-o. Após alguns dias, sentiu os seios ficarem duros e doloridos. Eram dores fortes que vieram seguidas de febre, até que, por fim, cessaram, assim como seu leite. Seus peitos secaram.

Retornou à prisão triste e abatida. No mesmo dia em que chegou já foi colocada de volta em seu posto de trabalho, na oficina de tecelagem. Precisou que Dominique a lembrasse de como mexer no tear depois de todo aquele período de afastamento. Valentine sentou-se ao lado dela e percebeu que a jovem se mostrava ainda mais magra e pálida. Esquecendo-se da regra do silêncio, quase lhe perguntou o que estava acontecendo, mas lembrou-se em tempo e calou-se. Apenas olhou fundo nos olhos dela, que tentou se desviar de seu olhar.

Dominique tossiu forte, levando sua mão ao peito. Valentine preocupou-se. A garota lhe fez uma expressão triste, como se quisesse dizer "não se preocupe". As duas passaram a operar o tear, com Valentine ainda angustiada com o estado de saúde de Dominique.

Os dias se passavam e a aparência da jovem piorava. Os guardas sequer notavam alguma mudança na menina ou fingiam não notar, sem se importarem com ela. Até que um dia algo ruim aconteceu. Certa vez, ao tossir, Dominique levou sua mão à boca e, ao retirá-la, havia sangue nela. Uma quantidade pequena, mas que foi percebida por Valentine. A garota imediatamente se levantou, fez sinal aos guardas para ir ao toalete, sendo acompanhada por um deles. Quando retornou, Valentine percebeu seus olhos vermelhos. Não podia confortá-la.

Com o passar dos dias, sua tosse piorava e ela expelia sangue em maior quantidade. Passou a usar um lenço para não ter que ir ao toalete todas as vezes que aquilo acontecia. Em uma tarde, logo depois de voltarem do almoço, Dominique tossiu de forma descontrolada. Daquela vez o sangue espirrou forte, atingindo o uniforme de Valentine. A garota sentiu-se mal, quase desfalecendo. Valentine tocou a testa de Dominique e viu que ela ardia em febre. Deitou-a no banco e levantou-se, gritando para os guardas sem se importar com a imposição do silêncio:

– Essa moça está passando mal! Ela precisa de um médico.

Todas as mulheres a olharam, espantadas. Os guardas foram em sua direção.

– Cale a boca! – gritou um deles. – Onde pensa que está?

– Não vou calar minha boca! – insistiu Valentine aos berros. – Ela está precisando de cuidados médicos.

Assim que terminou de falar, sentiu as pernas arderem. Um guarda havia lhe desferido um violento golpe de seu chicote. E depois outro. Ela caiu ao chão.

– Fique calada! – gritava o agressor.

Devido aos seus conhecimentos farmacêuticos, Valentine sabia que os sintomas de Dominique apontavam para uma doença grave, contagiosa e fatal, a tuberculose, que na época ainda não era conhecida por esse nome.

– Ela pode estar com tísica! – gritou Valentine, levantando-se e indo ao encontro da jovem.

O oficial, que já lhe preparava outra chicotada, parou com seu braço no ar. As outras mulheres rapidamente se levantaram, juntando-se em um canto da sala, apavoradas. Somente Valentine permaneceu ao lado de Dominique.

A tísica, também conhecida como peste branca, vinha dizimando milhões de pessoas em todo o mundo. Doença incurável na época, as pessoas que a contraíam estavam fadadas à morte em poucos meses. Por ser transmissível pelo ar, os infectados tinham que ser isolados de imediato. Era temida por todos por causa da gravidade e do alto índice de mortalidade.

– Você! – ordenou um dos guardas olhando para Valentine. – Acompanhe essa mulher até a cela dela.

Valentine mais que depressa amparou Dominique, colocando os braços dela sobre seus ombros. Foram caminhando lentamente, sendo seguidas a distância por um guarda, que cobria a boca e o nariz com um lenço.

Aproveitando-se por estarem distantes do oficial, Valentine tentava confortá-la:

– Você precisa descansar agora – sussurrou. – Por certo um médico virá examiná-la e medicá-la. E me desculpe por ter agido daquela forma, falando o nome de uma doença que nem pode ser a sua, mas era uma emergência e eu precisava chamar a atenção dos guardas para a gravidade.

Dominique apenas continuava caminhando com dificuldade, sem nada falar.

Ao chegarem próximas da cela, o guarda ordenou:

– Esperem! Deixem-me eu ir na frente para abrir o cadeado.

Passou por elas em velocidade, esgueirando-se o máximo possível na parede para ficar distante da garota. Abriu a cela e fez sinal para que elas entrassem. Assim que entraram, as duas foram trancadas.

– Vou comunicar esse fato ao diretor – urrou o guarda, tentando com uma só mão fechar o cadeado, já que a outra ainda pressionava o lenço em sua boca.

– Ela precisa de um médico urgente – suplicou Valentine. – Não podem demorar com as providências.

– Cale sua boca! – gritou o guarda enquanto se afastava rapidamente.

Valentine deitou Dominique na cama. A garota a olhou com carinho.

– Obrigada! – agradeceu com uma voz quase inaudível.

Ao dizer aquilo, fechou os olhos e adormeceu. Sua respiração era forçada, seu peito enchia e esvaziava com dificuldade. Agora dava para ouvir o chiado vindo de seus pulmões, algo que não era perceptível enquanto trabalhavam juntas, devido ao barulho dos teares.

Valentine foi até a bacia com água, molhou um pano e o colocou sobre a testa ainda quente de Dominique. Sentou-se ao seu lado na cama e olhava para o rosto sereno da jovem. Continuava se perguntando que mal ela havia cometido, se é que algo tinha feito. Lembrou-se de Camile, pois deviam ter idades próximas. Acariciou suas faces com a parte de trás dos dedos como fazia com as da irmã.

Ficaram juntas por algumas horas e Dominique não acordou. Ouviu passos no corredor. Um guarda veio abrir a cela.

– Pode sair – ordenou.

Valentine levantou-se.

– Onde está o médico? – Ela quis saber.

O oficial impacientou-se.

– Quem você pensa que é para quebrar as regras desta prisão? A próxima vez que abrir sua boca prometo que levará uma chicotada no meio de sua cara. Será tão forte que ficará marcada para sempre. – Jogou nas mãos de Valentine um uniforme limpo que trazia consigo. – Agora vá tomar um banho e esfregue-se com sabão o máximo que puder.

– Você pode me chicotear o tanto que quiser, mas não saio daqui se não me falar sobre o médico.

As mãos do guarda se contraíram, indo em direção ao seu chicote. Ele enfureceu-se, controlando-se em seguida.

– Só não lhe dou uma surra agora – ele bradou – porque não quero infectar meu chicote. A esta altura já deve ter pegado essa doença imunda!

Valentine ia abrir sua boca novamente quando o oficial gritou:

– Ele virá! O médico virá. Já foi chamado. Agora não vai adiantar nada ficar aqui esperando. Somente o doutor para resolver essa situação.

Valentine então concordou acenando a cabeça e retirou-se para o banho. No caminho, seguida pelo guarda, pensava no que ele havia dito sobre ela já ter contraído a doença.

Até que não seria ruim, avaliou em pensamento.

Seria uma forma de sair daquele inferno, mesmo que fosse em um caixão.

※ ※ ※ ※

Assim que foi trazida de volta para sua cela depois do banho, Valentine não viu qualquer movimento diferente pelos corredores. Eles não tinham cumprido o que falaram. O médico não veio e também não viria. Dominique ficaria sozinha em sua cela, isolada.

Ela colocou a cabeça entre as grades e começou a gritar a plenos pulmões:

– Onde está o médico? Ela precisa de um médico!

Nenhuma resposta. Gritou novamente e nada. Começou a bater com a Bíblia nas grades, mas também não surtia efeito.

– Não a deixem só! – gritava ainda mais alto, suplicando. – Cuidem dela, por favor!

Ouviu passos apressados no corredor. Três guardas vieram em sua direção e abriram sua cela. Um deles empunhava o chicote.

– Vais aprender a ficar calada!

Desferiu violentos golpes em Valentine, fazendo ecoar o som dos estalos em seu corpo. Ela tentava se defender colocando as mãos à sua frente. O couro batia em seus braços, rasgando sua pele, mas ainda assim ela não deixava de gritar, aos prantos.

– Cuidem dela. Cuidem dela, por favor!

O oficial batia mais forte. Com dores violentas, ela caiu sobre a cama, inerte. Continuava a apanhar. Instantes depois, percebendo que ela não mais reagia, o oficial cessou o castigo. Deixaram a cela com Valentine sangrando estirada na cama.

※ ※ ※ ※

Ela acordou somente no dia seguinte com o barulho dos guardas entrando pelo corredor.

– Levantem-se todas! Hora de trabalhar. Vamos, acordem!

Sem forças para se levantar, Valentine só conseguiu olhar para o lado e ver as mulheres formando as filas. Claro, Dominique não estava entre elas.

Um dos guardas se aproximou dela aos berros:

– E a mademoiselle gritalhona pode se levantar também. Tens meia hora para ficar em pé e passarei aqui para levá-la ao trabalho. Pensas que vai ficar na boa vida por hoje?

As filas das detentas começaram a andar. Valentine ouvia o ruído ritmado de seus passos, o arrastar lamurioso de seus pés pelo chão. Segundos depois, o silêncio. Ela sentia dores por todo o corpo. Com esforço, começou a levantar-se, apoiando-se na cama. Olhou para seus braços e viu grandes cortes com o sangue seco sobre eles. Reunindo forças, foi até a bacia com água para lavar-se. Os ferimentos ardiam à medida que passava a mão molhada sobre eles. Enquanto se limpava ouviu barulho de pessoas andando pelo corredor. Calculou que ainda não teria passado meia hora para virem buscá-la. Olhou para fora e viu dois homens vestidos de branco, usando máscaras de pano, carregando o que parecia ser uma maca. Eles passaram na frente da sua cela e seguiram adiante.

Finalmente os médicos chegaram, pensou aliviada.

Valentine secou as mãos e caminhou com dificuldade até as grades. Tentava olhar para saber o que estaria acontecendo. Dominique agora receberia os cuidados que merecia e isso de certa forma deixou Valentine feliz. Vários minutos se passaram e novos passos ecoaram. Eram os dois homens voltando, mas desta vez carregando a maca, um na frente e outro atrás com alguém deitado sobre ela.

Vão levá-la para um hospital.

Seu alívio durou apenas alguns segundos. Assim que passaram na frente de sua cela, viu que havia alguém sobre a maca: um corpo inerte totalmente coberto com um pano branco. Dominique se fora.

Valentine deslizou pelas grades até o chão. Tinha forças somente para chorar e o fez com profundo sentimento. Não se importou com o silêncio e seu lamento se fez ouvir em bom som em um pranto que ecoava pelo corredor vazio. Só pensava em Dominique, uma menina que nem o nome ao certo ela sabia. Sua companhia silenciosa de vários dias, que com paciência e carinho lhe ensinou o ofício do tear. Alguém com quem ela podia dividir ao menos os olhares nos momentos de tristeza. Dominique, ou seja lá qual fosse seu nome verdadeiro, não estaria mais ao seu lado. A misteriosa companheira de prisão, aquela com carinha de garota, que, mesmo sem dizer uma palavra, havia conquistado seu coração, agora havia partido. Alguém que entrou e saiu de sua vida sem deixar nenhum vestígio, sem lhe dizer quem era e o que fez para estar ali. Para Valentine, o motivo já não importava mais. Agora Dominique ganhara a liberdade.

Capítulo 48
TRÊS MESES DEPOIS

As tosses de Valentine a incomodavam há semanas. Eram constantes e secas. Nas filas, na oficina de tecelagem e nos refeitórios as outras detentas, por desconfiança e precaução, mantinham distância dela. Especialmente à noite sentia seu uniforme ensopar com uma sudorese fora do normal. Preocupou-se. Abanava-se com as mãos, mas o calor não passava. Foi assim durante várias noites e, em algumas delas, a febre também se fazia presente. Algo estava errado.

Certo dia, ao realizar as tarefas em seu tear, sua tosse parecia estar sem controle. Em uma das vezes que tossiu aconteceu o que ela já esperava: vários pingos de sangue jorraram, molhando o novelo de linha que segurava. Olhou para os lados e, vendo que ninguém havia percebido o que aconteceu, disfarçou e colocou o novelo sujo debaixo de outros, escondendo-o. Pediu permissão para ir ao toalete. Lá tossiu novamente e mais uma vez a tosse veio acompanhada de sangue. Limpou-se e foi até um dos guardas. Postou-se à frente dele com suas mãos para trás e de cabeça baixa. Ela precisava muito conversar com o diretor da prisão.

Capítulo 49

– O que aconteceu depois, madame Henriette? – Quis saber Lara, já roendo suas unhas.

– Podemos pedir mais um café? – perguntou Henriette. – Se tiverem tempo, continuarei a história.

– Claro que sim – confirmou Adrien acenando para a garçonete. – E fique tranquila quanto ao tempo. Temos de sobra.

A senhora suspirou fundo, olhando para os jovens.

– Valentine realmente contraiu tuberculose na prisão. Ou tísica, como diziam à época. – Esperou um tempo para continuar: – Não sabemos se foi deliberadamente que ela se contaminou em seu contato com Dominique ou se aconteceu por uma fatalidade, mas a verdade é que ela estava com uma doença incurável e transmissível. Poucas pessoas sobreviviam a ela.

– Acha que Valentine poderia ter se contaminado propositalmente? – perguntou Lara.

Henriette esboçou uma expressão de lamento.

– Valentine não queria viver por muitos anos naquela prisão infernal que lhe era injusta. Não passava pela sua cabeça ficar o resto de sua existência confinada, pagando por algo do qual era inocente. Então, abreviar seu tempo de vida seria algo consideravelmente plausível. – Ela encarou Lara e Adrien. – Creio que se estivessem no lugar dela pensariam o mesmo, não acham?

Ambos concordaram, tristes, balançando a cabeça.

– Pensem bem – Henriette prosseguiu –, uma jovem com muitos anos de vida pela frente se vendo em um lugar totalmente aterrorizante, condenada a viver perpetuamente ali, em uma rotina degradante, cruel e triste, sem que nada a pudesse tirar de lá. Aquilo era o que podemos chamar de vida? Evidente que não! E já que a justiça não estava do seu lado, sua única alternativa seria abreviar seu tempo de vida.

Mais uma vez concordaram.

– Ela... ela faleceu na prisão? – questionou Lara, hesitante. – Assim como aconteceu com Dominique?

O café de Henriette tinha chegado e ela bebeu um gole.

– Vou lhes contar o restante da história – a senhora falou, pousando sua xícara na mesa. – Saberão seu final logo mais.

Capítulo 50

Assim que Valentine declarou estar com tísica, o diretor imediatamente retirou seu lenço do bolso levando-o à boca e ao nariz. Correu para a janela e a escancarou, permanecendo ao lado dela. O guarda que os acompanhava na sala, em questão de segundos, abriu a porta e se pôs para fora.

– Como pode ter certeza de que está com essa doença? – o diretor perguntou apavorado, quase com a cabeça para fora da janela.

– Sou formada em farmácia e conheço muito bem os sintomas dessa e de outras patologias.

– Então saia de minha sala! – ordenou o raivoso diretor. – Aguarde em sua cela que vamos chamar um médico para lhe examinar.

– Assim como fizeram com a jovem que saiu daqui morta há três meses? – desafiou Valentine. – Ela morreu sem receber qualquer atendimento médico.

– Não me interessa se terás ou não um médico. O que quero é que saia daqui agora!

Valentine deu alguns passos na direção do diretor. Ele se retraiu.

– Como lhe disse, minha formação universitária me permite avaliar as condições ligadas à saúde. A jovem a quem vocês recusaram atendimento se encontrava em estado terminal da doença naquele momento. Faleceu no dia seguinte ao isolamento que vocês lhe impuseram. Minha situação é diferente. Os sintomas surgiram há poucos dias. Isso significa que ainda tenho alguns meses de vida. E sabes o que pode acontecer se tentar me isolar na cela?

O diretor só conseguia balançar a cabeça em negativo, comprimindo ainda mais o lenço em sua boca.

– Serei um agente propagador da doença bem aqui em sua prisão, que administras com tanto zelo – prosseguiu Valentine. – Poderei contaminar tanto as outras detentas como os funcionários, incluindo o monsieur.

– E o que quer que eu faça? – perguntou, sem ação.

– Quero que me mande de volta para casa, para que eu morra junto de minha família.

– Não posso fazer isso. Não tenho competência para anular uma prisão perpétua.

– E quem teria essa competência?

O diretor, falando com sua voz abafada pelo lenço, declarou:

– Napoleão III. Somente o presidente do país tem o poder de lhe dar um indulto para que possa passar os últimos dias de sua vida em casa.

– Pois então peço que chame meu pai – pediu Valentine. – Preciso ter uma conversa com ele.

※ ※ ※ ※

Monsieur Guillaume seguiu para a Prisão de Montpellier assim que foi informado sobre a situação de sua filha. O reencontro dos dois não aconteceu da forma como gostariam, pois ela precisou ser mantida a distância, sem se tocarem. Ainda assim se comoveram pelo fato de novamente se encontrarem após tanto tempo, algo que era considerado impossível.

– Você está muito abatida, minha filha – falou entristecido monsieur Guillaume.

Valentine o olhava com ternura.

– E o senhor está como sempre, papai. Com uma aparência ótima.

– Isso não é verdade – declarou com a cabeça baixa. – Devo ter envelhecido bem uns dez anos nesses últimos tempos.

– Papai, preciso que me faça um favor – disparou antes que começasse a chorar. – Quero que procure monsieur Mathiau Lannes, meu advogado. Ele precisa entrar urgente com um pedido de indulto junto ao presidente Napoleão III.

Capítulo 51

Lara e Adrien olhavam atentos para Henriette.

– Ela conseguiu o indulto? – perguntou Adrien, ansioso. – Libertaram Valentine?

A senhora se ajeitou na cadeira.

– Naquela época – ela explicou – havia uma enorme preocupação com aquela doença. Era considerada uma peste devastadora, e as pessoas morriam aos milhões. Não havia cura e os médicos tinham acabado de descobrir que se tratava de uma doença transmissível pelo contato e até pelo ar. Todos ficaram em polvorosa. Quem quer que ficasse próximo de um doente certamente seria contaminado e morreria em pouco tempo. Pouquíssimas pessoas infectadas conseguiam sobreviver – explicou e fez uma pausa. – Valentine sabia muito bem disso e usou como trunfo para sair da prisão. Seu advogado agiu rápido montando um processo, enviando-o para o governo com todas as provas de que Valentine seria um risco para os funcionários e para as detentas do presídio. Juntou um laudo médico comprovando sua doença.

– Então ela recebeu um médico na prisão? – Lara quis saber.

– Recebeu, sim, minha jovem, mas não para medicá-la – explicou Henriette. – Foi apenas para diagnosticá-la e confirmar a enfermidade. Em seu laudo, o doutor afirmou que ela estava condenada à morte em poucos meses e que, portanto, deveria sair da prisão para não oferecer riscos a outras pessoas e para morrer em sua casa.

A senhorinha olhou para Adrien.

– E respondendo à sua pergunta, meu jovem... Com base nesse laudo, o presidente concedeu o indulto à Valentine. Sabia que ela morreria em poucos meses e, assim, sua sentença de prisão perpétua se cumpriria. A única exigência de Napoleão III foi que a família apresentasse o atestado de óbito de Valentine, confirmando sua morte, assim que ocorresse.

Lara e Adrien se entreolharam, entristecidos.

– Então ela conseguiu sua liberdade, mas por poucos meses – comentou Lara com pesar. – E teve um fim trágico fora da prisão.

Henriette puxou um longo suspiro.

– Deixem-me contar o final dessa história – ela pediu, dirigindo, séria, seu olhar para Lara e Adrien. – Ainda há muito que vocês precisam saber.

Capítulo 52

Valentine retornou de forma anônima para Sault. Uma carruagem a levou no meio da noite para sua casa. Seu advogado havia pedido sigilo sobre o indulto presidencial para não causar tumulto, uma vez que o julgamento de Valentine teve ampla cobertura dos jornais em várias cidades. Ninguém poderia saber que ela estaria livre, pois tal fato causaria grande comoção e revolta entre as pessoas, por mais que ela estivesse doente e à beira da morte.

Assim que Valentine chegou em sua casa foi recebida pelos pais e Camile. Todos usavam máscaras de pano e não puderam se aproximar dela. Os quatro choravam.

– Pensei que nunca mais os veria – expôs Valentine, emocionada.

– Nós também, minha filha – expressou sua mãe entre lágrimas.

Seu pai foi em sua direção e a abraçou. Todos se preocuparam.

– Não me importo sobre o que falam dessa doença – ele bradou em prantos. – Jamais deixarei de abraçar minha filha.

Mesmo com medo, Valentine recebeu aquele abraço e o retribuiu com muito amor. Ela precisava tanto dele. Foi um abraço apertado e demorado, repleto de emoção e ternura, um resgate para Valentine, que se via privada de carinho por todos aqueles meses. Sua mãe e Camile se juntaram a eles, apertando-se com saudade. Ficaram ali, juntos, por alguns segundos. Quando se afastaram, Valentine os olhou ainda entre lágrimas.

– Eu amo muito vocês – disse.

– Nós também te amamos – declarou Camile em nome de todos. – E estávamos morrendo de saudade.

Valentine agradeceu com um sorriso todo aquele amor. Em seguida, olhou ao redor.

– Onde ele está? – perguntou, ansiosa.

Seus pais e Camile se entreolharam. Em seguida, o pai lhe deu a mão.

– Venha, minha querida. Nos acompanhe – pediu gentilmente.

Todos caminharam em direção à escada e a subiram. Andaram pelo corredor até seu final e pararam diante de uma grande estante de livros. Valentine ficou sem entender por que estavam ali.

– Tivemos que mantê-lo escondido – falou Camile.

– Isso mesmo, filha – confirmou a mãe. – Ninguém poderia saber que temos um bebê em casa, pois desconfiariam ser filho de Thierry e então tentariam tirá-lo de nós.

Valentine, ainda confusa, viu seu pai passar a mão pela lateral da estante e ouviu o clicar de um trinco se abrindo. Em seguida, monsieur Guillaume puxou a estante e ela se abriu como uma grande porta, desvendando um cômodo secreto.

– Preparamos este quarto para que ele fique seguro aqui – explicou seu pai, já pegando uma lamparina na estante e a acendendo.

O clarão da chama iluminou o aposento e Valentine pôde ver um berço ao fundo, ao lado de uma cama. Mesmo usando máscara, ela colocou sua mão com um lenço sobre a boca e o nariz, cobrindo-os. Andou alguns passos e, antes de chegar ao berço, parou. De onde estava podia vê-lo. Seu bebê. Seu filho que havia sido tomado dela instantes depois de nascido. Ele dormia relaxado, bem agasalhado, com os bracinhos para cima e a cabeça de lado. Um homenzinho em miniatura. Ela, sem conseguir conter as lágrimas, olhava em detalhes seu rostinho sereno, sua pele corada, os olhinhos fechados, a boquinha e o nariz pequeninos. Percebeu sua respiração suave, de quem dormia um sono tranquilo. Emocionada, virou-se para sua mãe.

– Que nome deram a ele? – perguntou, aguardando ansiosa a resposta.

A mãe, com um sorriso terno, encarou-a.

– Charles – respondeu ela.

Valentine apertou seus olhos, que começaram a inchar de tanto chorar.

– Vocês lembraram?

– Como poderíamos esquecer, sua tontinha? – declarou a irmã com o rosto molhado. – Todas as vezes que brincávamos de casinha era esse nome que dava para seu filhinho.

Ela ficou por mais alguns segundos admirando seu bebê, a distância. Queria muito abraçá-lo e enchê-lo de carinhos, mas sabia que não poderia.

– Vamos sair daqui – pediu Valentine. – Não quero que ele corra perigo.

Em pensamento despediu-se do filho. Saíram e seu pai encostou novamente a estante, deixando-a entreaberta. Foram para a parte de baixo da casa. Seguiram para outro ambiente que Valentine há muito queria rever. Entraram em sua farmácia pela porta interna. Ela olhou para todos os lados. Viu os balcões intactos, prateleiras repletas de potes e produtos. Quanto esforço havia feito para ter seu negócio, que durou somente meses. Os anos de faculdade em Paris, os gastos com as obras, as visitas aos médicos para divulgar seus serviços, as horas que passava depois do expediente para preparar as fórmulas para seus clientes. Tudo tinha ficado no passado.

– Colocamos sua cama aqui como você pediu – falou seu pai.

Valentine viu sua cama encostada à parede, arrumada com seus lençóis e travesseiros. Voltaria a dormir de forma confortável neles.

– Obrigada, papai – agradeceu. – Aqui ficarei isolada da casa sem que vocês possam correr riscos.

Seus pais e Camile se entristeceram.

– Não é justo, minha filha! – lamentou a mãe. – Você de volta à nossa casa e ter que ficar isolada.

– É necessário que seja assim, mamãe. Ficarei bem aqui. O que preciso é de absoluto repouso. E pretendo me tratar com meus medicamentos. Não vou me entregar tão fácil a essa doença.

Conversaram por mais alguns minutos e a irmã e os pais se retiraram. Valentine se trocou, colocando sua camisola. Seria a primeira vez depois de meses que ela dormiria sem aquele pesado uniforme da prisão. Sua tosse continuava vindo com frequência. Foi até uma gaveta do balcão e de lá tirou uma grossa enciclopédia farmacêutica. Sentou-se em uma cadeira e passou a folheá-la com profundo interesse. Após horas de leitura foi até seu laboratório, pegando alguns dos potes de medicamentos. Com a enciclopédia ao seu lado, iniciou a mistura dos produtos em um grande recipiente de vidro. Misturou vários deles, mexendo o tempo todo com uma fina e longa colher também de vidro. Terminada a solução, distribuiu-a em várias pequenas garrafas, fechando-as com rolhas de cortiça. Foi para a cama levando uma delas aberta. Sentou-se e bebeu todo o conteúdo da garrafinha. Deitou-se e sorriu ao tocar seu macio travesseiro. Fechou os olhos e adormeceu.

Os dias se passaram e Valentine não saía de sua farmácia, agora transformada em seus aposentos. Seus pais e Camile iam vê-la algumas vezes por dia. Pelo menos no início da manhã e no fim da tarde levavam Charles no colo até a porta, devidamente protegido, para que ela pudesse vê-lo de longe. Era a forma de se darem bom dia e boa noite. Por várias vezes Valentine percebia os olhos vermelhos de seus familiares quando iam até ela. Um dia decidiu interpelar Camile:

– Sei que vocês choram por minha causa pelos cômodos da casa – disparou Valentine. – Mas não deveriam. Não estão felizes por eu estar de volta?

Camile foi próxima à irmã, triste.

– Estamos felizes, sim, Valentine. Mas não conseguimos parar de pensar que corremos o risco de perdê-la novamente e... – hesitou – ... desta vez para sempre.

Valentine tentou animá-la:

– Você disse bem, minha irmã: correm esse risco, mas como todo risco, ele pode não acontecer. Sabia que nem todos que contraem a doença vão a óbito? Os médicos não conseguem explicar, mas muitas pessoas se curam, como por milagre. E eu tenho fé que receberei esse milagre, pois venho pedindo há tempos. – Ela tossiu, tapando a boca com o lenço sobre a máscara. – Além do mais, estou usando diariamente uma fórmula que preparei.

Camile viu uma das garrafas sobre a mesinha de cabeceira.

– E como chegou a essa fórmula? – perguntou. – Dizem que não há remédio para isso.

– Esqueceu-se de que estudei farmácia por quatro anos? E, depois, fiz um extenso estudo em uma enciclopédia que citava casos de tísica e os meios que a medicina vem buscando para combatê-la. Se aliarmos uma alimentação saudável, repouso e higiene, podemos ter boa recuperação. Me alimento muito bem, embora tenha emagrecido um pouco, quase não saio desta cama e mamãe limpa e desinfeta este ambiente todos os dias. Estou fazendo tudo certinho e muito esperançosa de ficar bem.

Camile esboçou um sorriso.

– Espero de verdade que isso aconteça, minha irmã. Você não merece a vida que está levando. Fico feliz que esteja animada. Nos dará forças para ficarmos também.

– Pois fiquem! Vamos todos pensar que tudo correrá bem – animou-se Valentine. – Vamos ter esperanças.

Ela tossiu novamente, levando seu lenço à boca. Ao retirá-lo, Camile viu na máscara da irmã várias manchinhas vermelhas.

Capítulo 53

UM MÊS DEPOIS

Todos os dias Valentine bebia uma de suas garrafas com a fórmula ao acordar e outra antes de dormir. Teve que preparar mais quantidade dela. Sua tosse havia amenizado e, após aquele episódio que Camile presenciou, nunca mais expeliu sangue. Considerou um avanço em seu autotratamento.

– O que tem nessa fórmula que você preparou, minha filha? – questionou seu pai em uma das visitas ao quarto improvisado de Valentine.

Ela sorriu.

– Bem, papai, não vou usar termos técnicos, pois não entenderia nada, mas em resumo fiz um composto de broncodilatadores e vitaminas. Servem para tratar enfermidades dos pulmões e aumentar a resistência do organismo.

– Vejo que está dando resultado, meu amor – reparou, feliz. – Estás ganhando peso e até mais coradinha.

– E tenho tossido muito pouco – Valentine completou. – Sinto-me melhor a cada dia.

O pai aproximou-se da cama e sentou-se ao lado da filha.

– Trago algo para lhe devolver – falou, levando a mão ao bolso de seu casacão. De dentro dele, retirou o relógio de ouro. – Ele é seu por direito.

Valentine emocionou-se ao rever aquela peça que muito estimava.

– Oh, papai, obrigada! Senti tanto a falta dele nesses últimos meses. Ele me faz lembrar do senhor.

– Guarde-o com você, minha filha. Desta vez não precisará devolvê-lo. Será seu para sempre.

Ela o levou até seu peito, mas sem pedir que o tempo passasse depressa. Queria aproveitar ao máximo os momentos ao lado do pai e de sua família, que tanto amava.

✤ ✤ ✤ ✤ ✤

Charles se desenvolvia a olhos vistos. Com quatro meses era um bebê sadio e bonzinho. Só chorava quando sentia fome ou alguma dorzinha de cólica. No restante do tempo parecia nem ter uma criança na casa. Valentine se ressentia por não poder pegá-lo no colo e lhe fazer carinhos. Era o que ela mais queria, mas se confortava ao vê-lo como estava sendo bem cuidado pela família. Era a alegria dos avós e da tia, que precisavam de um motivo para serem felizes. Tinham sofrido muito nos últimos meses e ainda temiam pela vida de Valentine. O bebê passava a maior parte do tempo em seu quarto secreto. À noite, os pais de Valentine dormiam na cama ao lado dele, para que não ficasse sozinho.

Além do repouso e do tratamento, Valentine passava o dia em orações pedindo sua cura para que pudesse tomar a frente dos cuidados com o filho. Desejava muito acompanhá-lo em seu crescimento. E tinha esperança e fé de que seria atendida em suas preces.

Capítulo 54
QUATRO MESES DEPOIS

O doutor Vincent sentado na cama de Valentine a examinava meticulosamente. Auscultava seu coração, seus pulmões, puxava seus olhos com o polegar, abrindo-os e observando-os em detalhes. Pedia que colocasse a língua para fora para examinar a garganta, tudo sendo acompanhado de perto pela família, bastante angustiada, se postando ao lado deles.

Após vários minutos de criteriosos exames, o médico levantou-se. Pensativo por alguns instantes, suspirou, olhou para todos em volta, abriu seus braços, declarando:

– Bem, não sei se posso afirmar que estamos diante de um milagre, mas o fato é que Valentine não apresenta mais nenhum sintoma de tísica. Não sei como isso ocorreu, mas ela está completamente curada.

Seus pais se jogaram de joelhos ao chão, agradecendo com as mãos juntas para o céu, em prantos. Camile correu na direção da irmã.

– Posso me levantar e abraçá-los, doutor? – pediu permissão uma radiante Valentine.

– Mas é claro que pode – confirmou ele sorrindo. – Não sei como, mas estás livre do terrível mal que lhe afligia.

Em um pulo, ela saiu da cama diretamente para os braços da irmã. Rodopiavam abraçadas, gritando, rindo e chorando ao mesmo tempo. Seus pais vieram ao encontro das duas e giravam juntos compartilhando a imensa alegria.

– Orei tanto para que este momento chegasse, minha filha – confidenciou sua mãe, entre muitas lágrimas. – E por fim chegou.

– Eu tinha muita fé, mamãe. Pedi por um milagre e fui atendida. Nunca duvidei que voltaria a ficar bem.

– Poderá voltar para nosso quarto, tontinha – comemorou Camile quase sem fôlego. – Teremos nossas conversas até tarde das noites novamente.

Ficaram por vários minutos comemorando o que consideravam um verdadeiro milagre. Em seguida, monsieur Guillaume pediu a atenção de todos:

– Podemos nos dar as mãos? Gostaria de fazer uma oração em agradecimento à cura de minha filha. – Olhou para o doutor Vincent. – Fique à vontade se não quiser participar.

– Faço questão de estar junto com vocês – declarou o médico.

Juntaram as mãos e, em círculo, de cabeça baixa e olhos fechados, oraram. Ao final, monsieur Guillaume dirigiu-se mais uma vez ao médico:

– Doutor Vincent, gostaria de reforçar o pedido que lhe fiz para que mantenha em sigilo o atendimento feito à Valentine. O monsieur bem sabe que ela somente foi liberada da prisão por darem como certo que não se livraria da doença. Se souberem que teve cura, a levarão de volta.

– Fiquem tranquilos – ponderou o médico. – Sou uma das pessoas que compartilha da inocência de Valentine. Tenho absoluta convicção de que houve algum engano no resultado do laudo e que ela jamais cometeria o ato do qual foi acusada. Ninguém ficará sabendo que agora ela está bem. Dou-lhes minha palavra.

Todos se sentiram aliviados e felizes. Precisavam da avaliação de um médico para terem certeza da condição de saúde de Valentine, que vinha apresentando melhoras a cada dia, mas receavam que a notícia se espalhasse depois e que ela voltasse para a prisão.

– Em nome da família Bertrand queremos agradecê-lo muito por isso, doutor Vincent – declarou um emocionado monsieur Guillaume.

– De toda forma – prosseguiu o médico olhando para Valentine –, por precaução não cometa abusos tomando friagens ou se aproximando de pessoas com suspeita de tísica. Tome muito cuidado a partir de agora.

Valentine não via a hora de fazer-lhe uma pergunta:

– Poderei cuidar de meu bebê agora, doutor? Pegá-lo no colo e enchê-lo de carinhos?

O médico ficou sério.

– Quanto a isso devo lhe fazer uma importante recomendação.

– Qual? – perguntou Valentine preocupada.

– Não vá mimá-lo demais – concluiu o médico, rindo. – Mas é claro que poderá cuidar de seu bebê.

Valentine deu pulinhos de alegria e já ia correndo para o quarto secreto, quando o médico a segurou.

— Só mais um detalhe, Valentine — disse. — Gostaria de levar uma de suas garrafas com a fórmula e também a descrição dos componentes que utilizou para manipulá-la. Quero apresentar ao Conselho Médico do Estado. Estamos fazendo de tudo para conter essa terrível doença e como você se livrou dela precisamos saber se seu medicamento contribuiu para a cura.

Valentine preocupou-se e o médico continuou:

— Não se preocupe. Em nenhum momento citarei seu nome. O objetivo é sabermos se sua fórmula poderá ser útil no tratamento de outras pessoas doentes.

Ela concordou acenando com a cabeça. Foi até o balcão, pegou um papel, uma pena de escrever e fez algumas anotações. Em seguida, voltou trazendo uma de suas garrafas, entregando-a ao médico, junto com o papel.

— Aqui está, doutor Vincent — falou Valentine. — Espero que ela ajude mais pessoas.

O médico ajeitou seus óculos e passou os olhos pelo papel. Demorou alguns segundos, voltando a olhar para Valentine.

— Você mesma criou essa fórmula? — perguntou.

— Sim, eu mesma.

— És uma ótima farmacêutica — elogiou, sorrindo. — A composição está excelente. Meus parabéns!

Valentine sorriu agradecendo o elogio, mas sabia que não poderia continuar a exercer a profissão que tanto amava.

— Como última recomendação — prosseguiu doutor Vincent —, continue tomando esta fórmula por mais alguns meses — disse e piscou, mostrando a garrafa que tinha em mãos.

Acompanharam o médico até a saída, e Valentine, mais que depressa, subiu correndo as escadas seguida pela família. Seu pai abriu a porta camuflada da estante, acendendo em seguida a lamparina. O quarto se iluminou e Valentine caminhou lentamente em direção ao seu bebê. Desta vez chegou bem próxima do berço, apoiando as mãos na grade. O pequeno Charles estava acordado mexendo freneticamente seus bracinhos e perninhas. Quando ele olhou na direção de Valentine, abriu bem os olhinhos e sorriu. Um lindo e afetuoso sorriso. Ela se desmanchou em lágrimas. Sem poder acreditar que estivesse tão próxima de seu bebê, ela esticou os braços e tomou-o em seu colo. Levou-o para bem junto de si, embalando-o com muito carinho e encostando seu rosto no dele. O primeiro colo de mãe. A primeira vez que se sentia plena com seu filho protegido em seus braços. Pegou em sua minúscula mãozinha e a acariciou. Ele, instintivamente a fechou, apertando o dedo da mãe, sentindo-se seguro. Algumas lágrimas de Valentine molharam a roupinha de Charles. E finalmente ela o beijou na testa, sentindo seu cheirinho de bebê. Agora estariam os dois juntos e nunca mais se separariam.

Valentine olhou para os pais e Camile, que estavam logo na entrada do quarto, emocionados, e os chamou para perto de si. Ao se aproximarem, com os olhos vermelhos e úmidos ela esticou um de seus braços, tentando abraçá-los. Juntaram-se a ela e a Charles. Ficaram juntinhos chorando em silêncio.

– A partir de agora – sussurrou Valentine –, nada nem ninguém mais irá nos separar. A vida nos deu uma nova chance e vamos vivê-la juntos. Começaremos uma nova história e seremos felizes, porque merecemos e nos amamos muito.

O abraço em família se apertou ainda mais. Agora seriam cinco pessoas convivendo, compartilhando juntas o amor que existia entre elas. E, como Valentine bem disse, uma nova história começaria a ser contada a partir dali.

Capítulo 55

Lara já tinha usado vários guardanapos de papel para enxugar suas lágrimas. Adrien também fazia uso de alguns. Lembrou-se do lenço que trazia no bolso e o pegou, entregando à Lara. Ela o agradeceu com um sorriso e um nariz muito vermelho.

– Então ela se curou! – espantou-se Lara enquanto passava o lenço em seus olhos. – Meu Deus, que notícia maravilhosa!

Adrien estampava um sorriso bobo, mesmo com o rosto molhado.

– Foi a notícia mais incrível que a senhora poderia ter nos dado, madame Henriette – declarou ele. – Puxa, não imagina como estamos aliviados em saber que Valentine ficou livre e bem de saúde.

Madame Henriette se comoveu com a emoção dos jovens.

– Sim, Lara e Adrien – suspirou a senhorinha –, ela conseguiu uma nova chance. Estava curada. Até hoje não sabemos se por milagre ou devido à fórmula que criou. E isso nunca saberemos.

– Talvez um misto dos dois – refletiu Lara. – Se é que é possível.

Adrien levou sua cadeira mais próxima de madame Henriette.

– Foi uma linda história que nos contou – observou. – Mas ainda não sabemos o que ela tem a ver com a família de Sofie. Qual a relação dos Bertrand com os Grenier Bresson?

– Ah, isso só vou revelar se você pedir mais um café – brincou a velhinha, divertida, piscando para ele. – Eu disse que não podia abusar, mas já devo estar na terceira ou quarta xícara. Amo café!

Adrien sorriu.

– A senhora tem ao seu lado uma competidora forte. – Adrien apontou para Lara. – A brasileirinha aqui é viciada em café.

– Adoro! – Lara defendeu-se. – A melhor bebida do mundo.

– Então vou pedir logo três – Adrien falou. – Dois expressos e um mais fraco, certo? – piscou para a velhinha.

Madame Henriette sorriu, concordando. Ele fez os pedidos à garçonete.

– Bem, enquanto esperamos, vou lhes dizer qual a relação entre as duas famílias – disse a senhora. – Ou melhor, não eram duas famílias. Ao final, saberão por que estou dizendo isso.

Capítulo 56

Os meses se passaram e Valentine comprovadamente estava curada, pois não sentia sintoma algum da doença. Charles tinha então dez meses e a cada dia ficava mais lindo e esperto. Durante todo aquele tempo mãe e filho não haviam saído de casa. A criança tomava sol no quintal e era o mais próximo que ficava de um passeio. Os moradores da cidade jamais desconfiaram de que naquela imensa casa com a fachada de pedras havia mais dois moradores, tamanha a discrição que a família mantinha. Porém, aquela mesma família concluiu que não poderiam viver por muito mais tempo daquela forma. Não conseguiriam mantê-los a vida inteira isolados do mundo. Não seria justo para Valentine continuar presa em seu próprio lar. Então, certa tarde monsieur Guillaume tomou uma decisão e trouxe para casa o advogado monsieur Mathiau Lannes para uma reunião. Sentaram-se todos à mesa na sala.

– Aurélie, Valentine e Camile – iniciou monsieur Guillaume, olhando sério para as três –, temos um importante assunto a tratar aqui hoje. – Fez uma pausa, escolhendo as palavras. – Como todos sabemos, em razão das circunstâncias, Valentine e Charles não podem ser vistos na cidade. Nesses primeiros meses que se passaram foi possível mantê-los em segredo. Ocorre que é deveras difícil e, eu diria até impossível e desumano, continuarmos agindo dessa forma com os dois. Eles não têm a menor possibilidade de passar a vida inteira trancafiados em casa. Assim, tomei uma decisão que venho pensando há algum tempo e gostaria de dividi-la com vocês.

As mulheres se entreolharam, sem entender. Monsieur Guillaume continuou:

– Convoquei monsieur Mathiau para esta reunião, pois ele me ajudou com a decisão que tomei. Em verdade foram duas decisões tomadas e, creiam, são as únicas saídas que possuímos. – Pigarreou. – A primeira será nos mudarmos de cidade. Temos que viver em um lugar onde ninguém nos conheça.

– Eu tinha pensado nisso também, papai – comentou Valentine. – Mas o julgamento teve tanta repercussão, que meu nome e o de nossa família se tornou conhecido em várias cidades. Será difícil passarmos despercebidos por muito tempo, onde quer que estejamos.

Monsieur Guillaume e o advogado trocaram olhares.

– Foi por isso que vim aqui hoje, Valentine – tomou a palavra monsieur Mathiau. – Quando seu pai me procurou há algumas semanas e explanou suas decisões, concordei com a primeira, que seria a mudança de cidade, mas achei loucura a segunda. – Esperou alguns instantes para continuar. – Depois refleti melhor e concluí que seria a única forma de vocês viverem em paz e então resolvi ajudá-lo.

– Mas, afinal de contas – interveio madame Aurélie, impaciente –, qual é a outra decisão?

Monsieur Guillaume puxou uma forte respiração.

– Sei que pode parecer estranho o que proporei a vocês, mas haverão de entender que será nosso único caminho. – Ele olhou para sua esposa e em seguida para as filhas. – A família Bertrand, a partir de agora, deixará de existir.

As mulheres, ainda mais confusas, entreolhavam-se.

– Minha proposta – ele prosseguiu – é passarmos a usar um novo sobrenome.

Elas olhavam surpresas para os dois homens à sua frente.

– Usar outro sobrenome, papai? – questionou Camile. – E como faremos isso?

Monsieur Mathiau interveio, abrindo uma pasta e dela retirando alguns papéis.

– Já providenciei tudo – declarou. – Não foi fácil, mas consegui obter seus novos documentos. Evidentemente que tive que fazer um pagamento à parte para o escrivão. – Deslizou os papéis para o centro da mesa. – Explicarei melhor: o primeiro nome de vocês será mantido, mas o sobrenome, esse mudará.

– Temos mesmo que fazê-lo, papai? – perguntou Valentine. – Não é algo ilegal?

Monsieur Mathiau, constrangido, adiantou-se a falar:

– No tocante à situação de vocês, que requer medidas drásticas, pediria que não se atentassem para a ilegalidade dessa providência. A questão é: se continuarem a manter o sobrenome Bertrand serão reconhecidos em qualquer cidade que decidirem morar e nunca terão paz. – Fez uma pausa, olhando para Valentine. – Mademoiselle, estou peremptoriamente convencido de sua inocência. Sempre estive. Se assim não o fosse, não me arriscaria em ajudá-los dessa forma. Tenho absoluta convicção de que não merecem viver o resto de suas vidas como fugitivos, escondendo-se das pessoas.

— Minhas queridas – tratou de explicar monsieur Guillaume –, sei que estão confusas com essa decisão, mas creiam que será para o bem de nossa família. Não podemos continuar vivendo como agora. Pensem no futuro que Charles terá se continuarmos o escondendo. Ele nunca terá uma vida normal e tranquila. E nenhum de nós!

Elas sabiam que aquela seria a única solução. Em pensamento, a princípio relutaram na possibilidade de renegar o sobrenome da família; todavia, o que estava em jogo seria o futuro dos cinco membros. A decisão se baseava em duas opções: manter o sobrenome e continuar levando uma vida errante e atormentada, fugindo o tempo todo, ou mudá-lo e terem paz para construírem uma nova história em outro lugar. Levando-se em conta que a família não merecia o castigo e destino cruel que tentaram lhes imputar, decidiram pela segunda opção.

— Como será nosso novo sobrenome? – Quis saber Camile.

Monsieur Mathiau mexeu por mais uma vez nos papéis que trouxe consigo.

— Pesquisei nomes de famílias que não são muito comuns – falou o advogado. – Optei por fazer a junção de dois deles. – Encarou as mulheres à mesa. – Deste momento em diante esta será a família Grenier Bresson.

Fez-se silêncio entre todos.

— Como eu havia dito – continuou o advogado apontando para os papéis –, aqui estão seus novos documentos. Este aqui é o seu. – Pegou um deles e o entregou para Valentine. – Você passará a se chamar Valentine Grenier Bresson.

Capítulo 57

Uma ligeira vertigem tomou conta de Adrien, que fechou os olhos por instantes, sem conseguir acreditar no que havia acabado de ouvir.

– Então Sofie tinha mesmo parentesco com Valentine – concluiu desconcertado.

– Sim – confirmou madame Henriette, olhando fundo nos olhos de Adrien. – Ela era hexaneta de Valentine, ou, para simplificar, pertenceu à sexta geração da família.

Ele abaixou a cabeça, apoiando-a nas mãos com seus cotovelos na mesa, ainda sem conseguir assimilar aquela informação. Sentiu seu peito se apertar.

Lara caiu em si.

– Madame Henriette, a senhora também tem o mesmo sobrenome da família, então...

– Sofie era minha neta. – A senhorinha a interrompeu, emocionada. – Sou mãe do pai dela e pertencente à quarta geração da família Grenier Bresson.

Adrien, ao ouvir o que madame Henriette havia acabado de dizer, levantou a cabeça, em sobressalto.

– Por isso Sofie não falava sobre sua família? Por causa do segredo que havia entre vocês?

A velhinha confirmou com a cabeça.

– Exatamente, Adrien. Fomos todos criados dessa forma. Não poderíamos contar nossa história para ninguém. E isso implicava não falar sobre nossos antepassados. Como você mesmo disse, é um segredo de família que precisava ser mantido.

– E por que então contou toda a história para nós? – intrigou-se Lara.

A senhora sorriu com ternura.

– Por dois motivos. – Ela se pôs a explicar: – Primeiro porque vocês se empenharam tanto em resgatar a memória de Valentine. Graças aos dois ela agora terá a justiça sendo feita de maneira correta e será decretada inocente. Vocês mereciam saber o que aconteceu a ela e sei que guardarão segredo. – Fez uma pausa olhando carinhosamente para Adrien. – Segundo porque você, Adrien, de certa forma pode ser considerado como membro de nossa família.

Tens o coração de uma Grenier Bresson batendo dentro de ti. – Se emocionou. – O coração de minha querida neta.

Os olhos de Adrien se encheram de lágrimas. De imediato, as lembranças de Sofie vieram à sua mente. Tudo o que ela havia feito por ele, todo o amor que partilharam juntos, os momentos felizes que passaram e seu último e grandioso ato que permitiu a ele continuar vivendo. Adrien se levantou e, chorando, foi em direção à senhorinha de cabelos brancos. Ela também se levantou, emocionada, e se abraçaram.

– Eu sinto muito por Sofie – ele lamentou em prantos. – Eu a amava muito.

– Era minha neta preferida – falou a velhinha sem conseguir segurar seu choro. – Minha garotinha bondosa que só queria o bem das pessoas.

Ficaram por vários instantes em um abraço emocionado, com Lara ainda sentada, voltando a secar suas lágrimas com os guardanapos de papel, já que o lenço estava todo molhado.

Voltaram a se sentar, desta vez com Adrien bem ao lado de madame Henriette.

– E para onde eles foram? – Quis saber Lara, chorosa. – Conseguiram se estabelecer em outra cidade?

– O pai de Valentine – explicou a senhorinha, ainda tentando se recompor, enxugando suas lágrimas – colocou sua casa à venda. Não teve dificuldades em vendê-la, pois junto dela estava o empório com todas as mercadorias e instalações. Ou seja, quem a comprasse já teria um negócio montado e lucraria com ele. A farmácia, ou botica, como chamavam na época, esta ele desmontou antes de anunciar o imóvel. Fez do cômodo uma nova área de estoque para os produtos do empório. – Pensou por uns instantes. – Se não me engano levou cerca de duas semanas para vender todo o prédio. E quando receberam o dinheiro partiram para Chartres, que fica próximo de Paris e a cerca de oitocentos quilômetros de Sault. Queriam ficar distantes daquela cidade, mas ao mesmo tempo próximos da capital para iniciarem o novo negócio que pretendiam montar.

– Eles abriram outro empório em Chartres? – perguntou Adrien, secando seus olhos com as mãos.

– Sim, Adrien. Era o que os pais de Valentine sabiam fazer bem. Desta vez se chamou Empório Grenier. Como se tratava de uma cidade maior, tinham mais clientes e com isso maiores ganhos, mas ainda assim nada que os fizessem enriquecer. Tiveram uma vida digna, confortável. Uma vida simples, porém feliz. Camile, a caçula, casou-se dois anos depois com um jovem advogado e mudaram-se para Paris.

– E Valentine? – Lara quis logo saber.

Madame Henriette se entristeceu.

– Valentine jamais se casou. Levou a vida cuidando do filho. Deu-lhe muito amor e carinho. Charles estudou em Paris, formou-se em engenharia e voltou para Chartres, onde montou um escritório e ganhou muito dinheiro com as construções que se multiplicavam na cidade. Ele se casou aos 25 anos e deu dois netos, um casal, para sua querida mãe.

– E como era a vida de Valentine? – Adrien perguntou. – Ela se sentia amargurada com tudo que lhe aconteceu?

– Por incrível que pareça, ela não tinha rancor de seu passado – garantiu a velhinha. – Era uma mulher animada e sorridente. Viveu muito feliz cuidando de seu filho e, depois, dos netos. Creio que aquele período de sofrimento pelo qual passou na prisão lhe serviu de referência para sempre agradecer a vida de liberdade que levava. – Fez uma pausa. – Talvez a única grande decepção dela tenha sido não poder continuar trabalhando como farmacêutica, algo que amava e pelo qual havia se esforçado tanto para se formar na profissão. Mas, enfim, não podemos ter tudo que queremos, não é? – Sorriu para os jovens.

Adrien se mostrava pensativo.

– Há algo ainda que gostaria de saber – falou. – A senhora nos disse que, quando Valentine recebeu o indulto e ficou livre da prisão, fizeram a exigência para os pais apresentarem seu atestado de óbito. Como contornaram essa situação?

Madame Henriette mais uma vez sorriu.

– A família teve boas ajudas de pessoas que acreditavam na inocência de Valentine – observou. – O doutor Vincent emitiu e assinou o atestado, que foi apresentado para o governo e aceito por eles. Colocou a profissão em risco para salvar uma inocente.

Adrien e Lara se mantinham sérios, pensativos.

– Valentine foi uma mulher que teve seus planos alterados por uma fatalidade – continuou a senhora. – Não teve a vida que sonhava, mas soube se adaptar às adversidades e, mesmo assim, ser feliz, da maneira que lhe foi possível. – Parou por alguns instantes. – Ela morreu aos 78 anos. Foi dormir na noite de 19 de junho de 1903 e não acordou mais. – Olhou para Adrien e Lara, com tristeza. – Curiosamente esse dia era o mesmo que ela tinha escolhido para ser seu casamento com Thierry, cinquenta e três anos antes.

Todos se emocionaram.

– Há só mais uma coisa que eu gostaria de fazer – disse a senhorinha.

Ela abriu a bolsa que trazia consigo e nela introduziu sua mão, sendo observada por Adrien e Lara. Retirou da bolsa um pequeno saco de pano.

– Isto aqui é para você, meu rapaz – disse e esticou seu braço para Adrien.

Ele pegou o saquinho de pano, examinou-o por alguns instantes e, com cuidado, virou-o de boca para baixo em direção à palma de sua outra mão. Lentamente algo foi deslizando de dentro dele. Em seguida, um reluzente relógio de bolso de ouro caiu sobre sua mão.

Lara não se conteve, arregalando seus olhos, surpresa:

– O relógio que Valentine ganhou de seu pai! – falou espantada, sentindo suas lágrimas se formarem novamente.

Adrien teve que olhar para o lado, disfarçando sua emoção.

– Mas... – ele titubeou – não posso aceitar. É uma relíquia de família e...

Madame Henriette o interrompeu, com carinho:

– A família decidiu que ele deve ficar com você. – Sorriu emocionada. – Valentine sempre dizia que, passasse o tempo que fosse, tudo que ela mais queria é que provassem sua inocência. E, como sabem, para ela esse relógio representava o tempo. Hoje esse tempo chegou, graças a vocês.

Adrien olhava para o relógio como se estivesse diante de um tesouro. Novas lágrimas lhe molharam o rosto. A senhora prosseguiu:

– Cuide bem dele, meu rapaz. Sei que estará em boas mãos.

Madame Henriette levantou-se com alguma dificuldade, pegando sua bengala.

– Tenho que ir agora – declarou. – Já ocupei demais o tempo de vocês.

Lara e Adrien também se levantaram. Ele foi o primeiro a abraçar a velhinha.

– Muito obrigado, madame Henriette – Adrien agradeceu. – Por este presente e, principalmente, pela linda história que nos contou hoje.

– Nos encontraremos mais vezes, Adrien – falou com simpatia. – Não se esqueça de que agora você faz parte de nossa família.

Ele sorriu, sentindo um nó na garganta. Lara foi ao encontro de madame Henriette e se abraçaram carinhosa e demoradamente.

– A senhora não tem ideia de como nos deixou felizes nos contando o restante da história de Valentine – agradeceu Lara, com os olhos ainda úmidos.

A senhorinha tomou o rosto de Lara entre as duas mãos, afetuosa.

– Agradeço muito o que fez por Valentine e por nossa família, minha jovem. Jamais nos esqueceremos de você.

Despediram-se, com madame Henriette tomando o rumo de onde veio. A apenas alguns passos de Lara e Adrien, ela parou, virando-se de volta para eles:

– Ah, a propósito! – falou, tendo toda a atenção dos jovens. – Dei o relógio para Adrien por conta do coração de Sofie que ele carrega no peito, mas minha intuição soprou aqui no meu ouvido que, entregando esse presente a ele, também estarei presenteando a você, Lara. Algo me diz que vocês dois juntos irão aproveitá-lo por muito, muito tempo. E olha que minha intuição não costuma falhar. – Ela piscou, sorrindo.

A velhinha virou as costas, retomou sua caminhada a passos lentos, apoiada por sua bengala, deixando Lara e Adrien encarando-se, sem graça. Voltaram a observar madame Henriette se distanciando cada vez mais e, quando ela ficou bem ao longe, os dois sentaram-se de volta à mesa.

– Creio que agora podemos pegar a estrada, não é? – observou Adrien, tentando desfazer o clima de embaraço entre eles. – Temos uma noite em Paris, mocinha, antes de voltarmos para Sault. – Encarou Lara. – Vai conseguir ficar mais um dia longe de suas lavandas?

– Vou sobreviver. – Ela sorriu. – E vou amar conhecer Paris com você – disse, com afeto.

Adrien também sorriu. Ainda segurava o relógio. Olhou por alguns instantes o valioso presente.

– Este relógio representava tanto para Valentine – falou, com pesar.

– Sim – concordou Lara, emocionada. – Ela o usava nos momentos difíceis.

Como por instinto, Adrien fechou os olhos, apertou o relógio em sua mão, levando-o ao peito. Sentiu o coração acelerar. Algumas lágrimas caíram. Lara levou sua mão até o rosto dele e, carinhosamente, passou os dedos sobre as lágrimas. Seus olhares se cruzaram e suas mãos se entrelaçaram. Ficaram os dois em silêncio por instantes, olhando um para o outro, com ternura, talvez pedindo em pensamento que o tempo não passasse tão depressa.

Compartilhando propósitos e conectando pessoas
Visite nosso site e fique por dentro dos nossos lançamentos:
www.novoseculo.com.br

facebook/novoseculoeditora
@novoseculoeditora
@NovoSeculo
novo século editora

gruponovoseculo.com.br

Edição: 1ª
Fonte: Garamond Premier Pro